KB251416

엉뚱생뚱 엄변호사의 황금빛 노년 만들기

엉뚱생뚱 엄변호사의
황금빛 노년 만들기

지은이 | 엄상익
펴낸이 | 一庚 張少任
펴낸곳 | 돌샘 답게

초판 인쇄 | 2026년 2월 15일
초판 발행 | 2026년 2월 20일

등 록 | 1990년 2월 28일, 제 21-140호
주 소 | 04975 서울특별시 광진구 천호대로 698 진달래빌딩 502호
전 화 | (편집) 02)469-0464, 02)462-0464
           (영업) 02)463-0464, 02)498-0464
팩 스 | 02)498-0463
홈페이지 | www.dapgae.co.kr
e-mail | dapgae@gmail.com, dapgae@korea.com

ISBN 978-89-7574-378-8
ⓒ 2026, 엄상익
나답게·우리답게·책답게

* 책값은 뒤표지에 있습니다.
* 잘못 만들어진 책은 구입하신 서점에서 교환해 드립니다.

엉뚱생뚱 엄변호사의

황금빛 노년 만들기

엄상익 지음

70대 변호사가 바닷가 한적한 실버타운을 서재로 삼아
생생하게 써 내려간 황금빛 실버타운 체험기

도서
출판 답게

황혼 무렵의 황금빛 순간을 즐기고 싶다

나이 칠십이 되면서 나는 스스로 세상에서 떨어져 나왔다. 노인 나라로 건너온 것이다.

2년 동안 동해 바닷가의 실버타운에서 살았다. 완만한 죽음이 지배하는 노인 나라는 두 가지 공통된 과제가 있었다. 얼마 남지 않은 시간을 즐기는 것과 어떻게 잘 죽느냐였다.

한 90대의 노인이 이런 말을 했다.

"인생 말년, 어둠이 내리기 직전 황혼이 반짝 빛나면서 세상을 황금빛으로 비추는 짧은 순간이 있어요."

노인은 은자 같은 표정이었다.

"대부분 그 순간을 놓쳐요. 계속 살 걸로 착각하고 돈이나 세상에 집착하죠. 그러다가 갑자기 죽음이 닥치면 당황하죠."

어둠이 오기 전 찰나의 황금빛 노을이 밭 속에 숨겨진 진주임을 깨닫는 순간이었다.

"나는 그 황금빛 순간을 잡으려고 이곳으로 왔어요. 아침에 눈을 뜨면 하루를 선물받은 것 같아요. 파도 소리를 들으면서 산책하고 살랑이는 바람결을 뺨으로 느끼면서 행복해하죠.”

나에게도 그 순간이 오고 있었다. 하지만 나는 떠나온 세상에도 미련이 담긴 시선을 두고 있었다.

실버타운 식당에서 같이 밥을 먹던 80대 중반의 노인이 이런 말을 했다.

“부산 바닷가에서 작은 의원을 하며 평생을 지냈어요. 퇴직을 하고 동해로 왔어요. 부산의 바다도 좋지만 동해의 짙푸른 파도가 또 다른 맛이 있어요.”

의사인 노인은 실버타운에서 무료 진료를 했다. 다른 노인에게 밥을 사는 걸 즐거워했다. 나와 함께 보트를 타고 바다 위를 달리면서 아이같이 좋아했다. 어느 날 그가 조용히 천국으로 옮겨갔다.

부러웠다. 노인들의 소망은 잠자듯 조용히 죽는 것이다. 나는 죽음 앞에서 겁먹고 발버둥칠까 봐 두렵다.

내 또래의 교장 부부가 있었다. 그 부부는 퇴직금으로 마련한 캠핑용 카니발을 타고 정처 없이 돌아다니다가 이따금 실버타운으로 돌아왔다. 노년의 보헤미안 생활이 아름다워 보였다.

노인들은 바닷가의 조용한 실버타운을 저승으로 가는 대합실이라고 자소석으로 표현했다. 거기서 묵묵히 서승행 차를 기다리는 노인들을 보았다. 돈도 지위도 외모도 더 이상 아무 의미가 없었다. 남은 것은 그가 평생 길러온 내면의 인격뿐이었다.

노인 나라의 단체생활이 나와는 맞지 않았다. 그곳은 또 다른 세상의 축소판이기도 했다. 벌은 단체를 좋아하지만 나비는 혼자 날기를 즐긴다.

바다가 보이는 언덕 위의 집을 마련했다. 투명한 창을 통해 보이는 바다와 서재는 나의 천국이다. 여기서 성경을 보고 「시편」을 필사하고 글을 쓰고 노트북을 두드린다. 그게 나의 기도다.

명작의 노년을 꿈꾼다. 그게 될까? 자신 없다. 실버타운에서 내가 보고 느낀 것들을 작은 글로 썼다. 답게출판사 장소임 사장님과 책을 만들어 준 분들에게 감사한다.

2026년 1월 7일
동해 한섬해변에서
엄상익

5장 _ 인생을 숙제처럼 살지 않기로 했다

1장

노인들의 자기소개서

화려한 유배

오늘은 일찍 잠이 깼다. 새벽 여명이 깃들기 시작한 창을 통해 붉은 기운이 도는 검은 밤바다를 바라본다. 밤바다 멀리서 붉은 기운이 피어오르고 포구로 돌아가는 고깃배들의 불빛이 보석같이 흩어져 있다. 그 위로 푸르스름한 기운이 팽팽한 겨울 하늘에 번지고 있다. 나는 새벽 바다 풍경과 오늘 하루를 선물 받음에 감사한다. 커피포트에 물을 끓이고 인스턴트커피 한 잔을 타서 내 집필실 책상으로 가져왔다. 핸드폰으로 음악을 튼다. 잔잔한 음악이 너울을 일으키며 흐른다.

나는 노트북 앞에 앉아 전원 스위치를 누른다. 잠시 후 하얀 화면 위쪽에서 커서가 깜박거리면서 내가 글을 쓰기를 기다리고 있다. 어제는 어떤 삶을 살았을까, 그 속에서 어떤 진리를 흐릿하게나마 봤을까 가만히 생각한다.

어제는 내가 묵고 있는 실버타운의 직원들을 데리고 가서 곰칫국을 대접했다. 말없이 뒤에서 청소하고, 밥을 해 주고, 잔디를 깎아 주고, 잡다한 일들을 해 주는 착한 사람들이었다. 같이 밥을 먹으니까 침묵하던 그들의 마음이 열리는 것 같았다. 나는 아직 젊은 그들이 본 노인들의 삶과 죽음을 알고 싶었다. 15년간 노인들에게 봉사해온 고참 직원이 이런 말을 했다.

"노인들이 돌아가시는 모습들을 봤어요. 다 그런 건 아니지만 실버타운에서 요양병원으로 옮긴 경우는 죽음이 비참한 것 같아요. 요양병원은 사람을 죽지 못하게 해요. 인공호흡을 시키고, 목을 뚫어서 튜브를 넣고 죽을 투입해서라도 살려내요. 매일같이 환자를 괴롭히는 여러 가지 검사를 해요. 의사야 매일 필요한 의학적 수치가 있겠지만 죽어가는 환자는 왜 자신이 검사를 그렇게 받아야 하는지 몰라요. 몇 달만 지나면 노인들이 정말 해골하고 뼈밖에 남아 있지 않아요. 그렇게 고통받으면서 목숨만 붙어 있다는 건 지옥이 아닐까 하는 생각이 들어요."

사람들이 기피하는 늙음과 질병 뒤쪽의 광경을 그는 생생하게 증언하고 있었다. 그가 말을 계속했다.

"더러 행복하게 죽는 모습을 보기도 했어요. 한 노인은 그날따라 사람이 없는 한적한 온천탕의 따뜻한 물에 몸을 담그고 있다가 돌아가셨어요. 몸을 깨끗이 닦고 바로 하늘나라로 간 건 차라리 축복이 아닐까요? 또 다른 어떤 노인은 홍합이 든 미역국을 맛이 있다고 두 그릇이나 잡숫더라고요. 그리고 방에 가서 잠이 드셨는데 그길로 바로 천국으로 가셨죠. 마지막 식사를 든든히 드셨으니까 저승길에 배가 고프지 않았을 것 같아요. 제가 옆에서 지켜보니까 그런 게 좋은 죽음이라는 생각이 들어요.

"옆에서 지켜본 노인들의 삶은 어때요?"

내가 그에게 물었다.

"나이 팔십이 넘은 분들이 젊은 시절의 해병대 기수를 가지고 따지고, 삐지고, 싸움을 하다가 나가시는 걸 봤어요. 노인에게 그런 것들이 무슨 의미인지 이해할 수가 없어요. 밥과 반찬이 맛이 없다고 불평을 하시는 분들도 있죠. 밥맛이 없는 게 건강이 안 좋은 탓도 많아요. 아프신 분이 무슨 식욕이 있겠습니까? 잠이 오지 않는다고 정신과에 가서 센 수면제를 받아 복용하는 분들은 아침에는 약기운 때문에 식욕이 없습니다. 그런데도 식당에서 일하는 사람들 탓을 하십니다. 몸이 아프니까 매사에 불만이고 짜증이 나시는 거죠. 그런 분들은 여행을 시켜드려도, 그리고 고급 호텔의 레스토랑에서 식사를 하게 해도 불평을 하십니다. 노인들이 살아가는 모습도 가지가지예요. 재산이 백억이나 된다고 주위에 돈 자랑을 하는 노인이 있었어요. 그런데 지내는 모습을 보면 거지 중의 상거지예요. 옷도, 먹을 것도 돈이 아까워서 못 사 먹어요. 주위에도 그렇게 인색할 수 없어요. 그런 분한테 재산이 무슨 의미가 있겠습니까."

"그 반대쪽 노인들의 훌륭한 모습은 어떤 겁니까?"

내가 물었다.

"5층에 혼자 사시는 엄 씨 노인은 나이가 아흔네 살이신데도 정말 존경스럽습니다. 실버타운 노인들에게 약밥이나 과일 같은 걸 때마다 베푸시죠. 자식들 힘들게 하지 않으려고 도우미 요양보호사를 고용해서 근무하게 하고 있어요. 그 도우미가 잔심

부름도 하고, 산책도 시켜드리죠. 다른 노인들은 식사 때가 되면 추리닝 바람에 슬리퍼를 신고 내려오시기도 하는데, 그분은 항상 한복으로 단정하게 갈아입으시고 구두를 신고 와서 말없이 식사를 하고 가시죠. 다른 노인들하고 거의 어울리시지 않아요. 독서를 하고, 명상을 하고, 기도하면서 지내시는 것 같아요."

그 노인을 이따금씩 보면서 나를 돌아본다. 이제 남은 인생의 시간은 한 칸 남은 핸드폰의 배터리 정도는 아닐까. 나는 물결 소리만 가득한 철 지난 겨울 바닷가로 화려한 유배를 선택했다.

젊은 날의 추억들이 세월의 햇살 속에서 익어간다. 인생에 뭔가가 더 있을 줄 알았다. 이제는 그런 기대마저 접고, 텅 비어 적당한 쓸쓸함과 적당한 자유 그리고 해방감으로 흐느적거리고 싶다. 세상의 갈등과 싸움이 한낱 바람에 날려가는 안개는 아니었을까.

실버타운의 두 노인

검푸른 바다 위로 뿌연 회색 구름이 덮여 있다. 해수면엔 차가운 바람이 분다. 물살이 차가울 것 같다. 아무도 없는 바닷가 모래 위로 겨울 파도가 밀려와 허연 포말을 뱉어내고 있다. 가느다란 겨울비가 창문을 두드린다.

어제는 실버타운 공동식당 내 옆의 탁자가 텅 비어 있었다. 마주앉아 밥을 먹던 두 노인이 안개같이 사라져 버렸다. 아흔두 살의 한 노인은 폐에 물이 차서 응급실로 옮겼다고 한다. 그때가 왔다는 의견이었다. 그와 마주앉아 밥을 먹던 노인도 중환자실로 들어갔다고 했다. 자다가 침대에서 떨어졌다는 것이다. 바다를 가르던 타이타닉호에 실버타운을 비유한다면, 다들 그렇게 배에서 내리는 것 같다.

아흔두 살의 노인은 건강해 보였다. 걸음도 흐트러짐이 없었고, 항상 따뜻한 미소를 지었다. 텃밭에 나가 풀 뽑는 걸 도와주기도 하고, 파크골프 모임의 회장으로 사람들을 이끄는 리더십도 있었다. 활기찬 그 노인의 모습을 보면서 백 살은 능히 넘길 것 같았다. 실버타운에서 함께 지내던 노인이 중환자실의 그에게 전화를 했다. 그 노인은 꼭 다시 일어나서 실버타운으로 돌아오고 싶다고 했다. 실버타운의 진부한 일상이 죽음의 초대장을 받으면 행복했던 순간으로 변하는 것 같다. 다시 산책하고, 파크골프를 치고, 다른 노인들과 반주를 한 잔 하고 싶은 소망이 절실한 것이다.

그 노인과 같은 식탁에서 마주앉아 밥을 먹던 노인과는 몇 번의 짧은 대화를 했었다. 부리부리한 눈에 목소리가 걸걸한 그 노인은 해병대 출신이라고 했다. 그는 40년 동안 잠수부로 해저 40미터에서 일을 했다고 했다. 심해에서 평생을 살다 보니 몸이 성한 곳이 없어 70대 중반에 죽으려고 동해 바닷가의 실버타운에 들어왔다고 했다. 그런데도 80대 중반인 지금까지도 죽어지지 않는다고 했다. 그는 잠수부 시절에 물에 빠져 죽은 사람을 찾아내는 데는 귀신이었다고 자랑했다. 조류의 흐름을 알아야 죽어 떠내려간 사람을 찾을 수 있다는 것이다. 죽은 시신을 건져내고 팁으로 2백만 원을 받았을 때 정말 신났다고 했다. 그는 죽은 사람을 건져내면 돈까지 주는데, 자살하려는 사람을 살려내면 뺑소니를 치고, 감사 전화 한 통 없다고 푸념을 했다.

그런 그가 몇 달 전 시골 교회에 나가기 시작했다. 그는 내게 집사하고 장로 중 어떤 게 더 높은 거냐고 물었다. 교회의 대장인 목사가 실버타운에 같이 사는 다른 노인은 장로로, 자기는 집사로 임명했다는 것이다. 해병대 출신의 그 노인은 해병대 기수와 계급으로 세상을 해석하는 것 같았다. 내가 그의 눈높이에 맞추어 장로가 위라고 대답하자 "그러면 장로에게 경례를 해야겠네."라면서 자신은 평생 졸병 신세라고 했다.

외로운 그 노인은 실버타운에서 키우는 개를 사랑했다. 식당에서 핀잔을 받으면서도 몰래 음식을 싸다가 개에게 주었다. 개는 노인만 보면 너무 좋아서 바닥에 뒹굴었다. 어느 날 저녁 시간이었다. 노인이 분노한 표정으로 실버타운의 다른 노인 앞에 섰다. 눈에서 시퍼런 불꽃이 튀었다.

"너, 내 개 때렸지?"

화가 난 노인이 소리쳤다.

"나, 안 때렸어. 같이 산에 올라가던 옆 사람이 개가 하도 짖어서 돌을 던지는 걸 보기만 했어."

그 말을 들은 노인의 얼굴이 순간 붉게 달아올랐다.

"야, 이 개새끼야! 따라 나와, 죽여 버릴 거야."

80대 중반을 넘긴 노인은 젊은 시절의 혈기가 그대로 남아 있었다. 주위 노인들이 나서서 말렸다. 그 노인도 이제 인생의 배에서 하선을 한 것 같았다. 갑자기 나타나지 않는 노인을 생각하며 개가 몹시 슬퍼할 것 같았다.

노인들의 세상을 구경하면서 삶이란 배를 타고 인생의 바다를 건너가는 것이 아닐까 생각한다. 항해를 하면서 우리는 많은 승객들과 만나고 헤어진다. 시간의 항구마다 승객들이 타고 내리기 때문이다. 어떤 승객과는 잠시 만났다 헤어지고, 또 어떤 승객과는 좀 더 오래 함께하는 경우도 있다.

　갑자기 하선한 두 노인을 보면서 나는 노년의 실상을 봤다. 그리고 그 안에서 나름의 정신공간을 찾아야겠다는 생각을 한다. 삶은 일상이다. 오늘은 중환자실로 옮긴 두 노인이 소망하는 내일이기도 하다. 좋은 삶은 일상 속에서 행복을 느끼는 것 아닐까. 하선한 두 노인을 위해 마음속에서 손을 흔들어 주었다.

바닷가의 한적한 실버타운

내 책상 앞 유리창 밖은 한 폭의 풍경화다. 오전 11시의 태양이 강한 빛을 바다에 뿌리고 있다. 수평선 위로 바다가 하얗게 들끓고 있다. 바다를 보고 있는, 산자락에 옹기종기 있는 집들이 보인다. 나의 눈에 근경으로 실버타운 마당이 나타난다. 택시 한 대가 대기하고 있다. 누군가가 외출하기 위해 부른 모양이다. 잠시 후 빨간 재킷을 입은 작달막한 노인이 느릿느릿 바퀴 달린 가방을 끌고 택시 쪽으로 걸어가고 있다. 80대 노인의 하얀 백발이 햇빛에 반사되어 더 하얗게 보인다. 몇 발자국 뒤에서 외출복을 입은 70대 부인이 종종걸음으로 따라가고 있다. 실버타운 3층에 사는 노부부다.

젊은 시절 미국으로 건너가 그곳에서 50년을 살다가 한국으로 돌아온 부부였다. 노인은 약대를 나와 미국에서 유학을 마친 뒤 평생 그곳 대학에서 교수로 근무하다가 퇴직했다고 했다. 부인 역시 미국에서 간호학 교수로 재직했다. 미국의 조용한 주에서, 그 안에서도 평화로운 대학 안에서 살아서 그런지 부부는 어린아이같이 순수해 보였다. 험한 풍파 속에서 닳고 닳은 그런 사람들이 아닌 것 같았다.

어제저녁, 식당에서 노부부는 일주일 정도 서울로 놀러간다고 했다. 한국의 봄을 구경하려는 노부부의 경쾌한 발걸음이 보기 좋다. 몇 달 전 그 부부를 처음 보았을 때 내가 물었다.

"어떻게 한국으로 돌아오시게 됐어요?"

내가 그 노인에게 물었다. 인생의 대부분을 미국에서 산 그들이었다.

"죽으러 왔어요."

노인의 간단한 대답이었다. 인제의 내린천에서 시작하는 연어의 일생도 태평양을 건너갔다 다시 동해로 돌아오는 코스다. 인간도 연어의 속성을 가졌나 보다. 실버타운이라는 장소도 들어와 보니까 망각과 완만한 죽음이 잠재하는 장소 같기도 했다.

"떠나실 때 한국과 50년 만에 돌아온 한국이 어떻게 달라요?"

그 노인의 뇌리 속에는 50년 전의 한국이 들어있을 터였다. 그가 노년에 새로 마주한 한국이 어떤지 알고 싶었다.

"내가 떠날 때와는 완전히 다른 나라가 되었어요."

그는 모든 게 낯선 것 같았다.

서서히 어두움이 내려앉기 시작하는 황혼 무렵이었다. 나는 그 부부와 함께 해변 카페에서 차를 마시며 식당에서 못다 한 얘기를 나누고 있었다. 갑자기 내 스마트폰의 벨이 울렸다. 동해의 개인 의원 의사였다. 나는 전날 혈압이 올라가 그 의원에 가서 피검사를 했었다. 그 의사가 결과를 알려주려고 내게 전화를 한 것이다. 의사는 혈당부터 콜레스테롤 수치까지 알려주며 처방하는 약까지 자상하게 내게 설명했다.

"어머, 감동이야."

미국에서 오래 살다온 간호사 출신 부인이 감탄하며 말했다. 예전의 권위적이고 무뚝뚝한 의사만을 생각했던 것 같다. 바닷가 도시에 와 보니까 주민이 되면 의원에서 진료비까지 무료로 해 주는 것 같았다. 그 부인은 한국이 미국보다 훨씬 살기 좋은 나라 같다며 놀라고 있었다.

"어떻게 하루를 보내고 계세요?"

그 노부부의 일상이 궁금해서 물었다. 남편이 대답했다.

"우리 부부는 각자 자기 방에서 공부해요. 나는 글을 쓰고 있고요. 며칠 전 시를 써서 신문사에 보냈는데 떨어졌네. 아직 한국어 실력이 모자라서 그런가 봐요. 지금은 한국 속담을 영어로 소개하는 글을 쓰고 있어요. 전부터 해왔는데, 내가 쓴 책을 선물로 줄게요. 미국에서 평생 톱니바퀴같이 짜인 생활을 했는데 여기서 느슨하게 사니까 좋아요."

"앞으로 남은 시간에 대한 계획이 어떠세요?"

내가 물었다. 남편이 이런 말을 했다.

"우리 부부는 아이가 없어요. 물려줄 사람이 없는 거죠. 가지고 있는 돈을 마지막까지 모두 잘 쓰고 가려고 해요. 그런데 내가 아내보다 나이가 많으니까 먼저 죽으면 아내가 내 죽음을 처리해 주겠지만 아내가 죽으면 그 뒤에 어떻게 해야 할지 모르겠네. 그런 걸 처리해 주는 회사가 있으면 알려주세요.”

모범생의 냄새가 나는 그 부부는 죽음의 준비도 미리 착실히 해가는 것 같았다.

얼마 전 실버타운의 지하 식당으로 내려가는 엘리베이터에서였다. 나보다 몇 살 위인 교수 출신 또 다른 노인이 나를 보더니 이런 말을 했다.

“말레이시아에서 온 분이 엄 변호사의 글을 읽고 이 실버타운에 체험하러 왔대요.”

우연히 몇 개의 글을 썼는데 여러 사람이 관심을 보이는 것 같다. 미국에서 와서 실버타운에 있기로 계약을 체결했다는 또 다른 분이 나에게 직접 그런 말을 하기도 했다.

그런 말을 들을 때면 조심스럽다. 바닷가의 서재로 삼은 실버타운은 글을 쓰고 물을 좋아하는 내게는 낙원일 수 있다. 그러나 그 누구에게는 귀양살이고 무료한 지옥일 수도 있다. 이곳을 찾아온 장관을 지낸 내 친구는 경치는 좋아도 자기는 못살 것 같다고 말했었다.

실버타운을 소개하는 방송 프로그램을 보면 여러 분야에 걸쳐 참 세세하게 비교하고 분석한다. 그런데 나는 판단의 기준이 전혀 달랐다. 나는 생활에는 둔감한 편이다. 혀도 둔하다. 맛이 있는지 없는지 별로 관심이 없다. 젊은 시절, 고시원이나 암자 생활 때부터 그냥 주면 주는 대로 먹어왔다. 다른 실버타운과 시설이나 비용을 비교해 본 적도 없다. 돈에 대해서도 계획을 하고 써 본 적이 없다. 있으면 쓰고 없으면 못 쓰는 것이다.

나의 관심은 다른 데 있었다. 나는 툭 트인 시퍼런 바다의 자유로움이 좋아서 이곳으로 왔다. 실버타운에 특별한 의미를 두고 온 게 아니다. 게으른 나는 공동식당에서 밥을 주니까 편했다. 도심의 아파트같이 개개인의 프라이버시가 보장되어 있는 것도 마음에 든다. 자기가 스스로 참여하지 않으면 어떤 단체성도 없다. 매일 실버타운 안의 뜨거운 온천물에 몸을 담글 수 있다는 건 보너스였다.

단점도 있다. 노인들의 나라여서 그런지 낮게 가라앉은 회색의 침체가 안개처럼 퍼져 있다. 공동식당에서 밥을 먹을 때, 내가 늙은 것은 보이지 않고 온통 하얗게 늙은 다른 노인들만 보인다. 그러나 그게 장점이기도 하다. 노인들이 우연히 한두 마디씩 툭툭 내뱉는 속에서 나는 철학을 발견한다. 진리는 학문적으로 설명되어지는 것이 아니라 그렇게 내뱉어져 튀어나오는 것이리라. 바닷가 아파트의 은자로 살면서 깨달음을 추구할 수 있는 장소라고 할까.

편안히 죽을 권리

　실버타운의 식당에서 앞에 앉아 있던 노인이 내게 이런 말을
했다.

　"아내가 암에 걸렸을 때 받아 두었던 수면제를 한 병 모아 뒀
어요. 제가 더 이상 살아갈 이유가 없어졌을 때 그걸 먹으면 되
겠죠?"

　그건 농담이 아니었다. 사랑하던 아내를 떠나보내면 고독감
에 어쩔 줄 모르는 노인들이 꽤나 있다. 그가 덧붙였다.

　"이웃 방의 영감은 남몰래 로프를 준비해 두었다고 그래요.
그리고 그걸 걸칠 나무도 알아 뒀대요."

　노인들은 나름대로 죽음의 방법들을 마음속으로 강구하는 것
같았다. 조용히 살다가 어느 날 갑자기 없어진 노인이 있었다.
그 노인을 발견했던 실버타운 직원은 그 노인이 나무에 작은 곰
처럼 매달려 있었다고 했다. 그 직원의 표정에는 노인의 죽음에
대해 안타까워하기보다 스스로 또 죽음을 선택했구나 하는 이해
의 느낌이 묻어났다. 그가 이런 말을 했다.

　"가급적이면 요양병원에 가지 말아야 해요. 거기서는 해골이

될 때까지 살려놔요. 죽고 싶어도 죽지 못해요. 요양병원의 수입원이니까요. 죽을 때 죽지 못하고 뼈만 남은 채로 고통 속에 존재하는 건 지옥입니다. 거기서 죽을 건 아니죠."

내가 만난 요양병원에서 근무하는 의사는 이런 말을 했다.

"환자들을 보면서 내가 20년 후에는 저런 모습이겠지 하고 생각하면 끔찍해요."

그 의사는 고개를 절레절레 흔들었다. 인간이 스스로의 결정으로 점잖게 자신의 존재를 사라지게 하는 방법은 없을까.

영국과 이태리 선적의 크루즈선을 탄 적이 있었다. 대부분은 노인들이 승객이었다. 이따금씩 정장으로 잘 차려입은 노인들이 바다로 뛰어들었다. 다른 세상으로 가는 마지막 코스를 크루즈선으로 잡은 것 같았다. 배는 그런 노인들의 마지막에 익숙한 듯 아무런 동요도 없었다. 그 크루즈선 안에는 장례식장 시설이 아예 갖추어져 있었다. 한밤중에 배는 소리도 없이 인근의 항구에 잠시 정박했다. 배에서 조용히 관이 나와 차에 실려 어디론가 떠나갔다. 바다에 뛰어들 용기만 있다면 그렇게 삶을 마감하는 것도 나쁘지 않아 보였다.

미국의 저술가 스콧 니어링은 도시 생활을 청산하고 노년에 버몬트주의 시골 마을에 정착했다. 거기서 그는 90세가 넘도록 글을 쓰면서 살았다. 자신이 세상을 떠날 때가 가까워 오자 그는 병원이 아닌 집에서 죽기를 원했다. 그가 선택한 죽음의 방법은 음식과 물을 끊는 것이었다. 그는 죽음의 과정을 예민하게 느끼고 싶어서 진정제나 진통제 같은 약을 투여하지 말라고 했다. 그는 죽음을 광대한 경험의 영역이라고 했다. 죽음은 옮겨감이나 또 다른 깨어남이라고 했다. 그는 죽음을 항해에 비유했다. 이쪽에서는 그가 수평선을 넘어간 후 보이지 않지만 다른 곳에서 그는 새로운 세계의 어떤 항구에 도착한 것이다. 그는 힘이 닿는 한 열심히, 충만하게 살아왔으므로 기쁘고 희망에 차서 간다고 했다. 그는 그렇게 삶을 마감했다.

변호사인 나는 노년의 소설가 정을병 씨와 친했다. 그는 아내와 외아들을 먼저 떠나보내고 빈집에 혼자 살고 있었다. 신학대학을 다닌 그는 오랫동안 정신세계에 대한 탐구를 해온 것 같았다. 어느 날 얘기 도중에 그는 죽음의 터널을 건너는 방법으로 단식을 내비쳤다. 나는 그때 그가 암에 걸려 있다는 사실을 몰랐다. 그는 지구별의 마지막 여행으로 이스터섬에 다녀온다고 했다. 그 후 그가 혼자 살던 집에서 조용히 죽었다는 소식을 받았다. 그는 마지막에 차디찬 이 세상보다는 사랑하는 가족이 있는 다른 세상에 더 친밀감을 느끼는 것 같기도 했다.

사람은 스스로 저 세상으로 가는 계단을 밟을 권리는 없는 것일까. 잘 모르겠다, 하나님이 정한 수명만큼, 그리고 그분이 준 고통의 분량만큼 이 세상에서 감당해내야 하는 것인지. 현대 의학기술로 해골만 남을 때까지 인위적으로 생명이 연장되는 것은 그분의 섭리일까, 아니면 선악과를 따먹은 인간의 지능일까. 평안하게 이 세상을 떠날 수 있는 권리가 인정되어야 하지 않을까.

노인 왕따

2년이란 시간이 흐르니까 내가 묵고 있는 실버타운의 은밀한 속살이 보이는 것 같다. 어제 90대의 노인 부부가 내게 하소연을 해왔다. 80대로 보이는 부인이 분노가 가득한 어조로 이렇게 말했다.

"우리 회원들은 실버타운에서 운행하는 셔틀버스를 타고 가서 파크골프를 치고 돌아오는 게 중요한 일과예요. 어제 아침 셔틀버스에 탔는데 내가 모자를 가져오지 않았지 뭐예요. 그래서 다시 방으로 올라가 모자를 가지고 내려왔어요. 그런데 파크골프를 같이 치는 모임의 회장이 우리 부부를 놔두고 그냥 가라고 버스기사에게 얘기를 한 거예요. 남편이 그 버스에서 내려 혼자 멀거니 서 있더라고요. 얼마나 야속했는지 몰라요. 그래서 파크골프장으로 가려고 카카오택시를 불렀어요. 그랬더니 너무 가까운 거리라고 가지 않겠다는 거예요."

아이들에게만 '왕따'가 있는 게 아니라 노인 사회에서도 왕따가 있다. 지난해 겨울 실버타운으로 와서 한 달이 채 안 된 어느 날, 동해시에 있는 이마트에 가서 장을 보고 돌아올 때였다. 찬

바람을 피하기 위해 이마트 입구 유리문 안에서 도로에 정차할 셔틀버스를 기다리고 있었다. 정해진 시간에 버스가 오지 않아 기다리다가 버스에 오르게 됐다. 버스에 오르자마자 한 영감이 내게 화를 내면서 말했다.

"다른 사람들에게 폐를 끼치면 어떻게 합니까? 버스가 동네를 한 바퀴 돌아왔잖아요?"

나는 버스 도착시간에 정차지점에 있었다. 다만 수은주가 영하로 내려간 탓에 유리문 안에서 기다렸다. 버스기사는 도로에 내가 없는 걸 보고 다시 한 바퀴 돈 것 같았다. 인정사정없이 질책하는 말투에 기분이 좋지 않았다.

한번은 공동식당에서 밥을 먹는데 옆에서 몇 명의 노인이 주고받는 얘기가 귀에 들어왔다. 그중 한 노인이 이런 말을 했다.

"나는 말이요, 대학 때 책을 봐도 전부 원서로 봤어. 교수도 놀랄 정도로 내가 영어를 잘했거든."

그 노인은 노골적으로 자기자랑이 심했다. 그 말을 듣는 노인들의 표정이 묘했다. 그 후부터 매일 이상한 광경을 목격했다. 젊은 시절 두뇌 자랑을 하던 노인이 왕따가 되어 식당 구석에서 혼자 밥을 먹고 있었다. 아무도 그 노인을 상대하지 않는 것 같았다. 그 노인은 추레한 모습으로 혼자 쓸쓸하게 밥을 먹다가 어느 날부터인가 보이지 않았다. 실버타운에서 자랑질은 금기사항인 것 같다.

내가 처음 실버타운에 왔을 때였다. 먼저 온 80대 후반의 노의사가 내게 "실버타운에 오면 있는 척, 배운 척, 잘난 척하지 말아야 합니다."라고 충고를 했었다. 분노하며 내게 하소연을 한 그 노부부도 실버타운의 율법을 어겼을지도 모른다. 그러고 보니 기억 속에 떠오르는 광경이 있다.

한번은 그 노부부의 초청을 받아 그 집으로 차를 마시러 갔을 때였다. 텔레비전에서 성악가가 바리톤으로 가곡을 부르고 있었다. 노인이 내게 그 성악가를 아느냐고 물었다. 내가 모른다고 하자 한심하다는 표정으로 "저 유명한 사람을 모를 수가 있어요?"라고 했다. 약간 마음이 안 좋았다. 옆에 있던 부인이 "저 성악가를 모른다는 건 말이 안 돼." 하고 한 방을 더 먹였다. 차를 마시러 갔다가 좌우에서 한 방씩 얻어맞은 느낌이었다. 어쩌면 그 노부부는 실버타운의 다른 노인들에게도 그런 태도를 보였을지도 모른다. 그렇다고 단 일분도 기다려 주지 않고 그들을 따돌리고 가 버린 다른 노인들의 태도도 지독하게 편협해 보였다.

실버타운은 반면교사로 매력 있게 늙어가는 법을 배울 수 있는 곳이기도 한 것 같다. 노인이 되면 절대 자랑질을 하지 말아야 한다. 과거의 지위나 명예, 돈은 무의미하다. 노인이 따지거나 싸우는 모습을 보면 아주 보기 흉하다. 입을 닫고 한 발 물러시 조용히 관조할 수 있어야 한다. 노인이 너무 돈에 벌벌 떠는 모습도 그를 초라하게 만든다. 지갑을 열고 작은 돈이라도 이웃에게 베풀 수 있어야 한다. 그리고 고독과 죽음을 보랏빛 노을로 볼 게 아니라 '당당한 있음'으로 승화시켜야 하지 않을까.

저승행 터미널 대합실

얼마 전 내게 자신들을 기다리지 않고 가 버린 셔틀버스 때문에 원망과 서글픔을 토해냈던 노부부 이야기를 했었는데, 어제는 그중 남편인 노인과 만나 바닷가 레스토랑에서 점심을 먹으면서 이런저런 이야기를 나누었다.

그 노인은 6·25전쟁 때 포병 중위로 참전했다고 하는데, 나이가 아흔 살이 넘었고 부인은 팔십에 가까운 나이였다. 미국에서 온 그 노인 부부는 노인사회에서 지독한 왕따를 당한 셈인데, 그건 그 단체를 나가 달라는 노골적인 사인일 수도 있었다. 이유야 어떻든 구십이 넘은 노인이 고립된 모습이 안 됐다는 생각이 들었다.

"매일 함께 운동을 하고, 공동식당에서 밥도 먹고, 온천탕에서 만나는 분들이 그렇게 하는 게 이해가 가지 않네요. 슬프지 않으셨어요?"

내가 위로하는 마음을 담아 그에게 물었다.

"전혀 슬프지 않아요. 실버타운 안의 노인들을 보면 천차만별인 것 같아요. 질도 차이가 나는 것 같고요. 따질 것도 없고 다툴

것도 없어요.”

노인은 ‘나는 너희들과 달라’하는 개결한 자존심으로 겨우 버티고 있는 느낌이었다.

“셔틀버스의 같은 회원들에게 집사람이 오지 않았으니 조금만 기다려 달라고 사정을 하시지 그랬어요.”

“기다려 달라고 하면 내가 지는 거예요. 내가 차에서 말없이 내리는 게 이기는 겁니다. 차에서 내려서 있으니까 버스보다 더 좋은 지나가던 승용차가 우리를 태워 줬어요. 우리를 버리고 셔틀버스를 타고 갔던 파크골프 회원들이 우리 부부를 보고 눈치를 살피던데요. 화를 내는 것보다 그렇게 한 우리 부부가 이긴 거 아닌가요?”

“그래도 외로운 노년에 이웃과 정을 나누며 관계를 맺어야 하지 않을까요?”

“제가 보니까 이 실버타운은 같은 마을의 이웃이 아니라 저승으로 가는 사람들이 잠시 앉아 기다리는 대합실이에요. 서로서로가 잠깐 무심히 스쳐가는 그런 관계죠. 같이 골프를 칠 뿐 회원들과 개인적으로 차 한 잔 같이 나누며 얘기한 적이 없어요. 실버타운의 옆집하고도 마찬가지고요. 일요일이면 교회에 가는데 거기서도 실버타운 구역장이라는 사람하고도 개인적으로 만난 적이 없어요.”

그 말을 들으면서 나는 그 노인이 바람 부는 어두운 들판에 홀로 서서 버티는 메마르고 비틀린 고목 같은 느낌이 들었다. 노인의 내면에도 찬바람이 불고 고드름이 가득 달려 있는 것 같았다. 나이 구십이 넘는 노인은 애써 현실을 부정하면서 버티는 것 같았다. 미국에서의 60년을 그런 잡초 같은 생명력으로 버티어왔는지도 모른다.

"앞으로 거동을 못하시면 요양원에 가실 텐데 아직 건강이 남았을 때 행복하셔야 하지 않을까요. 지금은 황혼에서 밤이 오기 전 하늘에 마지막 노을이 남은 약간의 틈이 아닐까요?"

"난 지금 하루하루 행복해요. 며칠 전 한국의 고등학교 동창회에 전화를 걸어 봤는데 내 동기가 한 명도 남아 있지 않았어요. 내가 제일 오래 산 거죠. 한국으로 오기 전에 미국 실버타운에 있는 사람들에게 연락해 봤는데, 옆에 있던 다섯 명이 다 죽었더라고요. 의사가 내 치아는 아직도 60대라고 했어요. 나는 돈도 더 저축하고 백 살이 넘어서까지 살 거예요."

그 노인과 헤어지고 돌아오면서 생각했다. 아무도 없는 저승 대합실에 혼자 남아 있으면 행복할까. 잠시 스쳐가는 인연이라도 미소를 던지고, 말을 하고, 정을 나누어야 하지 않을까. 나이가 들면 한 발은 저세상에 딛고, 내세를 믿어야 떠나는 발걸음이 편할 것 같다는 생각이 들었다.

저는 삼류 작가입니다

실버타운의 목욕탕 안 욕조에 앉아 반신욕을 하고 있을 때였다. 맞은편에 처음 보는 남자가 앉아 있었다. 그가 불쑥 내게 물었다.

"여기 실버타운에 사세요?"

"그렇습니다."

"좋아요?"

"어떤 사람은 천국이라고 하고 어떤 사람은 지옥이라고 하더라고요. 혼자 글을 쓰거나 그림을 그리거나 성경이나 불경을 보는 사람에게는 천국이고, 세상의 관계가 더 재미있는 사람에게는 무료하고 답답한 것 같아요. 선생은 어느 쪽이십니까?"

"친구들을 좋아했는데 다 떨어져 나가고 한두 모임만 남았는데 거기도 보면 돈이 없거나 아까워서 못 나오는 친구들이 있어요. 저질로 혼자가 되는 것 같아요."

"왜 굳이 동해안의 외진 이곳으로 오려고 하세요?"

이번에는 내가 되물었다. 이곳은 침묵과 완만한 죽음을 기다리는 외진 곳이기도 하다. 현세와 내세 사이에 존재하는 황혼의 틈새를 즐기려고 하지 않으면 살기에 힘들 수도 있을 것 같다.

그가 자기 얘기를 시작했다.

"저는 퇴직을 하고 말레이시아에서 살아 봤어요. 자연환경도 좋고, 매일 골프도 치고 괜찮은 곳이죠. 그런데 이상하게 살기가 싫더라고요. 그래서 한국의 실버타운에 들어가려고 여기저기 다니면서 알아보고 있어요. 수도권의 고급 실버타운은 가격이 상당하더라고요. 그래도 자리가 없어 대기해야 한다네요. 시설 면에서는 최고예요. 그런데 그 내막은 시끄럽더라고요. 자기들끼리 어떤 학교 출신이니, 왕년에 뭐를 했느니, 돈이 얼마나 많으니, 자식이 어떻게 잘됐느니 하면서 비교하고 서로 싸운다고 하더라고요. 어떤 노인이 자기 자식이 판사라고 자랑하니까 듣는 노인이 그 잘난 자식이 한 달에 실버타운을 몇 번이나 방문하느냐고 하면서 비꼬더라고요."

인간은 한번 머릿속에 박힌 세속의 잣대를 죽을 때까지 뽑아낼 수가 없는 것 같다. 내가 묵는 실버타운의 한 90대 노인도 이 안에 이화여대 출신이 한 명도 없는 것 같다고 하면서 질이 낮다고 했고, 왕년 도지사 사모님이었다는 한 여성에게 존중하는 투로 말하기도 했다. 어떤 사람은 공무원인 걸 자랑하고, 어떤 노인은 해병대 군복을 입고 자랑스럽게 밥을 먹으러 나타나기도 했다. 들끓는 세상은 실버타운에도, 교회에도, 그 어떤 곳에서도 존재하는 것 같다.

"실례지만 연세가 어떻게 됩니까?"

그는 내 신상이 궁금한 것 같다.

"칠십은 넘겼습니다."

"나는 팔십을 넘겼는데 아직 어리시구먼."

한국의 비교는 나이부터 시작된다.

"직업은 뭘 했습니까? 저는 방송국 기술감독으로 평생 근무했습니다. 그 계통에서 내 이름을 대면 거의 다 알 겁니다. 유명한 음악인인 이봉조 씨나 작곡가 박춘석 씨 그리고 《쇼쇼쇼》라는 큰 프로의 연출인 조용호와 다 형님, 동생하고 친하게 지냈죠. KBS 프로그램 마지막 자막에 음향감독으로 거의 내 이름이 나왔으니까요."

나는 그에게 법조인이라고 사실대로 말하기가 꺼려졌다. 우리 세대는 법조인이라고 하면 위화감을 느끼고, 사람들이 싫어하기 때문이다. 한참 자신을 올린 그가 기분이 나빠질 것 같기도 했다.

"저는 그냥 글을 쓰는 사람입니다."

"아, 작가이시군요. 그러면 대표작은 뭔가요?"

그렇게 물어오니까 갑자기 대답이 막혔다. 그는 내가 얼마나 유명한가를 묻는 것 같았다.

"저는 대표작이라고 말할 만한 게 없네요. 그냥 잡문을 써서 재미로 인터넷에 올리는 정도니까요. 굳이 말하자면 삼류 작가라고 할까요."

"에이, 무슨 그런 말씀을."

그가 순간 조금 멋쩍어하는 표정이었다. 내가 덧붙였다.

"방송국에 계셨다니까 기억이 살아나는데 제가 리포터 역할로 방송 프로그램도 두 개 정도 해 본 적이 있습니다. 그런데 해 보니까 재능도 없고 얼굴도 받쳐 주지 않아서 일찍 내 주제를 알아채고 쫓겨나기 전에 스스로 알아서 나왔죠."

그건 사실이었다.

"허허, 착한 분이군요. 방송국은 독한 놈들만 살아남는 치열한 곳이기도 하니까요."

그와 헤어지고 난 후에 내가 왜 그렇게 대답을 했는지 잠시 생각해 보았다. 평소의 나와는 다른 것 같았다. 나 역시 평생 남과 세속적인 잣대로 비교하고 시기와 질투가 들끓었다. 남이 잘난 척하면 그 꼴을 못 보고 그를 뭉개려고 달려들었다. 그런데 오늘은 '삼류'라고 내 자신을 솔직히 고백하는 말이 튀어나왔다. 세상의 잣대로는 변호사로나 글쟁이로나 맞지 않을 것 같다는 생각이다. 그래도 마음 깊은 곳에서 새로운 기쁨이 피어오르는 것 같다. 「시편」 23장 천 번 쓰기' 기도를 했더니 내 본모습이 보이는 기적이 일어난 것 같다.

노인들의 자기소개서

인생길에서 만난 지인이 바닷가 마을에 사는 내게 두툼한 책 한 권을 우편으로 보내 주었다. 자신이 졸업한 남쪽 도시의 고등학교 출신들이 칠십 고개를 넘으면서 지난날을 돌아보는 자기소개서 같은 문집이라고 할까. 같은 시대를 살아온 나와 같은 나이의 70년 궤적들이었다. 우리는 어떤 시대를 공유했을까.

우리는 6·25전쟁의 폐허 속 잿더미에서 솟아 나온 새싹이었다. 세계에서 가장 가난한 나라였다. 외국이 불쌍하다고 던져 주는 헌 옷을 입고, 그들의 동정이 담긴 밀가루로 굶어 죽는 걸 면했다. 4·19와 5·16 때는 거리의 함성과 어른들이 불안해하며 쉬쉬하는 소리를 들었지만 세상물정을 몰랐다.

초등학교 시절에는 사방에 붙어 있는 '증산 수출 건설'이라는 구호를 보았고, 월남전 참전 장병에게 위문편지를 썼다. 중학교, 고능학교 시험을 치르고 들어간 세대여서 입시지옥에 시달렸고, 어린 나이에 낙방이라는 쓴맛을 보고 울기도 했다. 뜻도 모르는 「국민교육헌장」을 통째로 외워야 했다. 고 3 때 '시월 유신'이란 정치적 격랑을 보았고, 70년대 벌어진 민주화운동에 참여하기도 했다. 80년대는 대부분 회사의 말단사원으로 땀을 흘렸다. 뜨거운 모래가 열을 뿜어대는 사우디에도 달려갔고, 이민 가방 가득히 샘플을 넣고 외국의 거리를 걸었다.

90년대는 자라나는 아이들 뒷바라지 하느라고 허리가 휘었고, 업무 스트레스는 회식 폭탄주를 마시며 노래방 애창곡으로 풀었다. 그러는 사이에 한국은 세계 10대 경제부국으로 올라섰고, 우리가 '선진 한국'을 만드는 데 기여했다는 자부심을 조금은 가지고 있다. 우리는 깊은 산속의 샘물에서 나와 흐르기 시작한 물방울들이었다. 개울과 계곡을 흘러나와 서로 모여 강이 되어 흐르다가 지금은 바다로 나가기 직전의, 해가 저무는 하류를 마지막으로 빙빙 돌고 있는 상태인 것 같기도 하다. 그 물방울들이 서로서로 지나온 사연들을 얘기하고 있다.

나는 그 책의 페이지를 들추면서 내 또래의 개인적인 삶을 들여다보고 있다. 그들은 어린 시절의 가난을 공통적으로 쓰고 있었다. 물을 듬뿍 부어 쑨 멀건 죽으로 끼니를 때우고 학교에 가니까, 부잣집 아이의 계란프라이가 얹힌 하얀 쌀밥의 도시락이 너무 부러웠다고 했다. 콘사이스 사전을 한 장 한 장 씹어 먹으면서 독하게 영어 공부를 해서 대학입시를 치르고, 군대에 끌려가 매일 얻어맞고, 각자 사회라는 땅에 씨가 되어 떨어진 얘기도 있다.

가시덤불이 가득한 세상을 헤치고 나온 얘기들도 흘러나온다. 영업사원으로 가는 곳마다 잡상인 취급을 받고 쫓겨나면서 슬펐다고 했다. 그래도 3년 후 전국의 판매왕이 되어 기뻤다고 한다. 출판사 직원으로 밥을 먹으면서 계속 문학의 끈을 놓지 않았던, 고등학교 시절부터의 문학 소년도 있었다. 그는 구도자 같은 자세로 글쓰기에 전념하다가 암이라는 초청장을 받고 먼저 저세상으로 건너가고 말았다. 그의 아내가 대신 쓴 글에서 그녀는 남편의 친구들에게 소리치고 있었다. 인생은 길지가 않다고, 다 금방 끝난다고, 지금이 마지막이라고 생각하고 여러분은 행복하게 살라고.

어떤 사람은 혁명으로 세상을 뒤바꾸려고 하다가 감옥에 여러 번 갔다 왔다고 했다. 젊은 날 레닌이나 모택동의 얘기가 그럴싸해 따라갔다고 했다. 자본주의보다 더 나은 사회가 있다는 그들의 이야기가 조지 오웰이 소설로 써 놓았듯 환상이라는 걸 알고 혁명을 포기했다고 한다. 혁명보다는 사우디나 창원공단에서 땀을 흘린 동기생들이 오늘의 대한민국을 만들었다고 하고 있다.

세월이 흘러 이제는 동기생 대부분이 손주 재롱에 함박웃음을 짓는다고 했다. 잦은 부음 소식이 있고, 여덟 개 반 졸업생 가운데 한 개의 반에 가까운 인원이 죽었다고 하고 있다. 그들은 직장에서 고위직 임원이 되지 못했어도 회사 발전에 기여했다고 하고 있다. 농사를 짓거나 바다에서 물고기를 잡았어도, 재벌 기업인 못지않게 치열한 삶을 살아왔다고 하고 있다.

그들의 얘기가 우리가 살아온 세상이다. 인생이 별 게 아닌 것 같다. 누가 조금 더 높은 위치에 올랐건, 또 돈을 더 많이 벌었건, 결국 모두 자연인으로 돌아왔다. 모두에게 공평한 죽음 앞에서 빨리 가고 늦게 가고도 큰 의미가 없는 것 같다. 우리의 삶이 골목에서 옹기종기 모여 놀이를 하다가 어둑해진 저녁, 엄마가 부르면 하던 놀이를 그대로 두고 집으로 들어가 씻고 잠자리에 드는 아이들 비슷한 건 아닐까. 지구별에 와서 모두들 한 세상 잘 놀다 갔으면 좋겠다.

돌아온 재미교포의 질문

내가 있는 실버타운엔 오랜 미국 생활에서 돌아온 노부부들이 있다. 그들은 태어난 곳으로 돌아오는 연어처럼 고국에 죽으러 왔다고 했다.

한 90대 노인 부부는 멋진 신세계를 보는 것 같다고 했다. 그들이 떠날 때 서울은 납작하고 짓눌린 듯한 검은 기와의 서민 한옥들과 판잣집들이 들어차 있었다고 했다. 나무 한 그루 없는 민둥산이 출렁이는 회색의 산하였다고 했다. 그런데 돌아오는 비행기에서 내려다본 국토는 온통 짙은 녹색이었고, 심지어 산에 나무가 너무 많아 간벌을 해야 한다는 소리를 들었다고 했다. 거미줄같이 뻗은 고속도로와 물이 넘실거리는 다목적댐을 보고, 예전 한국에 매년 찾아오던 홍수와 가뭄을 떠올렸다고 했다.

그 부부는 수직으로 끝없이 솟아오른 고층 아파트들을 보면서 마치 다른 별에 착륙한 것 같은 느낌이있다고 했다. 지하철, 고속철도, 음식점, 상점가, 버스정류장에서 자동으로 초고속 와이파이가 잡히고, 역이나 정류장마다 도착 정보가 뜨는 걸 보면서 버스를 놓칠까 노심초사하던 과거가 떠올랐다고 했다. 바닷가의 한적한 실버타운 주변 산속에서도 스마트폰으로 택시를 부르면, 위치추적으로 택시가 즉각 달려오는 걸 보고 기절할 것 같았다고 했다.

그는 청결한 공중화장실을 보고도 놀랐다고 했다. 미국에서도 여유 있는 집만 사용하는 비데가 공중화장실에 설치되어 있는 걸 이해하지 못하겠다는 것이다. 그가 젊은 시절, 서울에서 기억나는 것은 동대문 옆에 하나 있던 공중화장실이었다. 수십 년 묵은 분뇨에서 나는 각진 폭력의 냄새가 배어 있던 곳이었다.

아직도 미국에서는 건물 주차장에 들어갈 때는 주차 티켓을 뽑는데, 한국은 자동인식으로 주차장에 들어가는 게 신기하다고 했다. 그가 방문한 집마다 반쯤 누울 수 있는 고급 소파가 있고, 가전 기구들을 리모컨으로 켜고 끄는 걸 보고 놀랐다고 했다. 방에 수십 개의 음악채널을 비롯해 무수한 채널이 있는 텔레비전의 존재는 집을 낙원으로 만드는 것 같다고 했다.

집에서 한식, 양식, 중국식 등 어떤 음식도 배달시켜 먹을 수 있고, 심지어 동해의 바닷가에서 피자를 시키면 드론이 가져다 주는 걸 보고 놀라 자빠질 지경이라고 했다. 그 노인 부부는 주민 등록을 하기 위해 주민센터에 가 보고도 놀랐다고 했다. 무료로 제공되는 음료수와 과자가 비치되어 있고, 친절한 공무원이 기초노령연금까지 받도록 해 주었다는 것이다. 대한민국은 그가 6·25전쟁 때 장교로 참전한 보상금을 매년 미국으로 송금해 주었다고 했다.

한국의 의료보험 제도를 보고 그는 또 놀랐다고 했다. 의료보험료도, 치료비도, 미국보다 열 배는 싼 것 같다고 했다. 미국에서는 아무리 개미같이 일을 하고 저축했어도, 삶의 마지막에는 의료비 때문에 파산하고 거리의 노숙자가 되기 쉽다는 것이다. 그가 한국을 떠날 때만 해도 먹을 게 없어 풀뿌리를 먹고 굶어 죽는 사람이 많았다고 했다. 그가 돌아와서 본 한국은 먹거리가 산더미를 이루고, 쌀이 넘쳐나 저장할 창고가 없어 사료로까지 쓰인다는 소리를 듣고 혀를 찼다고 했다. 그가 다시 본 한국은 60년대 그가 부러워하던 일본, 미국을 뛰어넘은 천국이 됐다고 했다. 이런 좋은 나라를 두고 저세상으로 가기가 못내 아쉽다고 했다.

미국의 조용한 도시에서 살다가 동해로 온 80대의 전직 교수도 같은 의견이었다. 그런데 그는 이상한 점을 발견했다고 했다. 만나는 사람마다 한국에 사는 것이 얼마나 힘든지를 토로한다는 것이다. 전세가 얼마나 비싼지, 정치가 얼마나 저질인지, 아이들 교육비 마련하기가 얼마나 힘이 드는지를 하소연하며 지옥에 사는 것처럼 말한다고 했다. 그렇게 돈타령을 하면서도, 늙은이나 젊은이나 고급 외제차들을 가지고 있고, 주식투자를 하고, 아이들 과외를 안 시키는 집이 별로 없는 것 같은데 어떻게 그렇게 하느냐고 물었다.

전세 타령을 하는데, 그가 미국에서 매달 모기지로 수천 불을 내던 데 비하면 연 2퍼센트대의 이자인 전세라는 게 참 좋은 제도인 것 같다고 했다. 그는 이민을 가려고 줄을 서는 사람들을 이해할 수 없다고 했다. 미국에 근거지를 만들고, 자식을 이중 국적자로 만드는 건 왜 그러냐고 했다. 풍요로운 세상에 살면서 뭐가 불안하고 왜 불만족스러운지 모르겠다고 했다. 더 많이 소유하고 싶고, 남보다 더 앞서가고 싶은 욕구 때문이 아니냐고 했다. 연봉이 자기보다 훨씬 적은 사람들이 그보다 더 좋은 차를 타고, 더 비싼 걸 먹고, 최신 가전제품이 가득한 더 고급스런 주택에 살면서도 왜 지옥에 있다고 하느냐고 되묻는다.

일자리에 대한 말도 많이 듣는데, 해고를 당한 사람은 한국보다 미국이 훨씬 많다고 했다. 미국이 일자리가 더 안정됐다는 말에 동의하기가 어렵다고 했다. 미국도 한 번 직업을 잃으면 다른 일자리를 얻기가 쉽지 않다고 했다. 긴 미국 생활 탓에 자기가 공감 능력이 떨어진 것이냐고 되물었다. 내게는 너무 당연한 것처럼 생각되는 것들이 미국에 살다온 그들을 통해 새롭게 보였다. 숲에 있을 때는 숲이 보이지 않기 때문인지도 모른다.

우리가 행복하지 않은 이유는 뭘까. 물질적 성장에 걸맞은 정신적 성숙이 없기 때문은 아닐까. 국가도 빵만으로 살 수는 없다. 정신적 성장이 함께해야 졸부나 덩치만 큰 미숙아를 벗어날 수 있지 않을까.

부부간의 '불간섭 평화 협정서'

실버타운 안에서 내게 삼겹살과 소주를 사겠다는 노부부가 있었다. 남편은 나이가 팔십이고, 부인은 그보다 몇 살 어리다고 했다. 지금도 부부싸움을 하는데 변호사니까 얘기를 들어보고 누가 옳은지 판단해서 편안히 살 방안을 강구해 달라고 했다. 노부부는 이혼을 하겠다고 시골 지서에도 갔다고 했다. 그곳 순경이 법무사를 찾아가라고 해서 법무사 사무실에 갔더니, 얼마 남지도 않은 인생 그냥 사시다가 가라고 했다는 것이다.

노부부와 함께 불판 위에서 노릇노릇 구워지는 고기를 놓고 사적인 조정재판을 시작했다. 먼저 남편 노인에게 말할 기회를 주었다.

"애들 교육시키고 결혼시켜 내보낼 때까지 같이 50년을 살았어도 직장 생활로 바쁘고 하니까 아내가 어떤 사람인지 몰랐어요. 그런데 늙어 실버타운에 와서 둘이서만 사니까 안 보이던 게 보이는 거예요. 문을 열고 들어오면 안이 좁아서 신발을 놓을 자리가 없어요. 그러면 신발을 옆 신발장에 잘 정리하면 될 텐데 이것저것 그냥 포개 놓는 거예요. 냉장고나 냉동고를 열어 보면,

음식물을 겹겹이 쌓아 놓아서 아래는 상한 것들이 생겨요. 그리고 이제 나이를 먹었으면 돋보기나 자기가 쓰는 물품들은 손이 닿는 곳에 잘 정돈해 놨다가 바로 쓸 수 있어야 하잖아요? 그런데 번번이 찾는 거예요. 그리고 벌컥벌컥 성질을 내고 말이죠.”

그 말을 듣고 있던 부인의 눈빛에 날이 선 것 같았다. 일단 열을 식힐 필요가 있어서 노인 부부에게 말했다.

“고기가 다 구워졌으니까 한 점씩 드시고, 사이다 한 잔으로 속을 푸신 후에 말씀을 계속 듣도록 하죠. 잡수신 다음에는 부인이 진술하실 차례입니다.”

달콤 짭짤한 명이나물 위에 구워진 삼겹살 한 점과 쌈장에 찍은 생마늘을 놓고 싸서 입에 넣은 후 와삭와삭 씹어 삼켰다. 남편인 영감은 소주 한 잔을, 부인은 사이다 한 잔을 들이켰다. 잠시 후 부인이 말을 시작했다.

“남편이 직장에 다닐 때는 떨어져 산 적이 많아요. 그러다가 같이 살아 보니까 이제야 단점이 보이는 거예요. 남편이 조금 도와주고는 너무 공치사가 많아요. 생색을 안 냈으면 차라리 고마운 마음이 들 텐데 말이죠. 영감이 냉장고만 열면 숙제 검사 받는 것같이 가슴이 덜컥해요. 돈 벌어올 때 유세를 하던 걸 참고 나 혼자 일했었는데 이제는 돈도 못 벌잖아요? 그러면 일도 나누어 같이 해야 하는 거 아니에요? 그런데도 예전같이 똑같이 유세를 부리려고 하니까 나도 화가 나죠. 처음에는 말다툼을 하다 소리가 높아지고, 그래서 실버타운 뒷산에 가서 싸운 적도 있어요.

남편은 잠시도 가만히 있지 못하는 바지런한 성격이에요. 뭔가 해야 해요. 나하고는 성격이 달라요."

그 말에 남편인 영감의 반응이 곧바로 튀어나왔다.

"그럼 나는 매일 '마나님은 나의 목자시니 내가 부족함 없으리로다'라고 감사기도 해야 하나? 이제 변호사님이 판결을 내려 보슈."

부인이 대응할 눈치였다. 내가 끼어들어 의견을 제시했다.

"두 분 나이면 이혼은 아무런 의미가 없고 '불간섭 평화 협정서'를 쓰시면 어떨까요? 그걸 써서 두 분이 한 장씩 가지고 수시로 그걸 읽어 보면서 협정 내용을 지켜야 하는 겁니다. 필요하면 제가 내용을 법조문같이 써드릴게요."

"그거 괜찮네. 어떤 내용의 협정인가요?"

노부부가 호기심이 가득한 표정이 됐다.

"제1조, 늙고 병든 서로를 이해하고 따뜻하게 감싸 준다. 제2조, 일을 나누어 하고 그 결과를 보고 잔소리를 하지 않는다. 제3조, 가치관이 다름을 인정하고 자기주장만 옳다고 우기지 않는다. 제4조, 부부라고 하더라도 각자 자신이 하고 싶은 일의 세계에 몰입하며 시간적 공간적으로 독립한다. 마지막으로 이제는 미리 혼자가 될 때를 대비하도록 한다. 이 정도면 어떨까요?"

노부부는 둘 다 찬성했다. 덕분에 삼겹살 파티에 초청받아 저녁을 잘 얻어먹었다. 실버타운은 세상을 흐르다가 바다 가까이 있는 강의 하류 같은 곳이다. 그곳에 모인 물방울들이 서로 흘러온 사연을 얘기한다. 나는 강둑에 서서 그 강물들에 내 마음을 비추어 보고 있다. 실버타운 안에는 혼자가 된 노인과 부부가 사는 노인이 반반쯤 되는 것 같다. 들어온 지 얼마 되지 않아 부인이나 남편이 바로 죽는 경우도 보았다. 노인들은 남은 세월이 정말 빨리 흘러가는 것 같다고 한다. 저마다 노인들은 요양원의 침대 위에서 근육이 다 녹아 없어지는 사별의 과정을 겪고 싶지 않다고 한다. 삼겹살집에서 나와 어둑어둑해지는 해변길을 그 노부부와 함께 걸었다. 부인은 조금 앞에서 혼자 걷고 있었다. 남편이 내게 이런 말을 했다.

"집사람이 많이 아파요. 나도 여기저기 몸에서 고장난 기계같이 녹물이 흘러나와요. 내가 아내를 잘 보살펴서 저세상으로 보내고 따라가려고 해요. 아내가 아프니까 성질을 내는데, 나도 늙어서 그런지 인내하지 못하고 부딪치는 경우가 많아요."

노부부에게는 굼뜬 구들장 같은 따뜻한 온기가 느껴졌다.

옆방 노인의 죽음

실버타운의 옆자리에 앉아 밥을 먹던 부인이 내게 말했다.

"그저께 한밤중에 413호에서 잠깐만 와 달라고 전화가 왔어요. 가서 보니까 할아버지가 옆에 있던 할머니가 죽은 것 같다고 하더라고요. 저녁을 좀 많이 먹었는데 토하더니 그렇게 됐대요."

노부부가 실버타운에 와서 일주일 정도 되자 한 사람이 죽었다. 그 부인의 말이 이어졌다.

"미국에서 오래 살다가 한국으로 온 부부였어요. 내가 좀 친절하게 해드렸어요. 소화가 안 된다고 해서 죽을 해드렸거든요. 고맙다고 하면서 선물을 주면 안 되겠냐고 하면서 자기가 간직하고 있던 팔찌를 주는 거예요. 그래서 그건 너무 과하다고 했죠. 그 부인이 돌아가시기 하루 전의 일이에요. 그 부인은 이 실버타운으로 오기 전에 부산 다대포 바닷가에 아파트를 얻어서 부부가 3년 동안 잘 살아 봤다고 하너라고요."

어쩌면 그 노인은 죽음을 예감한 것 같기도 했다. 실버타운 안에서 노년의 죽음은 알려지지 않는다. 조용히 실려 나가 한줌의 재로 변한다. 노인들은 의식적으로 죽음을 외면하는 것 같다. 노인들은 잠을 자다가 죽기를 소망한다. 요양원과 중환자실에서의 긴 사멸의 과정을 두려워하기도 한다.

일 년 전 보았던 눈이 작은 할머니가 갑자기 기억의 오지에서 나타났다. 엘리베이터에서 마주친 그 할머니는 남는 게 시간이라고 했다. 기나긴 노년의 적막이 답답했을까. 한번은 복도의 벽 아래 있는 긴 의자에 앉아 그 할머니가 마른 울음을 삼키고 있는 걸 봤다. 지독한 외로움이 그 주변에 공기같이 흐르고 있었다. 딸이 여행을 떠나 혼자 있는 개의 밥을 줘야 할 때만 할머니는 집으로 갈 수 있다는 말을 주위 사람한테 들었다.

한 번은 실버타운의 텅 빈 PC방에서 그 할머니를 본 적이 있다. 적막한 공간 안에서 포커게임을 하고 있었다. 그 얼마 후 실버타운의 직원이 PC방 바닥에 쓰러져 있는 그 할머니를 발견해서 병원에 데려갔는데 의사 말이 이미 죽어 있었다고 한다.

어제저녁 창문의 유리창이 부드러운 회색의 황혼으로 물들 무렵 갑자기 스마트폰의 벨이 울렸다. 발신자가 없고 번호만 화면에 뜬다. 주소록에 없는 사람인 것 같았다.

"누구세요?"

내가 물었다.

"목소리 들으니까 엄 변호사 맞네. 나 택수야."

고등학교 동창이었다. 뒤늦게 같이 사법연수원을 다녔었다. 춘천에 변호사가 없던 시절, 그는 호수에서 피어오르는 물안개가 아름답다고 그곳에 가서 법률사무소를 냈다. 그곳에서 그는 자기 인생에 다양한 색칠을 하면서 살았다. 그는 색소폰을 불었다. 독주회를 할 정도까지 실력이 올랐다는 소리를 들었다. 그가 오랜만에 내게 전화를 한 것이다.

"오랜만이다, 반갑다. 어떻게 지내고 있냐?"

내가 물었다.

"나, 뇌경색이야. 다른 말로 하면 풍을 맞은 거지. 몸이 마비되어서 넉 달 동안 입원해 있었어. 회복이 되긴 됐는데 왼쪽 팔과 다리가 불편해서 지팡이 짚고 다녀. 이젠 골프도 못 쳐."

인간은 누구나 언젠가 부서지거나 망가지게 되어 있다. 눈이 안 보이고 귀가 안 들리고 몸이 굼떠지고 걷지 못하게 된다. 암에 걸려 병원 침대에 누워 있을 수도 있다.

부처님은 죽는 사람을 보면서 너도 그렇게 될 것이라는 사실을 알라고 했다. 아픈 사람을 보면 너도 아플 것이라는 걸 배우라고 했다. 늙은 사람을 보면 너도 그렇게 늙을 것이라는 걸 깨달으라고 했다.

이번에는 마음의 오지에 숨어 있던 한 현명한 노인이 혼령으로 떠올라 시간의 저쪽에서 이쪽으로 다가오는 환영을 느낀다. 그 노인이 내게 속삭인다.

'인간에게 최대의 미혹은 삶에 대한 집착이오. 우리가 자신이라고 믿고 있는 현재의 형체는 과연 자기일까? 나는 낮잠을 자다가 나비가 된 꿈을 꿨소. 나는 사람이라는 걸 잊고 꽃향기의 바다 위를 날아다녔소. 내가 나비인지 나비가 나인지 잘 모르겠습

디다. 죽음이란 단지 이 모습에서 저 모습으로 형체를 바꾸는 데 불과한 것이오.'

나비 얘기를 하는 걸 보니까 그 노인은 장자였다. 나는 그 노인의 말을 조용히 기다리고 있었다.

'삶에 집착하지도 말고 죽음을 기피하지도 않았으면 하오. 세상을 떠난다고 슬퍼하지 마시오. 무심히 왔다가 무심히 갈 뿐이오. 하늘의 섭리가 나를 죽게 만들려고 하는데 안 죽으려고 하면 나의 잘못이 아니겠소? 늙고 죽는 것도 생각하기 나름이오. 젊어서는 무거운 삶의 짐을 지고 괴로워하지만, 늙음은 편하게 되는 것이고 죽음은 쉬는 것 아니겠소? 그게 인간의 일생인 만큼 늙음과 죽음을 긍정해 보는 건 어떻소?'

죽음을 정면으로 바라볼 때 삶의 진실을 마주하는 건 아닐까. 병이 들면 병이 든 대로 환자로서 매일매일을 중요하게 살아가야 하지 않을까. 그런 것들을 받아들이고 소중하게 매일을 살아가는 것이 인생은 아닐까. 매일매일 이외에 달리 우리들 인생은 없을 것 같다.

혼자 즐기다 집에서 혼자 죽기

실버타운은 인생의 썰물 때 어떻게 대처해야 하는지를 배우는 실습장 같다. 엊그제 같은 층에 있는 노부부 중 부인이 죽었다. 남편은 혼자가 됐다. 그림을 그리던 위층의 부인도 죽고 남편 혼자 남았다. 연기같이 물거품같이 스러지는 생명을 실감한다. 죽은 분이 그렸던 동양화가 실버타운의 벽에 쓸쓸하게 걸려 있다.

인간은 누구나 결국에는 혼자가 되는 것 같다. 파킨슨병에 걸린 혼자 사는 노인이 있다. 몇 번 혼자 쓰러져 있는 걸 직원들이 발견했다. 노인들은 요양병원에 가기 싫어하는 것 같다. 뼈만 앙상하게 남도록 목숨만 붙여 놓는 그곳은 지옥이라는 인식이다.

주렁주렁 링거와 호흡줄을 달고 연명하는 중환자실도 무서워한다. 혼자 죽을 용기만 있다면 집에서 혼자 죽는 게 행복할 것 같다고 한다. 나와 진하던 소설가 정을병 씨가 그 행복을 찾았다. 소설을 써서 번 돈으로 산 집에서 40여 년을 살다가 마지막에 혼자가 된 그는 집에서 혼자 죽었다. 짐작하건대 혼자 음식을 끊고 죽음을 정면으로 맞이한 것 같다.

노년을 배우는 학습장에 있으면서 나이 먹은 분들의 걱정을 알게 됐다. 내남없이 없는 수입에 점점 없어져가는 돈 때문에 근심한다. 조병화 시인이 노년에 쓴 시를 읽은 적이 있다. 저승 갈 노잣돈이 거의 다 떨어졌는데, 자기를 데리고 갈 저승사자가 때에 맞춰 오실 거냐고 묻는 내용이었다.

실버타운의 90대 노인으로부터 현실적인 얘기를 들었다.

"노년을 생각하고 나름대로 재정 문제를 치밀하게 계산해 보고 준비했었죠. 아버지가 떠나신 나이를 생각하고 70대에 죽을 걸로 생각하고 자금계획을 세웠는데 80대를 훌쩍 넘긴 거야. 그래서 80대에 죽을 걸로 생각하고 마지막 일 원까지 다 쓰고 가려고 했는데 90대를 넘겼어. 죽어지지가 않고 몸도 매일 골프를 칠 정도로 건강해. 어쩌면 진짜 백 살까지 살지도 모른다는 생각이 드니까 돈 문제가 걱정이 되는 거야. 그래도 복지국가가 됐는데 돈 한 푼 없다고 굶어 죽기야 하겠어? 그래도 통장의 잔고가 바닥이 날 거라는 불안이 크지. 그래서 난 대책을 마련해 뒀어요. 아파트를 물려주지 않고 세를 주고 있어. 이 나이에도 수입이 있으니까 마음이 평안해져."

그 다음은 긴긴 노년의 적막과 외로움을 어떻게 견디느냐의 문제인 것 같다. 탑골공원에 가면 하루 종일 정물같이 앉아 있는 노인들이 있다. 아침이 되면 나와 벤치에 앉았다가 황혼이 지면 돌아간다.

실버타운에는 혼자 있으면서 즐기는 방법들을 터득한 노인들이 있다. 회사를 퇴직하고 오랜 세월이 흐른 70대 노인이 내게 이런 말을 했다.

"내가 20대 때 하모니카를 멋지게 부는 친구를 보면 부러웠어요. 그래서 주민센터에 가서 하모니카를 배워요. 어려서부터 뭔가 만들어 보고 싶었는데 회사를 다닐 때는 가족을 벌어 먹이느라고 여력이 없었죠. 그래서 노년에 목공일을 배우려고 해요. 요리도, 재봉틀로 수놓기도 해 보고 싶어. 창피해도 해 볼 거야. 나 같은 노인이 뒤늦게 발레를 배우는 드라마도 있던데 뭘. 나 혼자 시간을 즐기는 건 이제 내 마음대로지."

친구 관계도 노년에는 변하는 것 같다. 실버타운에 있으니까 80대 몇몇 노인들은 70대인 내게 친구를 하자고 밝게 인사하며 먼저 다가왔다. 멀리 있는 자식이나 일 년에 한 번도 보지 않는 옛 친구보다 젊은 이웃을 친구로 삼으면 급할 때나 외로울 때 더 좋다고 했다. 그들의 태도도 지혜의 일부였다. 노인들의 놀이를 보면 알게 모르게 직업에 따라, 사람에 따라 다른 것 같다.

인도대사를 했던 노인이 외교관을 지망하는 젊은이들에게 줄 책을 쓰는 걸 봤다. 판사 출신의 한 노인은 주민센터에서 컴퓨터와 소설작법을 배워 법정 소설을 쓰고 있다고 했다. 나와 잘 아는, 정보기관장을 역임한 80대 노인은 자신의 삶을 소재도 첩보 소설을 써 보겠다고 했다. 노인들의 내면에 20대 문학청년이 들어 있었던 것 같기도 하다. 노년의 문학이나 예술도 괜찮은 것 같다. 연필 한 자루와 공책이 있으면 쪽방에 살면서도 즐길 수 있다. 그런 노인을 보기도 했다.

노년에 내면의 산을 오르는 영혼을 탐구하는 것도 좋아 보였다. 다석 류영모 선생은 노년에 북한산 자락에 집을 마련하고 그곳에서 경전을 읽었다. 그리고 매일의 명상을 『다석일지』라는 형태의 글로 남겼다.

이화여대 교목이면서 불경에 통달했던 김흥호 박사의 개인적인 강연을 그가 살았을 때 매주 들은 적이 있다. 그는 당시 80대 후반의 나이였다. 차창을 통해 하얀 눈이 덮인 세상을 보면서 서울로 올라와, 지하 강의실에서 가르치는 게 즐거움이라고 했다. 김형석 교수는 백 살이 넘었어도 책을 읽고, 글을 쓰고, 강연을 한다. 노년을 어떻게 살아야 하는지를 알려주는 수많은 스승들이 있다. 마음의 눈을 열고 보면 그분들의 지혜가 보이지 않을까.

우리는 모두 인생 감옥에 있다

실버타운에서 여러 종류의 노인을 만났다. 왕년에 잘 살았고, 경찰을 했고, 뭘 했고 해서 싸우는 수가 있다. 과거 정권의 황태자로 군림했던 분이 있다. 80대가 넘은 지금까지 에너지가 왕성하다. 그는 왕년의 경력을 과시하면서, 자신의 동향을 주변 사람들의 단톡방에라도 올려야 좋아한다는 말을 들었다. 내남없이 우리들은 과거라는 감옥에서 벗어나지 못하고 있는지도 모른다. 지금 현재 평범한 노인인 점을 인정하고 과거에 묶이지 않아야 하는데 그게 쉽지 않은 것 같다.

나 역시 오랫동안 인생의 감옥에 갇혀 있었다. 왕자병에 걸려서 나를 특별한 사람으로 착각한 적도 있었다. 나는 우주의 중심이었다. 그런데 번번이 실패했다. 이해할 수가 없었다. 나는 그렇게 될 사람이 아니었다. 별 볼 일 없는 내 주제를 아는 데 수십 넌이 걸렸다. 피라미가 상어가 되려는 꿈을 꾸었던 것 같있다.

내 주변에 부자인 친구도 많고 출세한 친구들도 많았다. 나는 그들과 똑같아야 한다고 착각했다. 비교하고 경쟁하고 질투하는 정신의 감옥에 갇혀 빠져나올 수가 없었다. 때로는 '나 같은 게 뭘' 하는 절망의 감옥에 갇히기도 했다. 부정과 의심의 영이 내 영혼에 그림자를 드리우기도 했다. 어떤 인물이나 사건을 볼 때 부정적인 면에만 눈이 가고 비판적이었다. 꽃을 봐도 나는 그 아름다움을 보지 못했다. 굳이 뿌리를 얘기하고, 거기에 묻은 흙을 지적하면서 똑똑한 척했다. 어떤 말을 들어도 꼭 이면을 떠올리면서 의심했다. 악마의 영이 나를 깊은 정신적 감옥에 가두었다.

그런 감옥에서 잠시 석방되는 순간을 맞이했던 적이 있다. 장기 직업장교가 되어 최전방 철책선 부대에서 근무할 때였다. 하얗게 눈이 덮인 철원평야에 지은 작은 단층집을 관사로 배정받았다. 처음으로 가져 보는 나의 집이었다. 수세식 화장실에 하얀 플라스틱 욕조가 있는 집이었다. 나는 오래된 일본식 목조건물에서 자랐다. 재래식 화장실에 얇은 판자와 유리 그리고 창호문으로 된 다다미방을 가진 집이었다. 집에서는 목욕도 할 수 없었다. 나는 욕조가 있는 깨끗한 화장실을 가진 집에서 살아 보는게 꿈이었다. 장교 관사가 나의 소망을 이루어 주었다.

따뜻한 물이 담긴 관사의 욕조에서 나는 짜릿한 행복을 느꼈다. 행복이 겹쳐 왔다. 내게 배정된 군용 지프차였다. 그 어떤 고급 외제차보다도 나는 그 차를 타고 다닐 때 행복했다. 지금도 봄밤의 논에서 우는 개구리 소리와 그 소리를 들으며 전방의 군용도로를 달릴 때의 아늑했던 삶의 질감이 마음의 오지에 그대로 달라붙어 있다. 군복을 단정하게 입고, 권총을 차고, 전방을 순찰하면서 나는 열등감의 정신적 감옥에서 벗어나려고 애를 썼었다.

변호사를 하면서도 나는 내 나름대로 인생의 감옥에 갇히지 않으려고 조심했다. 하지만 쉽지 않았다. 당시 나는 매달 돈을 벌어서 가족을 먹여 살려야 했고, 아이들 교육을 시켜야 했다. 절대적으로 돈에 목이 말랐다. 수시로 돈이라는 미끼가 달린 함정이 나를 유혹했다. 그 미끼를 물면 나는 깊은 함정에 빠져 갇히게 되는 것이다. 미끼가 풍기는 냄새에 현혹되지 않기가 정말 힘들었다. 돈 걱정을 하지 않고 5년만 편안히 책을 읽고 글을 쓸 수 있으면 소원이 없겠다고 생각한 적도 있다.

어려서의 가난은 돈 없는 불편을 견뎌내는 데 도움이 됐다. 돈이 없다는 것이 불편은 하지만 내게 고통까지는 아니었기 때문이다. 50대 중반쯤 짜릿한 행운의 기회가 있었다. 큰 사건을 맡아 처리하고, 대기업으로부터 비교적 큰 수임료를 받는 순간이었다. 그 돈이면 생활비를 걱정하지 않고, 5년간은 편히 글만 쓸 수 있을 것 같았다. 너무 감사해서 그 돈을 준 회사의 사장을 찾아가 큰절이라도 하고 싶었다.

높은 담과 철창이 있는 감옥만이 감옥이 아니라는 생각이다. 그보다 더한 정신적 감옥이 있다. 내남없이 대부분의 사람들이 창살 없는 그런 인생의 감옥 속에 늘어앉아 있는 선 아닐까. 서기서 벗어나려면 어떻게 해야 할까. 시선을 어둠에서 돌려 빛을 봐야 하지 않을까. 자기 그릇의 크기를 빨리 알아차리고 거기에 맞는 분량을 채우는 것으로 만족해야 하지 않을까.

어른들의 병정놀이

꿈결에 전화벨이 울리는 소리가 들렸다. 벨은 계속 울리고 있었다. 나는 꿈속에 있었다. 산을 올라가고 있었다. 산 옆에 암자 같은 집들이 있고 그 안에서 염불을 하며 수행하는 사람들이 보였다. 나는 꼭대기에 있는 염불암으로 올라가는 길이었다. 어느 순간 잠이 깼다. 벽에 걸린 시계의 초록 불빛이 12시를 가리키고 있었다. 이렇게 늦잠을 잔 일이 없는데 처음이었다. 이상했다. 꿈속에서 나는 50년 전으로 돌아가 대학 1학년 여름에 갔던 팔공산 꼭대기의 암자로 올라가고 있었다. 왜 뜬금없이 시간의 아스라한 저쪽에서 그 장면이 내게 다가온 건지 알 수 없었다.

자리에서 일어나 버릇같이 스마트폰 화면의 최근 전화 기록을 들여다보았다. 낯선 전화번호가 보였다. 발신자의 성명도 없었다. 그 번호로 통화 버튼을 눌렀다. 신호가 간다. 누군가 한참 만에 전화를 받는다.

"저는 엄상익 변호사라고 합니다. 전화 거셨습니까?"

내가 말했다.

"아, 저는 제3 군수지원사령부의 권 상사입니다."

소리가 갈라진 노인의 목소리였다. 41년의 안개 낀 세월 저쪽에서 어렴풋한 기억의 그림자가 꿈틀거리고 있었다. 그때 나는 스물아홉 살이었고, 육군 대위 계급장을 단 군인이었다. 그는 옆 부대의 하사관이었다. 나보다 열 살 이상 나이가 많은 형 같은 분이었다. 당시의 하사관이란 군에서 독특한 존재였다. 군 생활을 오래 하면서 동생 같은 장교들을 상관으로 두고 있었다.

나는 그의 부대원과 한 달에 한 번 정도 업무적으로 만났다. 그럴 때면 서너 명이 부대 근방의 허름한 식당으로 갔다. 박봉에 주머니 사정이 내남없이 뻔할 때였다. 나는 넓은 무쇠냄비에 된장찌개를 가득 담아 주고, 추가로 소고기 한 근을 듬성듬성 썰어 달라고 주문했다. 상 위에서 된장찌개가 끓을 무렵, 그 소고기를 집어넣고 끓이면 기름기가 도는 국물에서 구수한 냄새가 나면서 한결 고급스런 맛으로 변했다. 우리는 하얀 밥을 진한 된장찌개 국물에 말아서 맛있게 먹었다. 그렇게 밥을 함께 먹었던 정이, 그 향기가 40년이 넘은 지금까지 그의 마음에 달라붙어 있는 것 같았다.

"형같이 좋은 분이셨는데 지금 몇 살이세요? 어떻게 살고 계세요?"

반가운 마음으로 그에게 물었다.

"여든세 살이에요. 마누라하고 둘이서 삼척에 살고 있어요. 제대하시고 잘됐다는 소문을 들었어요. 저는 군에 계속 남아서 상사에서 원사로 진급했어요. 군단급 이상에만 하사관 중 원사라는 계급이 생겼어요. 장교들이 보기에 어떨지 모르지만, 우리 하사관 사회에서 나는 여러 명의 상사들과의 경쟁에서 이겨 원사로 진급한 겁니다. 퇴역을 하고 삼척에 내려와 살았죠. 얼마 전 우연히 동해에 사신다는 소식을 들었어요. 그래서 전화번호를 수소문해서 오늘 오전에 연락을 한 거죠."

"참 세월이 많이 흘렀네요. 연세가 벌써 팔십을 훌쩍 넘기신 걸 보니까요. 저도 칠십 고개를 넘었잖습니까? 만납시다. 이번에는 부대 근처의 된장찌개집이 아니라 동해 바닷가에서 싱싱한 회를 소주하고 곁들여 살 테니까요."

"그래요. 보고 싶네요."

그의 정이 담긴 대답이었다. 감사한 마음이 들었다. 40년 전의 스쳐지나간 인연을 떠올리고 그가 연락을 한 것이다. 내가 그에게 잘해 주거나 마음을 써 준 일이 기억에 없다. 오히려 신세를 진 편이다. 초급장교 시절 나는 통근버스 뒷좌석에서 책을 펴서 조용히 공부하곤 했다. 같이 출근하던 부대의 하사관들이 그런 내 모습을 신기한 듯 보곤 했다. 대화는 하지 않았어도 그들이 보내던 친근하고 따뜻한 눈길이 아직도 뇌리에 남아 있다.

내가 처음 장교로 임관되어 배치를 받았던 부대에서 인연을 맺었던 형님 또래의 하사관은 팔십 노인이 된 지금까지 매일 카톡으로 내게 좋은 얘기들을 보내 주고 있다. 나는 그 시절 그들의 아련하고 애잔한 마음을 어렴풋이 알고 있다. 가난 때문에, 아니면 집안 사정으로 대학의 졸업장이 없는 분들이 장교가 되지 못하고 하사관이 되어 군에서 근무했었다. 더러는 과격한 지휘관에게 수모도 당했다. 그런 아픔을 견디면서도 상관에게 충성을 하면서 직업군인으로서의 일생을 보낸 사람들이었다.

얼마 전에는 군 시절 내가 모시던 장군이 내가 사는 동해 바닷가로 놀러왔었다. 이제는 세상이 어깨에 붙여 줬던 계급장이 모두 떨어지고, 우리는 모두 평등한 노인이 됐다. 내가 묵는 실버타운의 해병대 사병 출신 노인은, 옆방의 육군 대령 출신에게 수시로 "짜장면 사 줄게, 너 오늘 내 운전병 해라."라고 하면서 차를 태워 달라고 하기도 한다. 그렇게 장군이 되기를 소망하던 한 선배는 우쭐대던 군 시절이 어렸을 때 병정놀이를 했던 것 같다고 말하기도 했다.

황혼이 지고 밤이 올 때쯤이면 우리는 모두 하던 놀이나 역할을 그만두고 집으로 돌아가는 아이들같이 되는 게 아닐까. 잠자는 아이의 머리맡에는 놀이를 하면서 따 모은 딱지나 구슬이 쌓여 있기도 하고, 병정놀이의 계급장도 있을 것 같다. 늙어서 영원히 잠들기 전에도 그 비슷한 건 아닐까.

죽음 대합실의 속살 이야기

2년째 되니까 깨끗한 천국 같은 실버타운의 은밀한 속살이 보인다. 어떤 노인은 실버타운을 저승으로 가는 대합실이라고 했다. 그 말이 맞는 것 같다. 다른 세상으로 가는 노인들의 모습을 종종 봤다. 노년에 남은 게 시간밖에 없다고 말하던 할머니가 컴퓨터 포커게임으로 시간을 죽이다가 바닥에 쓰러져 저세상으로 갔다.

노부부가 저녁을 맛있게 먹고 가더니 새벽녘에 영감님이 이웃 약사 출신 부부에게 전화를 걸었다. 자고 일어나 보니까 함께 잠들었던 늙은 아내가 시신이 되어 있다고, 구급차가 와서 조용히 그 할머니를 모셔갔다. 언제나 마지막 행진을 하는 것 같아 보이던 파킨슨병을 앓던 노인도 어느 순간 그림자같이 사라져 버렸다.

젊어서 이 나라의 2인자였다던 노인이나 장군 출신들이 허리가 아파 몇 걸음을 걷지 못하고 신음을 한다. 공동식당에서 진보니 보수니 정치 얘기를 하고, 선거 때 밤새 댓글을 썼다던 교장 출신 할머니도 더 이상 보이지 않는다. 휴거를 하듯 바로 다른 세상으로 가는 친구도 있다. 마라톤이 건강에 최고라고 하면서 매일 새벽마다 안개 낀 한강변을 달리던 고교 동창이 심장마비로 갑자기 세상을 떠나기도 했다. 젊어서 유명 연기자들과 원 없이 연애를 해 봤다고 자랑하던 낭만파 선배도 요즈음은 투석을 하며 두문불출하는 '방콕' 삶이라고 카톡을 보내왔다. 부자였던 그는 아무리 빌딩을 여러 채 가지고 호텔을 가졌어도 세월 앞에서는 아무런 소용이 없다고 했다.

실버타운에서 밥을 먹는데 몇몇 노인이 다가와 '웰다잉'에 대해 내게 자신들의 의견을 말했다.

"마취제로 쓰이는 프로포폴 두 병이면 고통 없이 조용히 저세상으로 갈 수 있는데 그게 정맥주사라 자기가 스스로 놓기가 어려워요."

그 노인은 약학 박사 출신이다. 또 다른 노인은 이렇게 말한다.

"저승가기 쉬운 방법은 목을 매다는 거예요. 죽은 모습이 남에게 폐를 끼쳐서 그렇죠. 미리미리 줄을 준비해 둔 노인들도 있어요."

옆에서 밥을 먹으며 얘기를 듣던 여성 노인이 말했다.

"곡기를 끊고 조용히 굶어 죽는 것도 방법이에요."

그 말에 다른 노인이 말한다.

"그건 너무 시간이 걸려요."

또 다른 노인이 제안했다.

"여기가 바닷가인데 바다로 들어가면 되지 않을까요?"

"저한테는 그런 용기가 부족해요."

프로포폴을 주장하던 노인의 대답이었다. 또 다른 노인이 말한다.

"지금은 이런저런 웰다잉을 할 수 있는 방법을 강구하는데, 가장 중요한 건 치매가 걸리면 불가능해지죠. 그게 제일 무서워요."

한 80대 노인이 그에게 온 동창회의 카톡 내용을 보여 주었다. "자기 나름의 인생 마무리"라는 제목의 글로 이런 내용이 적혀 있었다.

'인간은 죽음을 앞두고 가장 그다운 개성의 꽃을 피운다고 한다. 감사의 기분이 넘치면서 유종의 미를 거두는 그런 끝이었으면 좋겠다. 혼자 죽는 고독사라도 그것이 자유로운 생활의 끝이라면 후회 없는 죽음으로서 손색이 없을 것 같다. 그러나 언제까지 발견되지 않는 건 피해야 하고, 그렇게 하기 위해서 여러 가지 장치를 준비해 둘 필요가 있다. 정들어 살던 집에서 누구에게도 부담을 주지 않고 혼자 조용하게 이 세상과 하직하는 건 나름 평온한 죽음의 한 모습이다. 인생의 라스트 신이 가까워질 때 자신의 살아온 자취와 생각, 희망 등 남기고 싶은 말을 정리하고 장례를 미리 가족들에게 얘기해 두고 가는 건 어떨까.'

노인들은 늙어서야 깨닫는 것 같기도 했다. 돈이 많다고, 땅이 많다고, 잘산다고, 못산다고, 잘생겨서, 못생겨서, 그런 것들은 삶과 상관이 없었다는 것이다. 돈이 많아도 나이 칠, 팔십이면 소용없고, 건강해도 구십이면 의미가 없다고 한다. 두 다리로 걸

어서 봄날 꽃구경을 다니고, 이가 좋을 때 맛있는 음식점을 찾아
다니고, 눈이 괜찮을 때 영화를 보고 책을 읽고, 귀가 들릴 때 아
름다운 음악을 감상하고, 베풀 수 있을 때 남에게 베풀고, 즐길
수 있을 때 마음껏 즐기는 게 잘 사는 최고의 방법이었다고 후회
들을 하는 것 같다.

젊은 날 추구했던 것들

실버타운 식당에서 노인들이 소곤대고 있다. 들어온 지 얼마 안 되는 사람이 한밤중에 죽었다는 것이다. 그 말을 들은 80대 노인이 이런 말을 했다.

"요양원을 거치지 않고 바로 갈 수 있다면 행복한 거요."

옆에 있던 다른 노인이 맞장구쳤다.

"젊어서는 갑자기 죽는 게 사건이었지만 이제는 그건 하나의 축복이라고 생각해요. 긴긴 노년의 시간을 병상이라는 지옥에서 시달리지 않으니까."

노인들은 자기가 살던 익숙한 방에서 죽고 싶어하는 것 같다. 실버타운에서 노인들은 넷플릭스의 드라마를 통해 현재의 세상을 보기도 하고, 과거를 돌이켜보기도 한다. 한 노인이 어제 저녁에 본 드라마에 대해서 얘기했다. 명문대를 졸업하고 노량진 학원가에서 공무원 시험 준비를 하던 '공시생'의 죽음에 관한 얘기다.

길거리 노점에서 파는 컵밥을 먹으면서도 수험서를 보고 학원 강의도 열심히 듣는 착한 청년이었다. 항상 몇 점 차이로 아슬아슬하게 시험에 떨어졌다. 다음해에는 붙을 것 같아 계속 응시하다가 세월의 물결에 밀려 버렸다. 방향을 바꾸자니 지난 시간이 아깝고, 퍼즐 같은 세상 어디에도 들어가 낄 틈이 없었다. 그는 정신병원으로 도피했다가 자살하는 것으로 삶을 마감한다. 드라마는 노인들이 망각했던 지난날을 생생하게 떠올리게 하는 것 같다.

식탁에 앉아 있던 교수 부부 중 70대의 부인이 미간을 찡그리면서 이런 말을 했다.

"나는 젊은 날로 갈 수 있다고 하더라도 절대 돌아가지 않을 거야. 그 피를 말리던 세월로 절대로 가고 싶지 않아. 나는 지금 이 일생에서 가장 편안한 시간이야. 교수 생활을 하는 동안 프로젝트를 따야 하고, 그 예산을 지원받기 위해 얼마나 힘들었는데. 다시는 안 할 거야."

"나도 젊은 날로 다시 돌아가라고 하면 안 갈 거야."

옆에 앉아 과묵하게 듣던 교수 출신 남편도 동조했다. 그 노인은 좋은 집안 출신 같았다. 형제 세 사람이 모두 최고의 명문대를 나왔다. 그 노인은 대학입시에서 수석 합격을 하고, 60년대에 유학생으로 선발되어 유학을 갔다. 그는 미국의 대학에서 교수 생활을 했다. 아내도 교수였다. 그들은 평생을 교수가 시켜야하는 규범이나 의식 절차의 범위를 벗어나지 않은 것 같았다. 그들 부부는 미국에서 은퇴를 하고 돌아온 사람들이었다. 많은 사람들이 선망하는 위치였는데도 본인들은 많은 고통이 있었던 것 같다.

실버타운 노인들은 더러 과거의 고통과 현재의 삶을 얘기하기도 한다. 육군 대령 출신의 80대 노인이 이런 말을 한 적이 있다.

"나는 정말 열심히 군 생활을 했어요. 장군이 되고 싶었죠. 대대장까지 마치고 중령으로 육군본부에 근무하고 있을 때였어요. 책상을 마주 놓고 업무를 보는 같은 계급의 육군사관학교 출신이 있었어요. 어느 날 그 사람이 나보고 당신은 아무리 일을 열심히 해도 몇 년 후면 먼저 진급한 자기에게 경례를 해야 할 거라고 하더라고요. 육사 출신이 군대에서는 귀족인데 나는 출신이 달랐거든요."

우리가 살던 시대가 그랬다. 불평등과 불공정을 감내해야 하는 세월이었다.

대령 출신 노부부는 예수에 미쳐 실버타운 부근의 시골 교회에서 열성적으로 봉사하고 있다. 그 부인은 밥도 안 먹고, 잠도 안 자고, 기도하는 자세로 성경 전체를 필사했다. 남편인 대령 출신 노인이 이런 말을 덧붙였다.

"사도 바울은 가문의 혈통이나 학벌이나 지식으로 볼 때 당시의 기득권층이더라고. 로마의 시민권도 가지고 있었고. 그런 사람이 자기가 가졌던 그 모든 특권을 쓰레기같이 여긴다면서 다 버리고, 철저한 예수쟁이가 됐어. 믿음이라는 게 그런건가 봐."

그는 지혜를 얻은 것 같다. 지혜가 없는 자의 물욕은 끝없이 자란다. 거기에 매달려 있는 사람은 늙어도 정신적 미숙아다. 우리들은 젊어서부터 좁은 시야 속에서 욕망을 채우려고 하다가 많은 것을 잃어버렸다. 욕망을 억눌러 가라앉히는 것이 가장 이익이 아니었을까. 노년 세대가 되어서야 우리는 평등한 세상을 맞이했다. 실버타운의 공동식당에는 장군도, 장관도, 병사도 똑같은 식판 위에 똑같은 밥과 국을 받아서 먹고 있다. 박사도 교수도 없다. 그냥 노인으로 불리면서 모두 평등하다.

군 출신들은 죽어서 국립묘지로 갈 때 공평하게 자리를 배정받아 땅속으로 들어간다. 지위나 자격은 잠시 입었다가 벗어버린 헌옷인 것을 그들은 자각한다. 돈도 그렇다. 각자 소박하게 살 최소한의 돈만 있으면 된다. 젊어서 대단한 가치가 있다고 생각했던 것들이 다 물거품같이 의미가 없는 것으로 변한다. 인간은 무엇을 추구해야 참된 행복을 얻을 수 있을까.

'욕쟁이' 영감

실버타운에 있어 보면 식사 시간에 다양한 풍경이 펼쳐지기도 한다. 살아온 삶이 다르고, 배움이 다르고, 생각이 다르기 때문이다. 그런 사람들이 늙었다는 것 하나로 모여든 것이다. 조용한 노인들의 세계에서 가끔가다 돌과 돌이 부딪쳐 파란 불꽃이 튀는 듯한 충돌도 있다.

같은 실버타운에 있는 육군 대령 출신인 80대 노인이 화가 잔뜩 나서 내게 이런 말을 한 적이 있다.

"식당의 뒷자리에 있는 영감하고 싸웠어. 우리 집사람이 말을 하는데 뒤에서 시끄럽다고 하면서 말끝에 '씨발'이라고 하는 거야. 그래서 내가 왜 욕을 하냐고 했더니 '내가 언제 욕을 했어?' 그러면서 말끝에 또 '씨발'이라고 하는 거야. 말끝마다 후렴같이 '씨발'이 나오는데 기가 막혀서. 경찰 출신이라면서 아주 버르장머리가 없어. 주먹다짐을 하고 싸울 수도 없고 말이야."

대령 출신 노인은 그 다음부터 식당에 오지를 않는 것 같았다. 나는 그 다음부터 밥을 먹거나 산책을 하는 '씨발' 영감을 눈여겨보았다. 지나칠 때 눈인사를 하기도 했다. 선한 표정에 착한 눈빛이었다. 실버타운에서 혼자 살아온 세월이 10년을 향해 간다는 소리를 들었다. 외롭고 고독한 노인이었다. 그는 자기가 말 끝에 '씨발'이라고 하는 걸 거의 의식하지 못했다. 잘못된 말버릇이었다. 그렇게 살아온 것 같았다. 노동자들이 '염병할'이라던가 '우라질'이라고 하는 푸념 비슷한 것이라는 생각이 들었다. 듣는 상대방의 입장에서는 후렴 부분인 욕만 강하게 들릴 수 있었다.

엊그제였다. 저녁 무렵에 식당에서 밥을 먹는데 갑자기 찢어지는 듯한 악을 쓰는 소리가 허공을 갈랐다.

"왜 욕해?"

한 여자 노인이 '씨발' 노인의 뒷자리에서 소리쳤다. 말버릇이 잘못 든 '씨발' 영감과 또 시비가 붙은 것 같았다. 부인 옆에 있던 남편도 분노로 얼굴이 일그러져 있었다.

"내가 뭘 잘못했다고?"

'씨발' 영감은 그들이 왜 그런지 이유를 알 수 없다는 듯 황당해하는 표정이었다. 무의식중에 또 '씨발'이라고 한 것 같았다. 식사가 끝날 무렵 그는 분노했던 여성 노인의 남편을 멀리서 손으로 가리키면서 말했다.

"너, 따라 나와."

한판 붙자는 말이었다. 그는 자기가 왜 욕을 먹는지 모르고 억울한 듯 보였다. 내 옆에서 밥을 먹던 해병대 출신 노인이 갑자기 내게 물었다.

"변호사님, 예전에 높은 데 있었다면서요. 서로 고소를 하지 않겠다고 각서를 써 놓고 한판 붙으면 어때요? 법으로 괜찮죠? 그렇게 하고 싶은데."

80대 중반쯤의 그 노인은 속칭 '일진 노인'이라고 해도 믿을 정도로, 부리부리한 눈을 가졌다. 그가 한번 눈을 번득이면 감히 어떤 노인도 눈을 마주치지 못했다. 하지만 겉모습과는 달리 그의 내면은 부드러운 것 같았다. 가끔 실버타운 수영장으로 아이들이 놀러오기도 하는데, 그 때마다 아이들이 다칠까 봐 수영장 바닥의 돌이나 유리 조각을 치우는 걸 몇 번 본 적이 있다.

"결투는 안 됩니다. 알았죠?"

내 말에 그가 다시 밥 숟가락을 들었다. 그가 싸우자고 일어섰으면 녹물이 흘러내리는 고물 기계가 된 노인들이 부딪쳐 망가질 뻔했다. 노인들의 세계도 각양각색이다. 인격은 어려서부터 갈고 다듬어야지, 세월이 만들어 주는 것은 아닌 것 같다. 이상한 점도 있다. 거칠게 보이는 그 노인들의 내면은 사랑이 있고 비단결인데도 겉만 보고 시비가 붙는다는 것이다.

갑자기 엉뚱하게도 내가 어린 시절에 시내를 다니던 '시발' 택시가 떠오른다. 방송에 유명한 평론가가 나와 그 이름에 문제가 있다고 하면서 이렇게 말했었다.

'시발시발 우리의 택시, 씨발.'

노인들에게 행복을 물었다

나는 식판에 밥과 국을 담아 실버타운 식당 구석의 노인들이 앉아 있는 자리에 끼어들었다. 익숙한 얼굴도 있고, 처음 보는 여성 노인도 있었다.

"오늘 행복하셨습니까?"

내가 인사를 겸해서 물었다.

"그냥 하루하루 재미도, 의미도 없이 견뎌 나갈 뿐입니다."

혼자 우울하게 사는 70대 중반의 남자 노인이 대답했다. 부부가 함께 실버타운에 왔는데, 아내가 먼저 죽고 혼자 외롭게 지내고 있는 분이었다. 배우자가 죽으면 남편이 스트레스를 강하게 받는다고 했다. 옆에 있는 다른 노인은 이렇게 말했다.

"나는 태극기 부대에 있어요. 저는 문재인과 이재명이 구속되지 않는 한 행복하지 않을 것 같습니다."

혼자 사는 그 노인은 박근혜 내통령의 사진을 벽에 붙여 놓고 우상으로 삼고 있는 노인이었다. 묵호 지역의 김밥집 남자가 태극기 부대 지역대장이라고 했다. 집합명령이 떨어지면 버스를 대절해서 광화문광장으로 간다고 했다. 무엇이 그들을 정치에 몰입하게 하는지 알 수 없다. 그들은 대부분 착하고 단순한 사람이었다. 내 옆에 있는 여성 노인이 이런 말을 했다.

"저는 행복해요. 매일 바닷가에 나가 산책을 해요. 푸른 바다 위로 바람이 불고, 파도가 물보라를 날리면서 해변으로 밀려오는 걸 보면 가슴이 시원하게 뚫리는 느낌이에요. 그런 광경을 보면서 걷는다는 게 너무 감사하죠. 내 평생에 이렇게 자유롭고 즐거운 시간이 있을 줄 몰랐어요. 젊어서는 하기 싫은 일도 억지로 해야 할 때가 많았죠. 저는 이 근처 야산에 가서 산국화를 따다가 말려 차로 만들고 있어요. 그걸 이웃에게 나누어줄 때 행복해요. 노년에 좋은 사람들과 관계를 맺고 즐겁게 지내는 자체가 행복입니다."

똑같은 시간과 공간 속에서 지내면서도 행복은 사람마다 전혀 다른 것 같았다. 또 다른 노인이 이런 말을 했다.

"저는 바닷가 한적한 소도시로 온 게 정말 좋아요. 콘크리트 숲이 빽빽하게 들어찬 서울에서는 숨이 막히는 것 같았어요. 거리에 넘쳐나는 차들과 지하철역의 파도 같은 사람들의 물결을 보면 항상 쫓기고 등을 떠밀리는 느낌이었어요. 내가 바쁠 일이 없는데도 불안한 거예요. 그런데 한적한 소도시에 와서 살면서 여유를 찾았어요. 얼마나 편하고 좋아요. 조금만 더 지체했으면 아마 이런 소도시에 적응하지 못했을 거예요. 서울의 복잡한 아파트에 살면 이 말이 무슨 뜻인지 모를 거예요."

또 다른 노인이 끼어들어 이런 질문을 했다.

"행복은 추상적이고 상대적인 개념인데 구체적으로 뭘 해야 행복할까요? 현실적 행복의 비법은 뭘까요?"

그 질문에 옆 식탁에 앉아 있던 교수 출신 노인이 이런 말을 했다.

"시간 관리를 철저히 하세요. 인내와 열정을 가지고 할 장기 목표가 있어야 합니다. 순간순간 그런 목표를 향해 달려가고 있다는 의식 자체가 행복감을 준다고 봅니다. 일상의 루틴을 정해 매일 규칙적으로 따르는 것도 좋습니다. 시간 관리가 행복 관리니까요. 그리고 행복은 관계이기도 합니다. 가족이나 좋아하는 친구나 애인과 같이 있으면 행복하잖아요? 좋은 사람들을 만나 좋은 에너지를 받으세요. 불행한 사람 옆에 있으면 불행해진답니다."

인간은 스스로 구원도 받고 저주도 받는 것 같다. 같은 시공간을 살면서도 행복한 사람이 있고, 불행한 사람이 있다. 시간을 살리는 사람도 있고, 죽이는 사람도 있는 것 같다. 행복은 사람마다 다르다. 그걸 느낄 수 있는 사람도 있고, 불행해져야 행복을 깨닫기도 한다.

젊은 시절은 이 세상에서 커지는 게 행복으로 생각하기도 했었나. 지난밤 꿈에 검사로 지내다가 일찍 세상을 떠난 선배가 나타났다. 그는 능력도 대단하고 꿈도 컸었다. 그러다가 어느 순간 암이라는 지뢰를 밟았다. 그와 같이 고깃집에 간 적이 있었다. 그가 집게로 숯불 위의 석쇠에서 노릇노릇 구워지는 소고기 조각을 뒤집으면서 말했었다.

"가족이나 친한 사람들하고 같은 식탁에 앉아 이렇게 같이 고기를 먹고 얘기하는 게 행복이었는데, 왜 그걸 모르고 출세하려고 아등바등했을까? 내가 검사 뼈다귀를 타고 태어난 것도 아니고 말이야. 행복이란 단순한 건데."

나도 행복을 찾아 헤매어 다녔다. 낮도 밤도 가리지 않고, 쉬지도 않고, 그 행복을 잡으려고 노력했다. 행복은 항상 미래에 있었다. 그리고 현재는 예전에 그렇게 행복의 무지개가 떠 있을 것으로 꿈꾸었던 미래였다. 그 미래였던 현재는 무지개가 없다. 나는 마음속을 들여다본다. 내가 찾아다니고 있던 그 행복은 나 자신 속에 있었던 건 아닐까. 행복은 영혼이 살아 숨쉬는 것이다.

2장

가난한
부자 노인들

가난한 노년의 풍성한 인생

실버타운은 표정 없는 노인들의 집합소이지만 한 겹 걷어내면 굴속의 개미처럼 수많은 인생 철학이 굴러다니고 있다. 어제 저녁에는 80대 말의 노인과 차를 마시면서 이런저런 얘기를 나누었다. 그가 이런 말을 했다.

"젊어서 가난하게 출발해서 치열하게 살면서 나름 부자가 됐어요. 좋은 집도 몇 채 만들고 좋은 차도 샀죠. 그러면서 늙어갔어요. 점점 수입이 없어지는 거예요. 삶의 규모를 줄여야겠다고 생각해서 실버타운에 들어갔어요. 생활비가 몇 분의 일로 줄어드는 겁니다. 당시 평균 수명이 75세 정도였는데 그 정도면 여유 있게 살다가 죽겠구나 하고 생각했죠. 그런데 착오가 났어요. 현대 의학이 사람을 죽게 놔두지 않는 거예요. 담낭 제거 수술도 오전에 가서 하고, 오후에 퇴원하는 시대가 됐으니까 말이죠."

죽을 때 죽이지지 않는다는 밀이 귀에 들어왔다. 노인의 말이 계속됐다.

"주변에 보면 돈을 벌어 여유가 있던 사람들이 많았어요. 늙기 전에 쓸 만큼 쓰고 살자고 하면서 크루즈 여행도 자주 가고 명품들을 사고 그러더라고요. 그렇게 세월이 흐르는데 예상외로 수명이 길어지니까 다시 가난해지는 거예요. 그 사람들이 이제 는 여행가서 모텔비 몇 만 원도 힘겨워하는 걸 봅니다. 나는 동화 속에 나오는 베짱이가 되지 않기 위해 개미같이 긴축을 하고 살았고, 비싼 실버타운에서 가격이 저렴한 이 실버타운으로 옮겨왔죠. 벌써 나이 구십이 되어가는데 아직도 몸이 건강해요. 앞으로 백 살을 살지 백이십 살을 살지 모르는데 다시 가난해지는 건 싫어요. 그래서 이 안에서 철저히 절약하면서 살고 있어요."

늙으면 다시 가난해진다는 말이 맞는 것 같다. 돈과 죽음이라 는 단어가 나의 머리에 화두처럼 던져졌다. 실버타운 식당의 나의 옆자리에서 밥을 먹는 잠수부 출신 노인은 나한테 이런 말을 했다.

"일흔일곱 살 때 혈압과 당수치가 높고 몸 여기저기가 고장이 났었어요. 평생을 물속 40미터 부근에서 일해서 그렇죠. 그래서 죽으려고 이 실버타운에 들어왔는데 벌써 팔십 중반을 넘겼는데 아직 안 죽어져요."

그가 살고 싶다는 건지 죽고 싶다는 건지 잘 모르겠다.

어제저녁, 유튜브에서 젊은이들에게 앞날에 대한 조언을 하 는 스타강사라는 50대 여성의 강연을 우연히 들었다. 그녀가 이 런 말을 했다.

"젊어서 일정액의 목표를 세우고 열심히 버세요. 그리고 그 목표를 달성하면 '나는 이제 부자다'라고 선언하고 멈추세요. 평생 돈만 따라가면서 살면 삶이 비루해집니다. 그 시점부터는 돈을 쓰는 걸 배워야 합니다."

그 말도 맞는 말이었다. 그런데 죽는 시점까지 번 돈을 남지도 않게 모자라지도 않게 쓰고 가는 일이 쉽지 않은 것 같다. 나는 어떤 마음을 품고 살아왔을까. 40대 무렵 나는 조그만 공책의 첫 장에 '고독하게 굶어 죽을 각오를 가지게 하옵소서'라고 기도문을 써서 매일 읽으며 마음에 새겼다. 항상 마음속에 소외에 대한 두려움이 있었다. 남과 관계를 맺는 데 약한 나는 외톨이였다. 주위를 둘러보면 자신들의 경조사 때 사람들이 북적거리게 하기 위해 정말 열심이었다. 나는 그런 능력이 없었다.

사람들은 늙어서 다시 가난해질까 봐 돈 몇 푼 움켜쥔 손을 펴지 못한다. 모든 게 살자니 문제지 고독하게 굶어 죽을 각오만 가질 수 있다면 자유로울 것 같았다. 우리 집안은 대대로 가난했다. 죽은 고모는 어린 시절 함경도 회령에서 우리 집안이 제일 가난했다고 얘기했었다. 서울에서도 우리 집은 가난했다. 가난 속에서 성장한 나는 가난이라는 관념이 없었다. 그게 보통의 세상이었다.

죽음이라는 마지막 장면을 어떻게 정리할까 생각해 본 적이 있다. 다석 류영모 선생은 자신의 글에서 "최후의 행진"을 제시했다. 정말 돈이 없는 상황이 온다면 자리에서 일어나 길을 걸으라고 했다. 노쇠한 몸으로 끝없이 걷다 보면 바로 저세상으로 옮겨갈 수 있다는 것이다. 비라도 와 주면 더 빨리 갈 수 있을 거라고 했다. 저술가였던 스콧 니어링은 중환자실에서 각종 튜브를 꽂고 기계음 속에서 죽지 말라고 했다. 자신의 의지로 음식을 끊고 조용히 기다리라고 했다. 자기의 서재에서 글을 쓰다가 죽으라고 했다.

며칠 전 친하던 고교 동기가 죽었다. 어제는 알고 지내던 자동차 정비공장 사장이 죽었다는 소식을 들었다. 나와 같은 나이이다. 오늘 아침신문 부고란에는 유명 사진작가의 죽음이 떠 있다. 역시 나와 같은 나이이다. 아직 윤기가 남아 있는 낙엽이 가을바람에 떨어지는 것 같다. 쭉정이가 되어 겨울 나뭇가지에서 떠는 것보다 아름다운 퇴장일지 모른다. 나는 기도한다.

'영에 새로운 능력을 더 받아 가난도 죽음도 두려워하지 않는 자가 되게 하옵소서.'

이건 죽음과 가난에 대한 회색빛 얘기가 아니다. 찬란한 노을빛의 진정한 삶에 대한 나의 의견이다.

플랜 75

'세상에나, 사는 게 뭔지, 무섭다. 한 번 읽어 보세요. 현실입니다.'

병으로 투석을 하며 지내는 80대 중반의 고교 선배가 보낸 카톡 메시지다. 노인 살해 사건이 연이어 일어나는 일본에서 노인 살해범의 주장은 이렇다는 것이다.

'일본의 미래를 위해 노인들은 사라져야 한다. 일본은 원래 나라를 위해 죽는 것을 자랑스럽게 생각하지 않는가.'

이어서 카톡에는 《플랜 75》라는 칸 영화제에서 수상한 영화 내용이 소개되고 있었다. 75세 이상의 노인은 스스로 죽음을 선택할 수 있는 법이 국회를 통과했다. 죽음을 국가에 신청하면 국가가 이를 시행해 준다. 담당 공무원들이 공원에 나가 노인들에게 죽음을 권유하고 '원하는 때에 죽을 수 있어 너무 만족스럽다'는 광고가 TV에서 흘러나온다. 나라기 위로금으로 주는 돈으로 마지막 온천 여행도 가능하다. 《플랜 75》가 호조를 보임에 따라 《플랜 65》도 검토되고 있다. 영화는 마지막으로 관객들에게 묻고 있다.

'당신은, 살겠습니까?'

분노하는 선배와는 달리 의외로 나는 매력을 느꼈다. 하나님이 준 수명대로 살아야 할 의무만 아니라면 나는 죽음의 시기와 장소를 선택하고 싶다. 내가 책을 읽고 글을 쓰던 나의 서재에서 고요하게 잠들고 싶다.

20대 중반 깊은 산속의 한 절에서 공부할 때였다. 그 절의 마당 구석에 벌통이 놓여 있었다. 어느 날 오후, 우연히 본 벌통 밑에 여러 마리의 벌들이 떨어져 있었다. 가까이 다가가 보았다. 힘이 다 빠진 듯 벌들은 제 몸도 추스르지 못하고 있었다. 늙은 벌들인 것 같았다. 갑자기 젊은 벌 두 마리가 나타났다. 젊은 벌은 양쪽에서 늙은 벌의 날개를 물고 들어올려 멀리 날아갔다. 젊은 벌은 다시 돌아와 또 다른 늙은 벌을 물고 가져다 버리는 것이었다. 그런 게 무정한 자연계의 법칙인가 하는 생각이 들었었다.

일본 고전소설인 『나라야마 부시코』를 읽고 감동을 받은 적이 있다. 일본도 우리의 고려장 비슷한 풍습이 있었던 것 같다. 일정한 나이의 노인이 되면 산에 가져다 버리는 것이다. 주인공인 여성은 가난 속에서 한 입이라도 줄이려고 돌을 들어 스스로의 이빨을 망가뜨린다. 빨리 산으로 가기 위해서였다. 아들의 등에 업혀 산으로 가는 여성은 가는 곳곳의 나뭇잎을 뜯어 바닥에 버렸다. 혹시나 아들이 돌아가는 길을 잃지 않게 하기 위해서였다. 마침내 해골이 여기저기 가득한 산에 도착했다. 우연히 같은 마을에 살던 영감이 아들에게 업혀서 왔다. 그 영감은 죽지 않으려고 울고불고 버티고 있었다. 그 영감의 아들은 아버지를 계곡 아래쪽으로 떨어뜨렸다. 아득한 비명과 함께 그 영감은 사라졌다. 주인공인 여성은 고요한 산속에서 의연히 죽음을 맞이한다. 거기서 죽음을 맞이하는 마음의 자세를 배웠다.

40대 중반에 영국의 크루즈선을 탔던 적이 있다. 그 배는 노인들의 나라였다. 아무리 젊은 날의 화려한 옷을 입고 있어도 노인들은 추하고 굼떴다. 그들을 보면서 노인들이 존재해야 할 이유가 뭔지 모르겠다는 말이 불쑥 튀어나왔다. 옆에서 우연히 그 말을 들은 같이 간 한국 노인이 분노했다. 어떻게 그런 말을 할 수 있느냐는 거였다. 나는 죄송하다고 말은 했지만 자기의 소명과 삶의 의미가 없어지면 하나님이 바로 데려갔으면 하는 생각이었다. 다석 류영모 선생은 그가 쓴 책에서 겨울나무 가지에 달린 쭉정이가 칼바람에 시달리면서 매달려 있는 게 얼마나 처량하냐고 했다. 이어령 교수는 글에서 아름다운 윤기가 남아 있을 때 떨어지는 낙엽이 아름답다고 했다.

어느새 나의 세월도 칠십 고개를 넘었다. 젊은 시절, 버려지는 늙은 벌을 보듯 노인의 천대를 피부로 실감한다. 지하철의 무임승차와 경로식에 불만이 많은 것 같다. 좀 억울하다. 지하철은 우리 세대가 낸 세금으로 만들어졌다. 혜택을 받는 것은 노인이 아니라 오히려 젊은 세대다. 나는 제법 세금을 많이 낸 편에 속한다. 내가 받는 국가의 복지 혜택보다 수천 배 수만 배의 세금을 냈을지도 모른다. 그런데 천덕꾸러기가 됐다. 주위를 보면 아직 지적인 기능이 왕성하고 체력과 경험을 갖춘 친구들이 많다. 그들은 다시 판사를 시켜 준다면 잘할 것 같다고 아쉬워한다. 실버타운에는 평생 미국의 제약회사에서 약을 연구한 지식 덩어리 노인도 있다.

흙 단지 안에 금을 담은 것 같은 노인들의 지혜를 늙어서야 알았다. 성경은 몸은 늙어도 영은 나날이 새로워진다고 말한다. 나이를 기준으로 단순하게 쓸모를 판단하는 것은 경솔하다. 쓸모를 잣대로 노인을 평가하는 것은 젊은 날 내가 보았던 벌레 수준이 아닐까. 나는 시대의 물결에 휩쓸리지 않고 내 의지대로 당당히 죽고 싶다.

폐지 줍는 노인

한 모임에서 고위직 법관을 지낸 80대 노인이 이런 말을 했다.

"며칠 전 동네 과일가게 앞에 무심히 서 있었어. 가게 주인이 갑자기 나를 보면서 '할아버지 여기 박스 없어요.'라고 하더라고. 무슨 소린지 몰라 한참을 멍하게 있었어. 그러다가 알아차렸지. 그 가게 주인은 나를 폐지 줍는 노인으로 알았던 거야."

나이를 먹으면 내남없이 다 초라해 보이는구나 하는 생각이 들었다. 그래서들 브랜드 있는 옷을 입고 고급시계를 차기도 하나 보다. 그분이 재판장을 할 때의 모습이 떠올랐다. 근엄해 보이는 법복을 입고 등 높은 법대의자에 앉아서 소송을 지휘할 때 그의 모습은 왕이나 제사장 같아 보였다. 세월은 모든 게 서서히 붕괴되어가는 과정이다.

내가 알던 혜화동에 살던 부자 노인이 있었다. 보통 부자가 아니었다. 대한민국의 이름 있는 재벌회장 중에서 그에게 돈을 꾸어가지 않은 사람이 거의 없다는 전설적인 인물이었다. 그 노인은 수많은 문화재급 보물을 가지고 있었다. 그 외에도 여러 회사와 함께 학교, 박물관, 증권회사 등의 실질적 소유자였다. 그 이웃에 사는 금융그룹의 회장 부인으로부터 이런 소리를 들었다.

"우리 동네 사는 그 회장님 말이죠. 카트를 끌고 동네를 돌아다니면서 폐지를 줍는데 왜 부자 노인이 그렇게 궁상을 떠는지 몰라."

부자 노인이 폐지를 줍는다는 사실 자체가 신기했다. 궁상이 아니라 보통사람들 인식의 벽을 넘는 부자의 사회적 겸손으로까지 봐주고 싶은 마음이 들었다. 폐지를 줍는 부자 노인의 마음은 걸리는 게 없이 당당할 것이다.

나와 같은 대학 출신의 목사로부터 들은 얘기다. 그는 목사가 된 지 10년이 지나도 교인이 열 명도 안 되더라고 했다. 그는 목회의 방향을 노숙자 쪽으로 바꾸기로 했다. 그는 폐지를 줍는 목사가 되기로 마음먹고 고물상에 가서 그 일을 알아보았다. 리어카를 하루 빌리는 데 5천 원이고, 폐지는 킬로그램당 1백 원을 받을 수 있었다. 그는 폐지 줍는 일을 시작했다. 시간이 흐르면서 조금씩 그 일이 익숙해졌다. 그러던 어느 날이었다. 그가 리어카를 끌고 가는데 저 멀리 빌딩 앞에 두툼하게 쌓인 신문지 뭉치가 보였다. 그에게는 보물같이 보이는 폐지 덩어리였다. 그는 리어카의 손잡이를 꽉 잡고 발걸음을 재촉했다. 그때 옆에서 드르륵 거리는 이상한 소리가 들려왔다. 옆으로 돌아보니 한 할머니가 다리를 절면서 카트를 끌고 그 신문지 더미 쪽을 향해 가고 있었다. 그 목사는 순간 만감이 교차했다. 그는 다리를 절룩거리는 할머니에게 폐지 덩이를 양보하고 다른 골목길로 방향을 돌렸다고 했다.

남해 쪽 지방 도시에서 법률사무소를 하는 노인 변호사가 있었다. 그는 청년 시절, 등에 커다란 광주리를 메고 양철 집게를 들고 다니면서 폐지를 줍고 다녔다. 우리가 어렸던 시절, 그런 사람들을 '넝마주이'라고 불렀고 '양아치'라고도 불렀다. 그는 넝마주이로 폐지를 주우러 다니면서도 손에서 책을 놓아 본 적이 없었다. 그런 모습을 본 시장의 과일가게 주인이 그에게 국밥집에서 2년간 공짜로 밥을 먹게 했다. 그 청년은 몇 년 후 고시에 합격하고 검사가 됐다. 그는 결혼 후 아내와 함께 밥을 먹게 해줬던 과일가게 주인을 찾아와 큰 절을 하고, 봉투에 든 돈을 주었다. 은혜에 대한 보답이었다. 그는 위대한 넝마주이였다.

나는 몇 년 전 서울역과 탑골공원 뒷골목에 나가 '거리의 변호사' 노릇을 한 적이 있다. 그 골목에는 커다란 고물상이 있고, 그곳으로 폐지가 가득한 리어카나 카트를 끌고 노인들이 들어가는 모습을 봤다. 먹고 살기 위해서 늙어서도 허리가 굽고 다리를 절룩거리면서 힘에 부치는 노동을 하는 그들을 보면서 애잔한 마음이 들었다. 그런 절대적 가난이 멀리 있는 게 아니라 내 주위에도 널려 있었다. 넝마주이 출신 변호사같이 우리는 그 개천에서 빠져나오기 위해 목숨을 설었는지도 모른다.

내가 성경에서 이해하지 못하는 부분이 있다. 예수에게 비싼 향유를 바친 여인을 보고 제자가 비난했다. 그 향유를 팔면 가난한 사람을 도울 수 있는데 왜 그러냐고. 예수는 여인을 놔두라고 했다. 그러면서 가난한 사람은 영원히 있을 것이라고 했다. 영원한 가난에 대한 예수의 말이 목의 가시같이 마음에 걸린다. 그리고 제자의 말도 위선같이 들린다. 예수는 '가난한 사람은 복이 있나니 천국이 그의 것이다'라고 했다. 안목이 얕은 내가 깊은 진리를 이해하지 못하는지도 모른다.

잡화점 노인의 비밀

끝없이 이어진 금빛 해변이 에메랄드빛 남태평양에 이어지고 있었다. 푸른 파도 너머 수평선에는 신비로운 하얀 요트들이 그림같이 떠 있다. 하얀 물결이 얹힌 잔잔한 파도들이 밀려와 금빛 모래톱에 스며들고, 해변 여기저기에 웅장한 저택들이 저마다 자태를 뽐내며 서 있었다. 저택들마다 요트 선착장이 보였다. 호주의 세계적 휴양지 골드코스트 풍경이었다. 그중 제일 웅장한 저택은 일흔 살의 한국 노인 소유라고 했다. 나는 그가 누구일까 궁금했다. 거액을 해외에 빼돌린 재벌이나 정치인의 집일 수도 있었다.

나는 그 저택을 가지고 있는 한국인 노인의 초청을 받아 그 집에서 점심을 먹을 기회가 있었다. 통유리 창으로 된 벽의 한 면으로 드넓은 남태평양이 한눈에 들어왔다. 집안에서 낚시를 할 수도 있고, 정박시킨 요트를 타고 남태평양의 투명한 물살 위를 미끄러져 나갈 수도 있었다. 저택의 차고에는 육중한 고급 벤츠가 몇 대 웅크리고 있었다. 그 저택의 주인인 노인과 같이 밥을 먹었다. 그는 그곳의 교민들과는 일정한 거리를 두고 살았던 것 같다. 그래서 그를 자세히 아는 사람들이 없었다. 노인은 나를 만나자마자 그동안 말에 굶주린 듯 쏟아내기 시작했다.

"서울에서 주류 도매를 하다가 쉰 살에 부도가 나서 야반도주하듯 빈손으로 호주로 도망왔죠. 호주에 와서도 한국인이 살지 않는 곳을 찾다가 바로 여기 골드코스트에 정착하게 됐어요. 쉰 살이 넘은 늙은 나이에 한 카지노 호텔에서 접시닦이를 했어요. 내가 6·25전쟁 때 하우스 보이를 해서 접시도 닦고 구두도 닦은 실력을 발휘한 거죠. 그 안에서 내가 접시닦이에서 일등을 했죠. 그 카지노는 호주의 상류층과 변호사, 세무사 같은 전문직 그리고 명사들이 드나드는 곳이었어요. 세상에서 중요한 건 어떤 사람을 만나느냐는 겁니다. 그들에게 접근해서 철저히 잘해 주면서 신용을 얻고 그들의 성향과 상권을 살폈어요. 거기서 만든 인맥을 배경으로 면세점 허가를 따냈어요. 일본인, 중국인, 이탈리아인 부자들을 제치고 해낸 거예요."

나는 마치 한 편의 드라마를 보는 느낌이었다. 나는 그의 다음 말을 조용히 기다렸다.

"저는 도심의 번화가에 일부러 서울 동대문시장처럼 작고 허름한 가게를 냈어요. 백화점같이 번쩍거리면 사람들이 비쌀 거라고 지레 겁을 먹고 안 들어올 수 있으니까요. 주머니가 가벼운 사람들도 일단 들어오게 하고, 들어온 이상 뭐라도 하나 사게 하는 전략이었죠."

그는 다른 눈을 가진 상인 같았다. 그가 말을 계속했다.

"가게를 하는 장사꾼의 철학이 있어요. 자신의 가게 안에 있는 물건을 주인이 사랑하지 않으면 그 누구도 물건을 좋아하지 않는다는 거죠. 나는 하루 종일 내 상품들을 먼지 한 점 없이 반들반들하게 닦아 주면서 사랑했죠. 그리고 다양한 민족인 고객들을 관찰하면서 물건을 팔았어요. 중국인들은 깎아 주는 걸 좋아해요. 백인들은 철저한 애프터서비스로 그들의 마음을 사야 하고요. 재고를 처리하기 위한 바겐세일은 전혀 하지 않았어요. 손님들의 신뢰를 잃을 수 있기 때문이죠."

한국에서 실패한 그는 호주에서 뒤늦게 성공을 거머쥐었다. 번화가인 그곳의 한 블록 상점들이 거의 그의 소유라고 했다.

"이제는 이런 좋은 저택에 살면서 여생을 즐기시려고 하는 건가요?"

내가 물었다.

"이 집요? 사업을 하려면 있어 보여야 해요. 그래서 과시용으로 샀어요. 사실 이 집보다 가게 구석에 붙어 있는 골방이 더 편해요. 싱크대 한 칸, 작은 침대 하나면 충분하죠."

좋은 집들은 과시용이 많은 것 같았다. 미국에서 의사로 성공한 친구의 집에 가 본 적이 있다. 부자들이 사는 베버리힐스에 있는 3층 저택이었나. 친구 부부는 그 큰 집의 구석에 있는 하녀용 작은 방에서 살고 있었다. 그 방에서 전기담요를 깔고 자면 충분하다고 했다. 그 저택은 그냥 성공의 상징이었다. 몇 년 후 골드코스트 해변의 한국인 부자가 죽었다는 소식을 바람결에 전해 들었다. 그의 많던 재산이 어떻게 됐을지 궁금하기도 했다. 그는 하늘나라에서 그동안 세상에서 재미있게 장사놀이를 하다가 왔다고 한바탕 웃음을 터뜨리지는 않았을까.

바늘귀를 통과한 부자 이야기

삼성그룹의 이병철 회장은 죽기 전에 신부에게 스무 가지 정도 사항이 적힌 질문서를 보냈다. 그중 부자가 천국으로 가기는 낙타가 바늘귀를 통과하는 것보다 어렵다고 했는데 그 의미가 뭐냐고 물었다고 한다. 성경 속에서 부자 청년이 예수에게 천국에 갈 방법을 물었다. 예수는 가진 것을 가난한 사람들에게 나누어주라고 했다. 청년은 그 말을 듣고 그냥 슬며시 물러났다. 돈을 준다는 것은 나의 살점을 뜯어 남에게 주라는 말과 비슷할 수도 있다. 낙타 같은 부자가 바늘귀를 통과하는 방법은 무엇일까. 이웃에게 나누어주는 것으로 자기가 작아지고 또 작아지는 게 아닐까. 그런데 그것도 중간의 점잖은 옷을 입고 있는 도둑들 때문에 쉽지 않은 것 같다.

평생 사 모은 부동산이 거액이 된 의사가 있었다. 그가 병으로 저세상으로 가게 됐을 때 착한 사위와 딸에게 그 재산을 어떻게 했으면 좋겠냐고 물었다. 사위는 양심적인 법관으로 알려진 분이었다. 나와도 친하게 인연을 맺고 있었다. 사위인 그는 장인에게 재산을 종교단체와 대학에 기부하시는 게 어떠냐고 제의했다. 그 말속에는 자신과 딸이 욕심내지 않고 상속을 포기한다는 의사도 들어 있었다. 장인은 사위의 착한 뜻을 받아들여 종교단체와 대학에 각각 수십억을 기부하고 세상을 떠났다.

그 후 10년쯤 세월이 흘렀다. 법관인 사위는 장인이 기부한 돈이 어떻게 쓰였나 궁금했다. 그는 고시에서 떨어져 절망의 심연으로 떨어지는 가난한 청년들을 돕는 일을 하고 있었다. 그는 종교단체에서 장인이 기부한 돈을 10년이 넘도록 그대로 두고 있는 사실을 알았다. 그가 확인하고 따지자 그제야 종교단체에서는 종교 지도자의 기념관 건립에 그 돈을 쓰겠다고 통보했다. 그는 배신감이 들었다. 가난하고 힘들어하는 사람을 위해 사용하기 위해 장인에게 건의하고 그 자신도 상속을 포기한 것이었다. 그는 종교단체의 책임자에게 따졌다. 책임자는 그를 보면 피했고, 공식적인 답변은 일단 기부했으면 그 사용은 그들의 자유재량이라고 했다.

장인이 돈을 기부한 대학도 그 사용처가 분명하지 않았다. 일부는 교수들의 해외 연수시에 사용한 것 같았다. 그 법관은 내게 소송을 맡아 달라고 부탁을 했었다. 권위 있는 종교단체가 그러면 안 될 것 같았다. 그들은 따지는 기부자를 못마땅해 하면서 오히려 자기들은 돈이 많다고 교만한 행동을 보였다.

내가 아는 한 부자 노인은 수백억의 재산을 방송국에 기부하면서 재단을 만들어 좋은 일에 써 달라고 유언을 하고 죽었다. 큰 방송사라면 믿을 만하다는 생각이었던 것 같다. 유언대로 재단이 만들어졌다. 저명인사가 이사장으로 임명이 됐다. 저명인사인 재단 이사장은 화려한 호텔에서 자기가 필요한 사람들을 불러 모아 만찬을 주최하고 방만하게 재단 운영을 하는 것 같았다. 양로원을 세워 달라고 부탁받은 요지의 부동산을 방치해 거액의 세금 폭탄을 맞기도 했다.

기념식장에서 기부자 노인의 기억은 사라져 버린 것 같았다. 사무국장이나 직원의 자리는 방송국에서 퇴임한 사람들이 차지했다. 기부를 한 노인의 자식들이 내게 소송을 의뢰했다. 부두 노동자 출신의 아버지는 그 돈을 모으느라고 평생 먹지 못하고, 입지 못하고, 처절하게 산 분이라고 했다. 재판하는 자리에서 나는 흥분해서 그 저명인사의 위선을 규탄했다. 죽고 난 후의 재산이란 그렇게 되는 것인지도 모른다. 차라리 살아서 직접 가난한 이웃에게 나누어주는 것이 훨씬 낫다는 생각이 들었었다.

여든두 살의 이중근 부영그룹 회장이 개인적으로 고향인 순천의 운평리 마을 사람들과 동창들에게 최대 1억 원씩 지급한 사실이 알려졌다. 어려웠던 어린 시절에 도와준 분들을 생각해 재산을 나눠준 것이라고 했다. 그는 운평리 죽동마을에서 태어나 가난한 어린 시절을 보냈다. 중학교를 졸업하고 가정형편 때문에 상급학교에 진학하지 못하고 상경해 야간 고등학교를 나왔다. 그는 운평리 초·중학교 동창생들에게도 돈을 지급했다. 그는 친척에게도, 같이 군복무를 한 전우에게도 현금을 지급했다. 그가 쓴 금액은 2천 4백억이 된다고 했다. 그가 돈을 쓴 방법이 아주 화통하고 직접적이었다. 종교단체나 대학 아니면 국가기관을 통하는 것보다 이런 방법이 기부자나 받는 사람의 행복감이 더 높을 것 같다. 직접 따뜻한 체온이 전해지니까.

돈이 절실한 분에게

공사 현장에서 잡부 일을 하는 20대 청년의 하루가 화면에 나오고 있었다. 수은주가 영하 10도 아래로 내려가는 겨울날이다. 어둠이 짙은 새벽 4시경 직업소개소의 대기 의자에 청년이 앉아 있다. 대학생이라고 했다. 사무실의 직원이 그날 잡부 일을 할 장소를 청년에게 알려주었다. 일을 얻은 청년은 작업복과 신발이 담긴 묵직한 가방을 들고 공사장으로 가는 차에 올라탄다. 공사장까지는 한 시간 반가량을 가야 하는 거리다. 청년은 모자란 잠을 채우려는 것인지 차 안에서 잠시 눈을 붙인다. 이윽고 주택가의 작은 공사 현장에서 차가 서고 청년이 내린다. 서너 명의 노동자를 앞에 세운 공사감독의 훈시가 떨어진다. 받는 돈 이상으로 일을 잘해 주자는 것이다. 그래야 또 다시 일을 얻을 수 있다는 것이다.

삽부인 청년은 철근을 나르고 일어붙은 땅을 곡괭이로 파고 하수구의 더러운 쓰레기들을 삽으로 걷어낸다. 점심을 먹고 잠시 쉬는 시간이다. 뼛속까지 스미는 추위에 청년은 구멍 뚫린 드럼통 속에서 타고 있는 불에 몸을 녹인다. 깜빡 잠이 온다. 다시 작업이 시작되고 어둠이 내릴 무렵에야 하루 일이 끝난다. 다시 차를 타고 소개소로 돌아온 청년은 담당자가 일당의 10퍼센트를 떼고 주는 나머지 돈을 받는다. 청년은 받은 5만 원짜리 지폐 두 장을 소중하게 지갑에 넣는다. 하루 흘린 진한 땀의 대가다. 다른 알바보다 액수가 많은 돈을 당일 바로 받기 때문에 일용잡부를 한다. 그 돈을 모아 대학 등록금을 내고 부모님 용돈도 드린다고 했다. 우연히 보았던 일용직 노동자 대학생의 모습이었다. 다가구 주택을 짓는 현장에서 일을 하던 그 청년은 나중에 그런 건물을 가져 보는 게 꿈이라고 했다.

그 청년을 보면서 돈이 절실하던 젊은 시절의 기억이 스멀스멀 기어나오고 있었다. 20대 중반 쪽방보다 좁은 고시원에서 생활을 한 적이 있다. 한 달 한 달 생활비가 필요했다. 집에서는 더 이상 돈을 댈 능력이 없다고 했다. 일을 할 게 아니라면 어떻게 해서든지 장학금을 타야 했다. 장학금 지급 여부를 심사하는 교수가 특이했다. 파란빛이 비칠 정도로 머리를 빡빡 깎고 지정하는 깊은 산속의 암자에 들어가 공부할 걸 조건으로 내걸었다. 돈만 준다면 어떤 조건도 받아들일 각오가 되어 있었다.

돈을 구경하기 어려운 가난한 집에서 자라났다. 함박눈이 퍼붓던 열여섯 살의 겨울날이었다. 냉기 서린 다다미방에서 추워서 떨고 있었다. 방안인데도 손이 꽁꽁 얼어붙었다. 나는 허공에서 춤을 추며 내리는 흰 눈송이들을 보면서 그 장면을 영원히 뇌리에 박아두겠다고 마음먹었다. 춥고 외로운 소년에게 그해 겨울은 흑백의 계절이고 몽상이고 추억의 계절이었다. 그 시절 우연히 텔레비전 화면에서 지갑에 돈을 두둑이 담은 남자가 주변 사람에게 인심을 쓰는 장면을 보면서 나도 그런 멋진 사람이 되고 싶었다. 나는 계속 가난했다. 산동네 한 평 반짜리 쪽방을 빌려 살던 신혼 시절도 궁핍했다. 주머니에 있던 전 재산인 은빛 동전 하나로 사과 한 알을 사서 아내에게 주던 기억이 생생하다.

현실에서 가장 절실한 것은 돈이었다. 다른 철학은 돈 없는 나 같은 사람에게는 공허한 관념이나 추상이었다. 돈이 다가 아니라는 사람을 보면 위선을 부리는 것 같아 화가 났다. 20대를 넘기고 30대 전반에 변호사가 됐다. 그 시절 사람들은 나를 부자로 착각했다. 사람들을 만나면 그들은 당연히 내가 밥과 술을 사야 하는 것으로 인식했다. 나는 돈이 없었다. 돈은 하늘을 날아가는 기러기 같았다. 누구나 그 기러기를 보지만 아무나 잡을 수 있는 것은 아니었다. 특별한 능력을 가진 사람만이 돈이라는 기러기를 잡을 수 있는 것 같았다.

나는 돈을 어떻게, 얼마나 벌어야 내가 행복할 수 있는지를 고민한 적이 있다. 돈을 번다고들 하지만 뺏는 경우가 있고 얻는 경우가 있고 진짜 버는 경우가 있다는 생각이었다. 강도뿐만 아니라 권력을 가지고 뇌물을 받는 경우는 돈을 뺏는 것이었다. 능력 없는 사람이 주식이나 다단계를 통해 대박을 꿈꾸는 것은 그냥 돈을 얻으려는 심리로 보였다. 나는 정직한 땀과 바꾸어야만 돈을 버는 것이라고 생각했다. 나는 정직한 지식노동자가 되고 싶었다. 길거리에 앉아 법률 서류 한 장 써 주고 만 원을 받아도 그 돈이 더 귀할 것 같았다. 그러나 정직하면 돈이 오지 않았다. 진실은 항상 비호감이었다.

돈은 어느 정도 있으면 될까, 그 기준을 생각해 본 적이 있었다. 더러운 놈들의 노예가 되어 더러운 꼴 안 볼 정도는 있으면 좋겠다고 생각했다. 제갈공명도 뽕나무 70그루가 있어서 누군가에게 매이지 않는 삶을 유지했다고 했다.

검소하게 안 쓰고 사는 방법을 강구했다. 알고 지내던 소설가 정을병 씨는 문학을 하기 위해 평생 하루 한 끼만 먹기로 결심을 했었다고 내게 말해 주었다. 쌀 한 줌과 연탄 두 장 그리고 김치 몇 조각이면 하루를 살면서 글을 쓸 수 있다고 그는 말했다. 나는 남과 비교하지 않고 돈 없이도 혼자 행복할 수 있는 길을 강구했다. 그 길을 성경 안에서 발견하기도 했다. 스물다섯 살부터 일흔 살까지 45년간 경제활동을 하다 보니, 속인의 속박을 면하고 노년에 실버타운에서 한적과 여백을 즐길 수 있을 정도의 돈은 번 것 같다.

그 돈으로 손자, 손녀 용돈도 주고 주위 사람들에게 인색하지 않게 밥을 사기도 한다. 내 글을 읽는 분 중에는 "너는 여유가 있어 추상이나 관념적인 글을 쓰지만 나는 힘들고 돈이 절실하다"고 아픔을 얘기하는 분이 있다. 내 나이 정도가 될 때까지 정직한 땀을 흘리면 행복은 반드시 찾아오리라고 생각한다. 위로해 주고 싶어 지난날을 잠시 돌아보았다.

외로운 사람들

25년 전쯤이다. 토론토에서 노바스코샤까지 아메리카를 횡단하는 버스 안에서 우연히 만난 한국 노인이 있었다. 그 당시 일흔다섯 살이라고 했으니까 지금은 백 살이 넘었을 것이다. 아니 어쩌면 캐나다 시골 동네의 예쁜 묘지 구석에서 따뜻한 햇볕을 받으며 잠들어 있을지도 모른다. 얼굴에 검버섯이 가득하던 그 노인이 내게 이런 말을 했다.

"나는 일정 때 간신히 보통학교에 다녔던 놈인데 40년 전 백인들만 사는 알래스카의 오지에 혼자 떨어졌어요. 석유가 난다고 해서 노동자로 온 거죠. 춥고 낯선 곳에서 얼마나 막막하고 한심했는지 몰라."

40년 전이라고 하면 1960년 무렵 전후였다. 세계에서 가장 가난한 한국이었다. 그가 어떻게 해서 그렇게 됐는지는 말하지 않았다. 나는 그냥 그의 말을 듣고 있었다.

"수은주가 영하 2, 30도 밑으로 내려가는 알래스카의 마을에서 일하다가 전기공이 됐어요. 그러다가 나중에 결혼하게 됐죠. 한번은 마누라하고 겨울의 알래스카 벌판을 가는데 집사람이 갑자기 오줌이 마렵다는 거예요. 집사람이 차에서 내려 멀리 가지도 않고 바로 도로의 갓길에서 웅크리고 앉아 볼 일을 보려고 하는데 굶주린 늑대들이 눈에 불을 켜고 보는 거야. 마누라가 속옷도 못 올리고 혼이 빠진 채 엉금엉금 기어오더라고."

그 부부의 고립과 추위와 처절한 외로움이 피부에 와 닿는 느낌이었다. 단 둘뿐인 그 부부가 그곳에서 할 수 있는 일은 하급 노동이 아니었을까. 그가 말을 계속했다.

"내가 살던 산맥의 깊은 숲속 공터에는 아직도 이끼가 가득 낀 초라한 중국인 묘지가 많아요. 아메리카의 대륙횡단철도를 가설할 때 건너온 중국인 노동자들의 묘지죠. 그런데 그 중국인들 묘지 근처에서는 금화가 가득 담긴 단지들이 종종 발견되곤 해요. 당시 중국인 노동자 하루 임금이 6, 70센트였는데 그걸 모아서 금화로 바꾸어 단지 속에 감추어 뒀던 거죠."

그 중국인의 삶은 무엇이었을까. 단지에 가득한 금화였을까. 수고하다가 외롭게 죽어간 그에게 그 금화는 어떤 의미였을까. 나는 노인의 말을 조용히 기다리고 있었다.

"여기서 살아내려면 어떤 기술이든지 뭐든 잘할 수 있어야 해요. 백인들 차고 안을 들여다보면 전기 수리, 차 수리, 집수리 도구 등 없는 게 없어요. 서양 사람들은 겉으로는 어리숙해 보여도 다들 속이 꽉꽉 들어찼어요. 영리한 사람들이란 말이죠. 그런데 한국에서 돈 좀 들고 이민 온 사람들을 보면 골프채를 꼬나들고 놀러 다녀요. 꼭 그렇게 하지 않고 가게를 하더라도 전기 하나

못 고친다니까요.”

그 말을 하면서 노인은 얼마 전 있었던 일을 꺼냈다.

“한 달 전쯤일 거요. 비가 쏟아지고 천둥번개가 몹시 치는 날 밤 2시경이었어요. 야채상을 하는 한국인 집에서 다급하게 전화가 걸려 왔어요. 정전으로 온 집안에 불이 나갔다는 거예요. 그런 밤늦은 시각이면 외국 기술자들은 절대 가지 않아요. 밤에 얼마나 무섭고 힘들겠어요. 그래서 내가 차를 몰고 쏟아지는 빗속을 뚫고 갔죠. 그래도 사람이 인정이 있어야 하는 거잖아? 번개 여러 줄기가 밤하늘을 갈라놓더라고요. 차에 벼락이 떨어지는 줄 알고 가슴이 조마조마했지. 가서 살펴보니까 아주 간단한 고장이더라고. 다시 불이 환하게 들어오니까 너무들 좋아하데요. 그 집 여자가 내 나이 먹은 모습을 보더니 불쌍해 보였는지 몇 살인데 아직 일을 하시느냐고 묻더라고요. 자식은 있느냐고 묻기도 하고요. 내가 이렇게 늙었어도 시간당 275불을 받는 고급 전기기술자예요. 여기 백인 변호사보다 훨씬 돈을 많이 벌어요. 한밤중에 간 내 수고비를 알면 그 여자가 놀라 자빠졌을 거요.”

그 노인의 투박한 말과 경험 속에는 철학이 담겨 있었다.

인간은 북극에 혼자 떨어뜨려 놓아도 그렇게 혼자 살아간다. 남극에 가까운 남아메리카의 최남단 도시 ‘푼타아레나스’에 갔을 때였다. 조그만 라면집을 하는 내 또래의 한국인 남자를 만난 적이 있다. 라면 한 그릇을 먹고 나서 헤어질 때 그와 포옹을 했다. 그의 외로움과 정이 흘러나오는 느낌이었다.

내남없이 사람들은 자기 그림자를 이끌고 끝없는 지평선을 걸어가는 외로운 존재들이 아닐까. 누구는 그걸 보랏빛 노을이 아니라 '당당한 있음'이라고 표현하기도 했다. 내가 지금 앉아서 글을 쓰는 앞에는 어두운 바다가 드러누워 있다. 그 바다 위에 조그만 배를 띄우고 혼자 고기를 잡는 어선의 불빛들이 깜빡거린다. 헤밍웨이의 소설 『노인과 바다』가 떠오른다. 노인은 달빛이 번쩍이는 검은 바다 위의 배에 혼자 앉아서 자기를 견디고 있었다. 참나를 찾는 고독에 보다 익숙해지고 싶다.

가난한 부자 노인들

내가 묵는 실버타운에서 안타까운 모습을 봤다. 파킨슨병에 걸렸다는 부자 노인의 혼자 살아가는 모습이다. 실버타운은 사실상 아파트에 혼자 사는 것과 비슷하다. 공동식당과 같이 쓰는 부대시설이 있을 뿐이다. 노인들끼리 소통하지도 않는다. 밥도 따로 먹는다. 실버타운을 버스터미널에 비유하기도 한다. 우연히 스치는 여행객 정도의 관계라는 것이다.

파킨슨병에 걸린 채 혼자 산다는 그 부자 노인은 거의 걷지를 못한다. 지팡이를 짚고 한 걸음이 5센티미터 정도나 될까. 그런 걸음으로 노인이 혼자 쓰레기를 버리는 것은 엄청난 작업일 것이다. 오래전에 이혼을 했다고 한다. 가족이 찾아오지 않는다고 했다. 돈이 있는 탓인지 경계심이 강하다고 했다. 청소를 시키고 적은 돈을 줄 때도 엄청나게 살핀다고 했다. 두 번이나 그 노인이 빙에 들어가지 못하고 복도에 쓰러진 채 발견됐다.

실버타운은 혼자 생활할 수 있는 노인들이 묵는 곳이다. 아픈 노인은 요양병원이나 요양원으로 가야 하는 것이다. 혼자 사는 노인은 완강하게 안 가겠다고 버티고 있었다. 실버타운에서 그 노인을 어떻게 했으면 좋겠느냐고 변호사인 내게 문의를 했을 정도다. 돈이 있어도 참 딱한 경우였다. 그가 가진 돈이 어떤 의미를 지니고 있는지 의문이다. 노인은 요양원을 알아보고 계약을 할 능력도 없어 보인다. 그렇다고 노인을 대리해서 일을 해 줄 사람도 없는 것 같다.

노인은 통장을 움켜쥔 채 누구도 믿지 않는 것 같다. 어제는 그 노인이 7월의 뜨거운 태양 아래서 골프채를 어깨에 둘러메고 지팡이를 짚고 "하나 둘, 하나 둘" 하면서 아스팔트 위를 걷는 걸 봤다. 보폭이 2, 3센티미터도 되지 않아 보였다. 실버타운의 정원에 있는 간이 골프장까지 가는 길이 그 노인에게는 엄청나게 먼길일 것이다. 그래도 제자리 같은 걸음으로 그곳으로 향하고 있었다. 내가 옆으로 가서 "도와드릴까요?" 하고 말했다. 백지장처럼 하얀 얼굴에 볼이 움푹 들어간 그 노인은 "괜찮아요." 하고 단호하게 거절했다. 속내는 알 수 없지만 부자 노인은 행복해 보이지 않았다.

얼마 전 서초동의 은행 대여금고에서 우연히 본 광경이다. 걷지 못하는 병든 노인이 다른 사람에게 부축이 되어 왔다. 노인은 자기의 대여금고에 혼자 들어갔다. 주위를 둘러보며 몹시 경계하는 눈빛이었다. 이윽고 노인은 대여금고 안에서 수십 개의 통장이 묶여 있는 다발을 꺼내 그중 하나를 찾고 있었다. 금세 쓰러질 것같이 자세가 위태로웠다. 건강이 이미 끝났는데도, 그래서 쓸 능력이 없는데도 그 돈이 그렇게 소중할까 하는 의문이 들었다. 돈에 집착하는 그 노인은 행복할 것 같지 않다. 왜 죽을 때까지 돈을 움켜쥘 줄만 알고 쓰지는 못하는 것일까. 돈은 쓰려고 버는 게 아닐까. 그리고 쓴 만큼만 제 돈이 아닐까. 사람들은 돈을 쓰는 걸 미처 배우지 못한 것 같다.

나이를 먹었어도 돈을 쓰는데 아이 같은 노인도 봤다. 젊어서부터 팔십까지 연구만 해온 순진한 노인이었다. 마음도 따뜻한 것 같았다. 그 노인이 내게 이런 말을 했다.

"은행에서 재무관리를 해 주는 직원이 내가 돈이 너무 많다고 해요. 그걸 어떻게 해야 하나를 생각해 보래요."

대개는 재산을 주식과 부동산, 현금으로 나누어 보존하고 증식하는 방법을 말해 주는 것 같다. 내가 보기에 황혼이 짙은 그 노인은 번 돈을 써야 할 것 같았다. 그 노인은 자식도 없다고 했다.

"그 돈을 마지막 일 원까지 다 쓰시고 가지 그러세요?"

"어디다 써요?"

노인이 물었다. 진짜 모르겠다는 표정이었다.

"평생 고생하고 돈을 버셨으니 이제 크루즈 여행 같은 것도 하면서 자신을 사랑하는 데 먼저 쓰셔야 하지 않을까요?"

"여행할 필요가 있을까요? 텔레비선의 여행 프로그램을 보면 거기 다 나와 있잖아요?"

삶의 여백을 모르는 노인 같았다.

"텔레비전 여행 프로그램에서 보여 주는 풍경에서 바람이 느껴지던가요? 바다 냄새가 납니까? 현지에서 느끼는 감동이 전해집니까? 여행이라는 건 돈이 없어서 그렇지 사람들이 다 해 보고 싶은 로망을 가지고 있는 거 아닐까요?”

“배를 타면 멀미가 나잖아요?”

“타 보셨어요?”

“아니요.”

“배가 커서 멀미나지 않아요. 혹시 그런 경우가 있더라도 주사 한 대 맞으면 괜찮아요.”

노인은 알듯 모를 듯한 표정이었다. 내가 덧붙였다.

“혹시 마음이 있으시면 힘든 사람에게 기부하는 것도 괜찮을 겁니다.”

“기부는 왜 해요?”

“베풀고 나누는 게 잘 사는 방법이라고 생각하니까요. 기부를 받는 단체를 믿지 못하겠으면 직접 주위에 돈을 쓰셔도 괜찮을 겁니다.”

통장에 돈이 있어도 그냥 숫자일 뿐 아무 의미가 없는 경우가 많은 것 같다. 그들은 통장에 돈을 가지고 있어도 쓸 줄을 모르는 가난한 사람 같았다. 그들이 쪽방에 살면서 폐지를 줍고 동전 하나를 얻기 위해 교회 앞에 줄을 서는 극빈층 노인들과 다른 게 뭘까. 통장 속에 있는 돈은 관념적인 숫자에 불과한 게 아닐까.

논다는 걸 잊어버린 사람들

내가 사는 동해 바닷가에는 서울에서 내려와 독특한 삶을 사는 젊은 사람들이 종종 눈에 띈다. 사진을 찍는 남편과 글을 쓰는 아내가 전 세계를 흐르다가 동해에 정착했다. 그들은 작은 서점을 하면서 살고 있다. 가게 안에서 남편은 향기로운 커피를 만들고 아내는 실로 책을 꿰매는 일을 하고 있다. 지나가다가 그들 부부의 책방을 보면 삶에 걱정이 없는 한적한 다른 세계인 것 같다. 가게 안의 고양이가 하품을 하며 조용히 바닥에 누워 있다. 거기서 『미니멀 라이프』라는 책을 샀다. 복잡한 서울을 떠나 동해에서 원룸 하나를 얻어서 사는 젊은 부부의 소박한 삶을 담은 내용이었다. 욕심을 내지 않는 삶을 그들의 시각에서 풀어낸 글들이 들어 있었다.

내가 더러 들르는 파도치는 해변 끝에 미니 레스토랑이 있다. 대여섯 사람 앉을 정도의 스탠드가 있는 스테이크집이나. 스탠드 안쪽, 참나무가 타고 있는 화덕에서 스테이크가 노릇노릇 구워지고 있다. 공기밥 한 그릇과 된장국이 곁들여 나온다. 젊은 셰프가 그 가게를 운영하고 있다. 그런데 특이한 것은 가게 문을 열고 싶으면 열고, 닫고 싶으면 닫는 것 같다. 예약을 하지 않으면 먹을 수가 없다. 예약을 하기 위해 전화를 걸어도 받지 않을 때도 많다. 내 눈에는 돈을 벌기 위해 일을 하는 것 같지가 않아 보인다.

동해의 숨겨진 아름다운 해변이 보이는 언덕 위에 내가 자주 가는 식당이 있다. 젊은 부부가 동치미막국수와 육개장을 잘 만들어내고 있는 곳이다. 점심시간이면 가게에 손님들이 꽉 찬다. 그런데 이상한 게 있다. 장사를 하는 시간이 아침 10시 반부터 오후 3시까지다. 그 시간이 지나면 손님이 와도 가게 문을 닫고 가 버린다. 저녁때가 되면 분명 손님이 많이 찾아올 것 같은데도 그 젊은 부부는 장사를 하지 않는다. 이미 구세대가 된 나의 시각으로는 그들이 왜 일을 하지 않는지, 들어오는 돈을 마다하는지 이해가 가지 않는다. 나와 같은 세월을 산 사람들은 지금 어떻게 살고 있는가. 일에 대한 가치관은 어떤 것일까.

내 또래의 많은 사람들이 정년퇴직을 하고 재취업을 한다. 아파트 경비원이 되기도 하고, 택시기사가 되기도 한다. 모자라는 생활비를 보충하기 위해서라고 하기도 한다. 그렇지 않은 사람도 있다. 서울의 아파트를 팔고 바닷가의 작은 집을 싸게 사서 노년의 한적과 여백을 즐기는 사람도 있다. 서울 아파트를 판 차액이면 노년의 생활이 그런대로 무난하다고 한다. 큰 병원 근처에 있으면서 아등바등 살기 싫다고 한다. 아쉬운 듯할 때 내 집에서 저세상으로 가는 것도 괜찮다고 한다. 생활비라는 것도, 가난도 상대적인 것 같다.

내 세대는 일하다가 삶을 마감하는 걸 명예롭게 생각했다. 교사는 교단에서 가르치다가 죽고, 의사는 치료하다가 죽는 삶을 꿈꾸었다. 일은 자기를 실현하고 완성하는 의미를 가지고 있었다. 내가 가던 압구정동의 안과가 있다. 80대의 노의사는 경력이 화려했다. 서울의대에서 박사학위를 받고 동경대학교 의과대학에 가서 또 박사학위를 받았다. 대학병원에서 교수로 지냈고, 퇴직을 하고서 안과를 차렸다. 돈도 많이 번 것 같았다. 강남에 빌딩을 몇 채 가지고 있다고 했다. 그런 그도 세월 앞에는 어쩔 수 없는 것 같다. 그는 하루 종일 적막한 진료실에 정물같이 혼자 앉아 있는 것 같았다. 그를 보고 좀 놀라기도 했다. 그는 논다는 게 뭔지 모르는 것 같았다.

내 주변에 그런 사람들이 많다. 팔십이 넘었어도 새벽 5시면 사무실에 출근해서 일을 하는 선배가 있다. 일이 없어도 아침이면 넥타이를 매고 양복을 입고 사무실에 출근해서, 신문이라도 봐야 마음이 안정된다는 분도 있다. 평생을 그렇게 살아와서 그런지, 그들은 사람이 아니라 사무실이 되고 책상이 되고 의자가 된 것 같기도 하다. 80대 노인 변호사가 지팡이를 짚고, 중풍으로 다리를 끌면서 법정으로 나오는 모습을 본 적이 있다. 귀도 잘 들리지 않는 것 같았다. 얼마나 곤궁하면 저 나이에도 일을 하나 하고 안타까웠다. 그런데 나중에 들으니까 그게 아니었다. 그 늙은 변호사가 죽은 후 남긴 통장에 들어 있는 수억 원으로 자식이 스포츠카를 사서 타고 돌아다닌다는 소리를 들은 적이 있다. 그 노인은 논다는 걸 알았을까? 그 일들은 소명의식이었을까?

　우리 세대는 삶이 일이고 일이 삶 자체였다. 일이 없다는 것은 세상과의 단절이고 소외를 의미했다. 바닷가에 와서 작은 가게를 하면서 사는 젊은 사람들의 미니멀 라이프를 보면서 나는 다시 생각해 본다. 죽도록 일만 하고 끝내 논다는 것을 잊어버리고 마는 관념의 정체는 무엇이었을까. 자연계의 생물들은 먹기위해 최소한의 활동만 하고 노는데 유독 인간만 일을 하는 것 같다. 바닷가의 갈매기는 느긋하게 쉬면서 점심 걱정을 하지 않는다. 일이 삶의 전부였던 그 시절의 삶이 과연 잘 살았던 것인지모르겠다.

돈 잘 쓰는 법

실버타운의 80대 부부가 밥을 먹으면서 내게 이런 말을 했다.

"은행에서 우리 돈을 컨설팅 해 주는 사람이 그러는데 이제부터 돈을 쓰라고 하더라고요."

그 부부는 개미같이 일생을 일만 하고 살아온 사람들 같았다. 최소한의 생활비만 사용하고 검소하게 살면서 받은 월급을 저축해 왔던 것 같다. 그 부부는 자식도 없다.

나의 경우도 비슷했다. 가난한 시절에는 쓸 돈이 없었다. 변호사가 되어 약간의 여유가 생겼을 때도 어떻게 써야 할지 몰랐다. 이따금씩 방송을 보면 굶어 죽는 아프리카 아이들의 모습을 보여 주면서 돈을 기부하라고 한다. 교회에 가면 라오스에 우물을 파 주고, 북한을 도와줄 헌금을 하라는 소리를 듣는다. 장학금을 내라는 권유도, 노숙자를 도우라는 말도 들었다. 그런 말을 듣고 지갑을 열지 않으면 당장 나쁜 사람이 되는 듯한 느낌이 들기도 한다. 내가 땀 흘려 번 돈은 소중하다. 먹고 싶은 것도 참고, 사고 싶은 것도 안 사고 모았다. 선동에 휩쓸리지 않고 한정된 돈을 신중하게 잘 쓰고 싶었다. 그래서인지 가까이서 돈을 쓰는 사람들의 모습들을 지켜보았다.

어느 날 사과 상자가 택배로 집에 왔다. 암으로 죽음을 얼마 앞둔 법무장교 동기생이었다. 죽기 전에 알던 사람들에게 조그만 마음의 선물을 돌린 것이다. 돈은 이렇게 쓰는 것이라는 걸 배웠다.

오래전 우연히 전해 들은 아는 노인의 얘기다. 지방 도시에 살던 그 노인은 열심히 가게를 하면서 돈을 모았다. 그는 나이 육십에 가게 문을 닫았다. 그때부터 그 노인은 매일 아침 자기가 50만 원을 가지고, 아내에게도 50만 원을 주었다. 노인은 규칙을 정했다. 그 돈으로 각자 무엇을 해도 좋다. 극장을 가도 되고 맛있는 음식을 사 먹어도 된다. 그리고 친척이나 거지나 그 누구에게 돈을 줘도 상관이 없다. 다만 저녁에 집에 들어올 때는 돈이 한 푼도 남아 있어서는 안 된다는 규칙이었다. 그 부부는 그걸 매일 실행했다. 그렇게 10여 년이 지난 어느 날 아침, 그 노인은 신문을 보다가 고목같이 조용히 옆으로 쓰러져 저세상으로 건너갔다. 그 노인에게서 나는 돈을 어떻게 써야 하는지를 배운 것 같다. 힘들게 모은 돈으로 노후에는 자신도 사랑해야 한다. 가족도, 힘든 형제도, 친척도 그렇게 동심원을 그리듯 가까운 곳부터 보살피는 것도 괜찮은 것 같다. 가족이 고통을 받고 있는데 공허하게 기부를 하고 신문에 이름을 올리는 것은 그저 명예욕에 불과한 건 아닐까.

변호사 일을 하다가 의뢰인으로 우연히 한 여인을 만났다. 법정에 정상참작 자료로 그 여인의 선행을 알릴 필요가 있어 그런 기억을 떠올려 보라고 했다. 그녀는 난감해하다가 마음의 오지에서 뭔가 발견한 듯 며칠 후 나를 찾아와서 이런 말을 했다.

"어머니가 일찍 돌아가시고 동생을 돌봐야 해서 대학에 가지 못했어요. 고등학교를 졸업하고 청계천 뒷골목에 있는 작은 회사 경리로 취직했죠. 경리라고 하지만 커피도 타고 청소도 하고 그랬어요. 어느 겨울 아침 출근을 하는데 육교 아래 한 거지 노인이 떨고 있는 거예요. 마음이 안 됐더라고요. 지갑을 열어서 지폐 한 장을 줬어요. 제 점심값이었죠. 마음이 훈훈해졌어요. 그 후에도 텔레비전을 보다가 불쌍한 사람이 있으면 적은 돈이라도 한 달에 얼마씩 보내겠다고 약속을 했어요. 마음이 쓰일 때마다 그랬는데 어디에 얼마를 했는지는 저도 모르죠. 변호사님이 말씀을 하시니까 그럴 때마다 온 영수증들을 한번 찾아볼게요."

그녀는 혼기를 놓치고 평생 독신이었다. 그 무렵은 중국에서 옷을 사서 중남미에 파는 개인 보따리 장사를 하고 있었다. 얼마 후 그녀는 비닐봉지에 가득 담긴 기부영수증을 내게 가지고 왔다. 둘이서 그 금액을 합산해 보았다. 상상 이상의 거액이었다. 그녀도 자기가 기부한 금액을 보고 놀라는 것 같았다. 내 마음에 감동이 왔다. 돈은 그렇게 자신도 모르게 오른손이 하는 일을 왼손이 모르게 기부하는 게 맞는 것 같았다. 그녀는 자기가 쓸 걸 쓰지 않고 고통을 받으면서 아껴서 남에게 준 것이다. 거액의 기부자도 훌륭하지만 성경 속 가난한 과부의 동전 두 닢 같은 돈도 소중한 가치가 있다.

돈을 잘 썼는지 못썼는지 내 나름대로 감별하는 방법이 생겼다. 돈을 쓰고 내 마음 깊은 곳에서 따뜻한 기운이 올라오고 즐거움을 느껴질 때 그 돈은 잘 쓴 것이다. 하나님은 그런 즐거움을 보상으로 주시는 것 같다. 돈은 벌기도 어렵지만 쓰기가 더 어려운 것 같다.

가난의 옹졸함

아흔 살의 노인 의사는 평생 가슴에 맺혔던 얘기를 했다. 그가 수련의를 하던 시절에는 보수가 없었다고 한다. 가난한 그가 교수댁에 인사를 가려는데 차마 빈손으로 갈 수가 없었다는 것이다. 생각 끝에 그는 시외에 있는 과수원에 찾아가 바닥에 떨어진 사과 아홉 개를 싸게 샀다. 그는 과수원의 구석에 있는 대나무 가지로 광주리를 엮어 사과를 넣은 후 교수댁에 가지고 갔다. 며칠 후 그가 일 때문에 다시 그 교수댁에 갔다. 마루 끝에 그가 가지고 간 사과가 그대로 방치되어 있더라는 것이다. 교수의 부인이 누가 저런 선물을 가져왔는지 모르겠다며 혀를 차더라는 것이다. 그의 가슴에 깊은 상처가 났다. 내면에서 피가 뚝뚝 떨어지는 것 같았다. 그는 그 상처가 평생 갔다고 고백했다.

사람마다 그렇게 마음에 매듭이 생기는 경우가 있는 것 같다. 나도 그런 경험들이 있다. 대학입시 무렵 학교 앞 가게에서 국산 포도주를 사서 포장해 아는 선생님에게 선물했다. 그 얼마 후 선생님은 지나치는 소리로 양주인 줄 알았다고 했다. 그 말이 마음에 걸렸다. 고등학생인 나는 양주를 살 돈이 없었다. 어머니가 전해 주라는 선물도 아니었다. 그냥 소년의 순박한 마음이었다.

대학 졸업 무렵 장학금을 주는 재단의 신세를 졌었다. 나는 그 재단을 관리하는 교수의 배려로 돈을 받게 됐다. 추석 무렵이었다. 어머니는 고마운 교수님한테 가져다 드리라고 하면서 송편이 든 양철 찬합을 주었다. 송편들이 솔잎과 함께 담겨 있었다. 어머니는 솔직히 말하면 음식 만드는 솜씨가 없었다. 가난한 집에서 자라서 그런지 좋은 음식들을 보지 못한 것 같았다. 나는 그 송편을 들고 한 시간 반가량 시내버스를 타고 그 교수님이 사는 동네로 갔다. 교수님의 집은 2층 양옥집이었다. 넓은 마당에 잔디가 자라고 있었다. 우리 집과는 비교가 안 되는 부자였다.

교수님은 대지주의 아들이라고 했다. 일제강점기 그는 일본의 명문대학을 졸업하고 서울대 교수가 되어 학자로 명성이 높던 분이었다. 그 교수는 자신의 어린 시절을 자랑같이 얘기한 적이 있었다. 소학교에 다닐 때 점심시간이면 집에서 머슴들이 교자상을 차려 학교까지 가지고 왔다는 것이다. 그 교수는 총명한 머리와 부와 명예를 모두 거머쥔 금수저 중의 금수저 같았다.

해인사의 암자에서 공부할 때였다. 그 교수가 절 아래의 고급 여관으로 왔다. 돈을 얻어 쓰는 장학생들이 인사를 하기 위해 교수가 묵는 방으로 찾아갔다. 교수는 자개밥상에서 밥을 먹고 있었다. 당시는 호텔에서 그렇게 상을 차려 손님방으로 내왔다. 상 위에는 하얀 쌀밥과 국, 구운 생선, 명란젓, 김이 놓여 있었다. 장학재단에서 암자에 내는 하숙비로 얻어먹는 밥은 밀쌀을 삶은 것이었다. 70년대 중반에는 그런 인공의 쌀이 있었다. 국은 겨울 내내 암자 처마에 걸려 있던 시래기에 된장을 조금 푼 국이었다. 양념이 거의 들어가지 않은 허연 김치가 있었고, 베니어판으로 만든 기다란 밥상의 표면에는 얼음이 얼어 동치미 그릇이 미끄럼을 타고 다녔다. 교수님의 밥상을 보면서 입에 침이 고였다. 나도 언젠가는 성공해서 그 여관에 와서 저런 밥상을 받아 보면 좋겠다고 생각했었다.

그 교수의 집 넓은 잔디마당을 지나 방으로 들어갔다. 벽에는 고풍스러운 병풍이 서 있고 그 앞에 보료가 깔려 있었다. 교수님은 영화에서 보는 대감님 같았다. 저절로 절을 하게 됐다. 나는 주저하다가 어머니가 드리라고 했다면서 초라한 양철 찬합을 그 앞에 내놓았다. 교수님이 뚜껑을 열고 그 안을 들여다보았다. 교수님의 눈길이 묘하다는 걸 순간 느꼈다. 그 눈빛은 어머니의 송편들을 멀리 밀어내는 것 같았다. 교수는 내게 아무 말도 하지 않았다. 내게 한 마디 덕담을 해 준 기억도 없다. 신세를 졌고 고맙다고 생각하는데 그 떨떠름한 눈길이 평생 잊히지 않았다. 부자에게는 가난한 사람들의 초라한 선물에 담긴 감사는 잘 보이지 않는 것 같았다. 세월이 흐르고 내게 장학금을 배려한 그 교수님도 영원한 침묵의 세계로 옮겨간 지 오래다.

의식의 깊은 바닥에 달라붙어 있는 그런 기억의 단편들은 무엇일까. 수련의 시절 과수원 바닥에 떨어진 사과들을 광주리에 담아갔던 아흔 살의 의사 노인은 자기도 의사가 되고 교수가 되고 병원장을 지냈다고 했다. 나중에야 상대방의 입장이 되어 보니까 이해가 되고 마음의 매듭들이 풀려 버리더라고 했다. 나도 그랬다. 감정에 솔직한 교수의 눈길이 납득이 갔다. 몰라서 그랬을 것이다. 이상적인 성인을 기대하는 건 무리다. 자개밥상 위의 맛있는 음식으로 기억에 남아 있던 해인사 아래 전통한옥으로 된 고급 여관에 찾아가 보았다. 그냥 보통의 여관이었고 보통의 음식이었다. 내가 가졌던 소망이 너무 시시했다는 생각이 들었다.

노동은 행복인가

내가 있는 바닷가의 실버타운에는 미국에서 역이민을 온 노년의 부부들이 있다. 미국에서 수십 년을 살던 그들은 고국에서 삶의 마지막을 맞이하고 싶다고 했다. 그들 중에는 60년대에 2백 불을 가지고 나가 백만 불을 넘게 벌어 고국으로 왔으니 괜찮지 않느냐고 하는 분도 있다. 옛날에 시골에 살던 사람이 서울에 가서 돈 벌어온 것 같은 느낌이 드는 모양이다. 이민을 가서 고생했다는 그들은 노년에 어느 정도 경제적 여유를 찾은 것 같다. 미국의 집을 그대로 두고 임대한다는 분도 있고, 평생 저축한 돈을 은행에 두고 관리한다는 분도 있다. 그들은 노년을 동해의 아름다운 바닷가에서 살다가 가고 싶다고 했다. 그런데 막연한 낭만적인 꿈과 현실에서 그들이 하고 싶은 게 좀 다른 것 같다.

어제는 실버타운 공동식당에서 옆자리에 앉아 밥을 먹는 미국에서 온 분으로부터 이런 얘기를 들었다.

"주민센터에 가서 일거리를 신청했죠. 종이 쇼핑백에 플라스틱 손잡이를 다는 단순 작업을 하라고 하더라고요. 오전 10시부터 오후 3시까지 다섯 시간 정도 일하는데 하루에 3만 원을 주더라고요. 남자 노인반, 여자 노인반 따로 일을 하는데 얼마나 열심히 일들을 하는지 몰라요. 일을 하고 싶다는 노인들이 많아서 한 사람한테 한 달에 9일 정도만 일을 줄 수 있다고 하네요. 골프 치고 노는 것보다 일이 더 재미있어요. 작업반장이라는 여성 노인이 군기를 잡기는 하지만요.”

그에게 노동은 무엇이든 행복이었다. 돈이 필요해서 하는 게 아니었다. 실버타운 내에 있는 전직 교장 선생님의 남편은 아침 일찍 주유소로 나가 차에 기름을 넣어 주는 아르바이트를 한다. 연금으로 충분히 살 수 있는데도 일을 한다. 일하지 않는 것은 고통이라고 했다. 우두커니 앉아서 인생에 관해서 묵상하고 있는 자체가 고통이라는 것이다.

며칠 전 미국에서 온 또 다른 80대 노인이 내게 이런 말을 했었다.

“커다란 비닐봉투를 가지고 해변가에 가서 쓰레기를 줍고 싶어요.”

그는 일당을 바라고 하려는 것이 아니었다. 그냥 혼자 그렇게 하고 싶다는 것이다. 그는 60년대 서울대학교 약대에 수석합격을 했다는 분이다. 미국에 유학해서 박사학위를 받고 50년 동안 대학에서 강의를 해온 교수였다. 그도 뭔가 일을 하고 싶어했다. 실버타운에서 의사 출신 노인이 다른 노인들을 무료로 진료해주는 걸 보기도 했다. 실버타운의 텃밭에 파와 부추를 심어 마을의 식당에까지 그냥 나누어주고 다니는 노인도 있다. 노인들은 쉬기를 원하지 않는다. 놀기만 하는 걸 즐거워하지도 않는다. 일을 하고 싶어한다.

나는 어제 오랜만에 기차를 타고 서울로 올라가 법원으로 갔다. 끝을 내지 못한 사건이 있었기 때문이다. 기획부동산과 악질 사채업자에게 걸려 땅을 빼앗길 뻔한 노인의 사건이었다. 사채업자가 경매로 그 땅을 넘기려는 걸 치열한 소송으로 막았다. 그들의 집요한 공격을 아직도 치러내는 중이었다. 세상에는 터무니없이 억울한 일이 많다. 그런 일이 너무 많아서인지 수사기관이 알아서 정의를 실현해 주지는 않는다. 수사기관의 엔진에 시동을 거는 것도 변호사의 일이었다. 사건을 의뢰한 노인은 스트레스 때문인지 암에 걸렸고 다리도 절었다. 변론을 끝내고 법정을 나왔을 때였다. 그 노인이 감사한 표정을 지으면서 내게 이런 말을 했다.

"주변에서 암에 걸린 친구들은 벌써 많이 죽었어요. 그런데도 이렇게 제가 살아 있는 걸 보면 변호사님이 수고해 주시는 소송 때문인 것 같아요. 소송의 결과를 보기 전에는 죽지 않기로 했으니까요."

법원에서 나와 지하철역으로 혼자 걸어가면서 나는 흐뭇했다. 아직도 내게 일이 존재한나는 것에 삼사를 느꼈다.

실버타운에 와서 노인들을 관찰하면서 깨달은 게 있다. 노년에도 자립해야 하고 일이 있어야 한다는 사실이다. 치매나 중풍이 아닌 한 혼자서 자기 일을 처리해야 할 것 같다. 인간은 결국에는 누구나 혼자가 되기 때문이다. 혼자 사는 능력을 키워야 할 것 같다. 앞으로는 아내가 해 주던 일상적인 일들을 직접 하려고 마음먹고 있다. 밥하고 설거지하고 청소하고 세탁기를 돌려야겠다. 건조되어 나온 옷들을 깔끔하게 개는 법도 배워야겠다. 지금은 기껏해야 혼자 라면을 끓여 먹는 정도다. 앞으로는 찌개를 끓이는 것도 배워야겠다. 겨울에는 눈도 치워야 할 것 같다. 해야할 일들이 참 많다.

나만 불행한 것 같을 때

그 모자가 다급하게 한 번만 더 돈을 꿔 달라고 했다. 사채업자에게 돈을 얻었는데 죽을 지경이라고 했다. 이도저도 안 되면 자살을 하겠다고 했다. 그 모자는 우연히 알게 된 의뢰인이었다. 미용사였던 엄마가 사채업자에게 걸려들어 어린 아들과 도망을 다녔다. 찜질방을 전전하면서 아들에게는 라면을 사 먹이고, 엄마는 물에 불린 건빵 한 봉지로 끼니를 때웠다. 모자는 마지막에 노숙자가 되어 서울역 앞 광장으로 내몰렸다. 변호사인 나는 그 모자를 위해 사채업자와 싸움을 했다. 사채업자는 판사 앞에서도 독을 내뿜으며 바닥에 드러누웠다. 모자를 묶었던 악마의 사슬을 풀어 주었다.

모자는 작은 음식점을 차렸다. 매일 밤을 새우면서 몇 백 개씩의 만두를 빚었다. 아들은 주방에서 음식을 만들고 엄마는 밖에서 서빙을 했나. 코로나의 어두운 그림사가 세상을 덮을 때 아들이 간절하게 부탁했다. 너무 힘이 드니 돈을 꾸어 달라는 것이었다. 고민을 하다가 무리를 해서 도와주었다. 몇 년이 흐른 지금 그 모자는 내게 빌려간 돈을 갚지 못하고 다시 더 돈을 빌려 달라는 것이다.

나는 이미 칠십 고개를 넘었다. 돈 버는 일이 사실상 끝난 것 같다. 노년에 경제적으로 여유가 있는 것도 아니다. 저축한 돈으로 죽을 때까지 검소하게 살아가야 하는 것이다. 지난해에 또 다른 험한 일을 겪었다. 살인죄로 15년 정도 징역을 살고 있는 사람이 있었다. 너무 비참했다. 그 오랜 세월 동안 면회하는 사람이 단 한 명도 없었다. 그의 인생이 가련해서 매달 조금씩 돈을 보내 줬다. 이빨이 다 빠졌다고 해서 틀니를 해 준 적도 있었다. 마침내 지난해 1월 그가 석방됐다.

그런데 그게 끝이 아니었다. 밥값이 없다고 돈을 달라고 했다. 운전면허를 따게 돈을 달라고 했다. 원룸을 구해 달라고 했다. 트럭 한 대를 사 주면 일을 할 수 있을 것 같다고 했다. 나는 화가 났다. 그가 막노동이라도 하거나 그 게 안 되면 노숙자가 되어야 했다. 그는 내게 정 안 되면 죽으면 된다고 했다. 왜들 그렇게 죽는다는 말을 쉽게 하는지 모르겠다. 얼마 후 연락이 왔다. 그가 목을 맨 채 죽어 있다는 것이다. 화장장에 가서 그의 유골을 처리하면서 나는 그 허망한 인생이 왜 태어났을까 하는 생각이 들었다. 나를 찾아오는 사람들은 제각각 남보다 더 불행하다고 주장했다. 물론 그들은 제 나름대로의 불행을 느끼고 있다. 하지만 그들이 안고 있는 진짜 불행은 그게 아닌 것 같았다. 그들을 진짜 불행하게 만드는 것은, 자신을 누군가가 위로해 주어야 한다는 유아 의식이었다. 그들은 자신이 불행하니 당신은 나를 도와줄 의무가 있다고 강요하는 것 같았다. 그들은 나를 해답을 알려주어야 하는 선생쯤으로 착각하는 것 같았다. 평범한 나 같은 인간에게는 그런 능력이 없다. 사회나 정부가 그들에게 답을 줄 수 있을까? 아니면 신이 그들의 자살을 불쌍히 여길까?

나는 요즈음 가급적이면 긍정적이고 밝은 글을 쓰려고 노력한다. 내 글을 보고 너는 변호사니까 돈이 있으니까 좋겠다고 하면서 돈 없는 자신의 불행을 말하는 사람이 있다.

너는 폐지 줍는 사람들의 불행을 모르느냐며 혼자만 노년의 여유를 즐기느냐고 질책하는 분도 있다. 내가 정말 그들이 보듯 여유 있고 행복하게 살아온 사람일까. 나 역시 검은 기억들이 많다. 그런데 깨달은 것은 아프다고 소리쳐도 공감하는 사람들이 없다는 것이다. 나의 불행이 엉뚱하게 남을 위로해 주고 기쁘게 해 주는 것 같기도 했다.

나는 부정적이었고 비판적이었다. 세상에 냉소적이었고 나의 불행을 남탓으로 돌렸다. 분노와 증오가 끓어올랐다. 그럴수록 마음속에 검은 안개만 더 자욱해졌다. 결국 답은 나에게 있었다. 가난한 집 처마에 달린 고드름에서도 영롱한 무지개를 볼 수 있는 사람이 있다. 감옥 안에서도 밤하늘의 별을 보는 사람이 있고, 바닥의 진창만 내려다보는 사람이 있었다. 감사하며 긍정적이 되는 것이 무지개나 밤하늘의 별을 보는 게 아닐까. 불행을 말하면서 남에게서 위로와 답을 찾지 말고 스스로 행복해져야 하지 않을까.

영혼의 별나라 여행

일주일 사이에 여러 명이 죽었다. 고교 동창의 부고도 있고, 친구의 부인이 죽기도 했다. 나이가 드니까 더 이상 죽음이 생소하거나 어색하지 않다. 죽는 사람들을 보면 마치 공항에서 비행기를 타고 훌쩍 먼 나라로 가는 것 같은 느낌이다. 성경을 보면 인생 칠십이고, 강건해도 팔십이라고 한다. 백세시대라고 말은 하지만 건강하게 살 수 있는 수명은 70대에서 대충 끝이 나는 게 아닐까. 나는 운 좋게 기본적인 수명은 확보했고, 지금은 하루하루를 보너스라고 여기며 살고 있다. 산다는 게 뭘까. 진짜 살아있으려면 그 의미를 알아야 하는 게 아닐까.

나는 내가 걸어왔던 길을 되돌아본다. 40대 중반까지 나는 이기주의자였다. 자아가 강했다. 그러다 암을 선고 받고 수술대 위에서 깨달았다. 이기주의자에게서 '나'라는 게 없어지면 아무것도 남지 않는다는 걸. 베푼 사랑이 없으니 그 누구의 가슴에 추억으로 존재할 수도 없다. 이기주의자의 죽음은 메마르고 냄새조차 없는 텅 빈 공허라는 걸 알았다. 사람들이 죽어갔다. 50대에 세상을 떠나는 사람들을 보면 초가을 바람에 윤기를 머금은 낙엽이 공중에서 춤을 추며 내려오는 것 같았다. 60대의 죽음들은 가지를 흔드는 바람에 몇 장의 낙엽이 떨어져 내리는 느낌이었다. 낙엽들은 떨어지는 자리를 가리지 않는 것 같았다. 70대에 도달했다. 주위의 죽음이 초겨울의 스산한 저녁 빛 속에 우수수 떨어지는 메마른 낙엽 같은 느낌이다. 그런 죽음들을 보면서 내가 사용할 수 있는 인생의 시간이 얼마나 남아 있는지, 내 삶에서 에너지의 잔고는 어느 정도인지, 남아 있는 금 같은 시간을 어떻게 사용할지를 생각해 본다.

사흘 전 옥계 해변에 사는 심 선생과 점심을 함께 하면서 이런저런 얘기를 나누었다. 은행원이던 그는 일찍 낙향을 해서 바닷가에서 소박하게 살고 있다. 바닷가의 짙은 안개가 사람이 춤추는 것 같은 것을 보고 그는 사는 집의 이름을 '무율제'라고 지었다. 얘기 중 그가 이런 말을 했다.

"제 나이가 팔십이 됐습니다. 여생을 4년 정도로 잡고 있어요. 그 제3의 인생은 누구에게도 아무것에도 구애받지 않고 내 마음대로 살다가 편하게 집에서 죽는 겁니다. 그러기 위해 인연들을 과감히 정리하고 있습니다. 봉사활동도 중단하려고 합니다. 삶의 마지막을 아내와 함께 세상 곳곳을 돌아다니면서 두 달씩 살기를 해 보고 싶이요. 그리고 내가 배우고 싶은 것들을 너 공부하고 싶어요."

그를 보면서 나는 훌륭한 선생을 만난 느낌이었다. 그는 제1의 인생을 은행원으로 일하면서 가족을 먹여 살렸다. 제2의 인생은 옥계의 바닷가 마을에 내려와 『시경』을 공부하고 해변을 산책하고 봉사활동을 해왔다. 그는 일찍 직장을 그만두게 된 동기를 이렇게 말했다.

"내가 은행원 시절만 해도 특정인에게 특혜대출을 해 주라는 압력이 많이 내려왔죠. 성격상 그걸 용납할 수 없었어요. 그게 직장을 빨리 그만두고 해변가 마을로 내려오게 된 동기죠. 남들은 바닷가에서 무료하게 지내는 줄 알지만 그렇지 않아요. 텃밭을 가꾸는데 거기 사는 벌레가 손을 무는 거예요. 여기는 내 땅인데 왜 침입을 하냐고 하는 것 같았어요. 작은 일 하나에서도 깨닫는 게 있었죠. 저는 집에 담이나 문을 만들지 않고 개방했죠. 커피를 로스팅해서 마을 사람 누구나 와서 커피를 공짜로 마시게 했어요."

그가 얘기를 계속했다.

"남들은 일찍 사표를 내고 어떻게 이렇게 신선놀음을 하며 살아올 수 있느냐고 의문을 가지기도 하죠. 내가 많은 재산을 상속받은 것으로 착각하기도 하고, 혹시 직장에 있을 때 부정이라도 저지른 게 아닌가 하고 의심할 수도 있다고 생각합니다. 그렇지는 않아요. 저는 다만 개발시대를 살아온 덕분에 이렇게 살 수 있었어요. 서울의 집값이 치솟는 바람에 바닷가 어촌의 싼 집을 사고 그 차액으로 살 수 있었죠. 혜택을 받은 거죠. 인구가 줄면서 지금은 바닷가의 빈 집에 고양이들이 살아요. 젊은 사람들이 내려오면 괜찮을 겁니다. 남들은 쓸쓸한 바닷가에서 어떻게 사

느냐고 지레 짐작하지만 살아 보니까 괜찮았어요. 저는 여기가
좋습니다."

그는 알찬 삶을 살았고 동시에 좋은 죽음을 준비하는 것 같았
다. 죽음이란 무엇일까. 언제일지는 모르지만 누구에게나 100
퍼센트 확실한 일이다. 지구로 왔던 영혼은 우주로 떠나 또 다른
별로 가는 건 아닐까. 따분한 우주여행 중 깊은 잠속에 들었다가
다른 별에 도착했을 때 깨어나는 건 아닐까. 아름다운 추억을 간
직한 채 다른 별로 갔으면 좋겠다.

노년적 초월

실버타운에서 저녁을 먹은 후 60대 부부와 얘기를 나누었다. 60대면 젊은 편에 속한다. 부인이 이런 말을 했다.

"실버타운에서만 지내는 건 답답해요. 요양보호사 자격을 따고 일자리를 얻었어요. 치매나 몸을 못 쓰는 노인들을 돌보는 거죠."

실버타운의 60대는 아직 일하는 걸 더 좋아하는 것 같다. 실버타운 안의 잘 가꾸어 놓은 잔디정원이나 골프장에 별로 관심이 없어 보였다. 비슷한 또래의 또 다른 부인한테서도 일에 관한 이런 얘기를 들었다.

"저는 주민센터에 일하러 다녀요. 쇼핑백에 플라스틱 손잡이를 붙이는 일을 했어요. 하루 다섯 시간 일하고 3만 원 받아요. 일을 하고 싶어 하는 노인이 많아서 그런지 한 달에 9일밖에는 일을 주지 않아요. 그래서 일자리를 바꿨는데 지방 도서관의 계약직 사서 자리를 얻었어요."

60대 부인들에게 외부의 일자리는 삶의 생기를 얻는 또 다른 의미인 것 같았다.

미국에서 역이민을 온 70대 중반의 부인과 얘기를 나누었다. 그 부인은 이민 생활을 담은 글을 써서 자식들에게 책을 남기고 싶다고 했다. 그러면서 틈틈이 써 온 글들을 내게 건네주면서 의견을 말해 달라고 했다. 그 부인이 쓴 글들을 읽었다. 독특한 체험 몇 개가 담긴 글들이 보였다.

이민 초기 무렵 그 부인은 공장에 가서 단순 노동을 했다. 옆에 있는 백인 여성이 유난히 그 부인을 바보 취급하고 업신여겼다. 어느 날 그 백인 여성과 둘만 엘리베이터를 타게 되었다. 그 부인은 주위를 둘러보았다. 엘리베이터 내부에 CCTV는 없었다. 순간 부인은 그 백인 여성에게 튀어 올라 머리채를 잡고 늘어졌다. 그리고 맨 아래층에서 다시 엘리베이터의 문이 열리자 그 부인은 아무 일도 없던 것처럼 점잖게 빠져나가 자신의 사무실로 갔다. 다음날 그 부인의 책상에는 메모가 한 장 놓여 있었다. 그 메모에는 "I am sorry"라고 적혀 있었다는 것이다. 재미있는 내용이었다. 강한 자존심과 독특한 인생관을 가진 것 같았다. 글의 행간에는 이민 생활의 절박함과 슬픔이 축축하게 배어 있었다. 그 부인은 늦깎이 작가가 되어 책을 내고 싶다는 희망을 가지고 있었다.

남자 노인들도 다르지 않다. 서울의 최고급 시설의 실버타운에 묵는 80대 초반의 변호사가 있다. 고등법원장을 지낸 분이다. 그분은 실버타운에서 아침을 먹고 하루 종일 적막한 책상 앞에 앉아 있다가 저녁이면 실버타운으로 돌아간다. 수영장과 골프장

등의 여러 편의시설은 그에게 별 관심 대상이 아닌 것 같다.

개발시대를 살아온 우리들은 내남없이 '일중독' 증상이 있었던 것 같다. 뭔가 하지 않으면 하루를 헛산 것 같은 강박증 비슷한 증세를 가지고 있다. 80대 중반의 한 노인은 내게 이런 말을 했었다.

"저는 시골에서 초등학교를 졸업하고 처와 자식 남매를 데리고 무작정 상경을 해서 난곡 철거민촌에 살았어요. 노동을 하고 살았죠. 땅이 꽁꽁 얼어붙은 1월이었어요. 겨울이지만 저는 하루라도 일을 쉬고 싶지 않았어요. 일을 찾아 나섰다가 우연히 전신주를 땅에 묻는 공사장을 지나치게 됐죠. 공짜로 일을 해 주겠다고 하고 곡괭이로 땅을 팠죠. 그렇게 하니까 공짜가 공짜가 아니더라고요. 다음에는 일을 주데요."

그 노인은 서울에 5층짜리 빌딩을 가지고 있었다. 1층은 기독백화점이고, 2층은 성화 전시장이었다. 그 노인의 노동으로 이룬 결실이었다.

같은 시대를 살아온 일본 노인들도 일에 대한 생각이 크게 다르지 않은 것 같다. 몇 년 전 도쿄올림픽 성화봉송 주자는 백네 살의 하코이시 시츠이 할머니였다. 그 노인은 1934년 열여덟 살에 이발사 자격증을 딴 이후 87년간 이발사로 일해 왔다. 그 할머니가 기자들에게 이런 말을 했었다.

"이발사를 그만둬야 할까 고민했지만 단골손님의 예약을 거절할 수 없었어요. 할 수 있을 때까지 가위를 들고 싶어요. 건강

비결 중 하나는 손님과 즐겁게 대화를 하는 거죠. 자칫 손이 떨릴 수도 있기에 가위를 들 때에는 항상 긴장하며 집중합니다.”

애덤 스미스 연구로 유명한 백두 살의 미즈다 히로시 나고야 대학 명예교수가 있다. 그가 이런 말을 했다.

“학문의 깊이를 더 파고들고 싶지만 몸이 따라주지 않아 속상해요. 손을 들기조차 힘들 때가 많아요. 그렇지만 최후까지 연구를 계속하고 싶어요.”

개발시대를 함께 살다가 노인이 된 우리들의 마음속에는 일에 대한 열정이 아직도 남아 있다. 실버타운을 소개하는 방송들을 보면 아름다운 그 주변 환경이나 편의시설, 의료기관과의 연계 그리고 비용들만 주로 소개된다. 과연 겉으로 보이는 그게 다일까. 초록색 잔디 위 벤치에 손을 잡고 있는 노부부는 정작 그런 연출이 마음에 들지 않는다. 실버타운에 사는 노인들이 정말 하고 싶은 것은 무엇일까. 골프를 치고 여행을 다니는 것일까.

실버타운에 있는 마음이 건강한 노인들을 보면 돈에 대해 더 이상의 관심이나 집착이 없는 것 같다. 있는 돈을 주변에 잘 쓰고 갔으면 좋겠다고 한다. 왕년에 가지고 있던 사회적 지위나 역할도 의미가 없는 걸 안다. 현명한 노인들은 늙음을 있는 그대로 받아들이고 자기가 할 수 있는 주변의 작은 일들을 찾는다. 그들이 얻고자 하는 것은 내면의 성취감이다. 심리학자들은 그걸 ‘노년적 초월’이라고 부른다고 한다던가.

내가 만들어 파는 것

호주의 골드코스트에서 잡화가게를 하는 영감이 이런 말을 했었다. 뒤늦게 이민을 가서 성공한 사람이었다.

"상인에게 중요한 건 무엇보다도 자기가 파는 물건에 대한 사랑이죠. 내가 물건을 사랑하지 않으면 누가 사겠어요? 저는 새벽부터 틈만 나면 물건들을 하나하나 먼지 한 점 없게 닦고 돌보았어요."

그 말을 들으니까 어린 시절 동네 가게 앞에 차곡차곡 포개어 올라 있는 홍시가 떠올랐다. 밤이면 알전구의 빛을 반사해서 더욱 반들거렸다. 먹음직스러운 모습의 뒤에는 상인의 애정 어린 손길이 있었던 것 같다.

자기가 취급하는 물건에 대한 애정을 묘사한 글을 읽은 적이 있다. 건전지를 만들어 파는 제조업자의 얘기였다. 불량이 발생하자 그는 문제의 건전지를 스무 개가량 집으로 가지고 갔다. 그는 밤새도록 그것들을 응시했다. 새벽 무렵 그는 건전지들을 껴안고 갑자기 집안의 목욕탕 안으로 들어갔다. 다음날 아침 그는 불량이 났던 건전지들을 가지고 작업장으로 나갔다. 그는 공원에게 자기가 가지고 갔던 불량 건전지들을 다시 테스트하게 했다. 모두 정상이었다. 그는 공원에게 이렇게 말했다.

"어제저녁부터 이놈들이 왜 아플까 밤새 살펴봤지. 그랬더니 새벽녘에 이놈들이 나에게 '저희들을 좀 따뜻하게 해 주세요.'라고 말을 하는 거야. 그래서 목욕탕에 데리고 들어가 따뜻하게 해 줬지. 자기가 만드는 자식 같은 물건이라면 매섭게 눈싸움도 하고 또 어루만져 주기도 하면 슬며시 말을 걸어오는 법이야. 자기가 취급하는 물건을 가슴에 안고 잘 정도로 애정만 가진다면 해결하지 못할 문제는 없어."

일본의 기업가 마쓰시다 고노스케의 성공철학이었다. 일이 인생이고, 참된 지식은 현장의 일에서 얻어지는 건 아닐까.

내가 열다섯 살 무렵부터 어울려 놀던 동네 친구가 있다. 가난했던 그는 빵을 만드는 것과 인연을 맺었다. 그는 내게 우리가 어려서 종로의 고려당에서 팥소를 넣어 만든 '앙꼬빵'을 먹으면 그 맛이 환상이었는데 요즈음은 왜 그렇지 않은지 아느냐고 물었다. 그는 일제강점기 일본인 '앙꼬' 기술자 밑에서 일했던 부모세대까지 이어졌던 기술이 대가 끊겼기 때문이라고 했다. 그는 일본으로 건너가 앙꼬 장인에게 사정사정하고 돈까지 주면서 그 기술을 간신히 배웠다. 한국으로 돌아온 그는 매일 제과점 문을 닫은 후부터 새벽까지 앙꼬를 만들곤 했다. 어느새 그는 일본의 전통기술을 능가하는 깊은 맛을 내는 앙꼬, 즉 팥소를 개발했다. 일본 앙꼬는 너무 달아서 우리 입맛에는 맞지 않다는 것이다. 이미 제과점으로도 성공한 그는 칠십이 넘은 나이에 3천 평의 정원과 5백 평의 넓은 매장을 가진 대형 제과점을 서울 외곽에 만들었다. 그는 일하는 게 행복이라고 내게 말했다.

사람들은 건전지도 만들고 빵도 만든다. 그리고 잡화를 팔기도 한다. 변호사인 나는 법률 서비스 외에 무엇을 만든다고 할 수 있을까. 버터빵 곰보빵 등 여러 종류의 빵이 있듯이 나는 40년 가까이 변론문, 의견서, 준비서면 등 여러 종류의 제품을 만들어 왔다.

대학 1학년 때 친구 아버지의 법률사무소에 간 적이 있었다. 그곳 책상 위에 '소장'이라는 제목의 법률 서류가 놓여 있었다. 호기심에 들추어 보았다. 복잡한 교통사고가 깔끔하게 압축되어 두 장의 종이 위에 타이핑이 되어 있었다. 군더더기가 없는 간단 명료한 글이었다. 그렇지만 그 안에서 피 냄새도 나고 구겨진 차도 보이는 것 같았다. 참 잘 썼다는 생각이 들었다. 변호사란 이런 법률문서를 제조해서 상품으로 파는 직업이구나라고 생각했었다.

세월이 흐르고 나도 변호사가 됐다. 판사들에게 현실의 재판은 사람이 아니라 하나의 사건기록이었다. 그 기록의 상당 부분은 변호사가 제조하는 글이었다. 나는 법률을 거푸집으로 해서 그 안에 사건과 인생을 담으려고 노력했다. 같은 사건이라도 검사의 시선과 변호사의 눈은 관점이 달랐다. 검사가 수평·수직의 기하학적 구조로 범죄를 구성하면, 변호사는 다른 면을 그려내야 하는 임무였다. 외롭고 슬픈 저녁 풍경도 있어야 하고, 절박한 순간의 아픔도 표현할 필요가 있었다. 오랫동안 실무에서 전해져 내려온 서술의 틀이 있었다. 그 원형은 일제강점기까지 올라갔다. 나는 그 틀을 깨고 싶었다. 일본식 문장에는 따뜻한 피가 흐르지 않았고 감성도 막혀 있었다. 뼈와 뼈의 부딪침 같았다.

변론 속에 시나 수필, 소설을 섞어 보기도 했다. 철학과 감성과 사상이 담긴 나만의 오리지널을 만들어 보고 싶기도 했다. 아직 갈 길이 멀었는데도 인생의 황혼이 깊어지고 있다. 후배 변호사들에게 말해 주고 싶다. 보수만을 생각하면 변론의 글이 제대로 나오지 않는다고. 일이 본질이고 돈은 부수적으로 따라오는 것으로 여길 때 하나님이 슬쩍 주인이 되어 펜을 쥔 나의 손을 잡아 준다고.

나의 돈 쓰는 방법

70년대 중반 강남에 아파트가 지어지고 '포니'라는 국산 자동차가 탄생했다. 그 시절 강남에 있는 친구의 17평짜리 아파트를 가 보고 나는 충격을 받았다. 따뜻한 물이 나오는 수도와 깨끗한 변기를 보고 이런 집도 있구나 하고 감탄했다. 나는 재래식 변소에 무너져 가는 낡고 추운 일본식 목조주택에서 컸다. 꿈이 생겼다. '17평 아파트와 포니'였다. 그것만 가진다면 으스대며 행복하게 살 것 같았다.

그로부터 50년의 세월이 흘렀다. 며칠 전 유튜브에서 젊은 사람들의 꿈을 들었다. 서울에 있는 30평대의 아파트에 벤츠 E클래스 정도를 가지고 싶다는 것이었다. 빨리 퇴직을 하고 자유롭게 살려면 30억 원쯤은 있어야 한다고 했다. 그런 돈을 만들려면 연봉이 괜찮아도 오랫동안 돈에 매달리는 경제적 노예가 되어야 한다.

10년 전쯤이었을까. 부자인 인생 선배에게 "얼마 정도의 돈이 있으면 여생을 편하게 지낼 수 있을까요?"라고 물어본 적이 있다. 그는 잠시 생각하더니 "금융자산이 20억쯤 있으면 되지 않을까?"라고 대답했다. 그러면서 그는 3, 4백억 이상이 될 때부터 돈이 애물단지로 변하더라고 했다. 수시로 투자하라고 사기꾼들이 몰려들고 임차인과의 소송이 그칠 날이 없다고 했다. 자기 집에서 사는데 한 달에 천만 원 이상의 재산세를 내는 셈이고, 의료보험료도 그만큼 낸다고 했다. 그런데도 항상 세무서의 주목 대상이 되고 있다고 했다. 그는 재산에 꽁꽁 묶여 사는 신세라고 했다.

나는 늙어 봤다. 젊은 날 빨리 많이 벌어서 자유롭고 편하게 살 꿈을 꾸어 보기도 했다. 그런 사람들에게 나의 개인적인 체험과 생각을 나누고 싶다. 내가 부러웠던 아파트나 차가 정말 순수하게 내가 원하던 것이었을까. 변두리의 다가구 주택이 정말 불편한 것일까. 거기에는 다른 사람의 눈과 평가를 의식한 허영이 들어 있지 않았을까. 멋지게 차려입은 미남이 매끈한 페라리 앞에 서 있다. 광고는 그 차를 성공의 상징으로 인식시킨다. 그건 자본주의 마케팅의 최면술이었다. 아파트 광고도 비슷하다. 엠파이어니 로열이니 하는 수식어를 붙인 아파트에 살면 귀족이 된 것처럼 사람들이 착각한다. 초등학교 아이들에게 아파트의 브랜드가 계급을 나타내는 징표로 사용된다고 들었다.

젊은 날 나는 나름대로 세상이 던지는 그런 그물에 설리지 않으려고 조금은 노력했던 것 같다. 그렇다고 "욕심 그릇이 작으면 행복하다"고 말하면서 가난을 미화할 생각도 없었다. 돈은 자유를 얻을 수 있기에 중요한 것이었다. 그런데 얼마의 돈을 벌어야 자유를 얻을 수 있을까. 많을수록 좋겠지만 그 욕심이 클수록 자칫하면 자유가 아니라 노예가 될 것 같았다. 내가 진정으로 원하는 것은 무엇일까? 남들에게 과시할 그런 물건들일까? 나는 내가 좋아하는 것을 지금 여기서 내 마음대로 하기로 결심했었다. 집이 없어도 차가 좋으면 그걸 선택할 수도 있다고 봤다. 나는 가족과 맛있는 것을 먹고 여행을 가는 것을 최우선 순위로 잡았다. 가난했던 20대의 젊은 날 아내와 명동의 고급 갈빗집으로 갔다. 돈이 부족해 1인분만 시켜 나누어 먹었다. 훨씬 맛이 좋고 행복했다. 결혼기념일에는 워커힐호텔에 있는 프랑스 식당에 가서 바닷가재 요리를 먹었다. 한 달 월급을 한 끼 식사에 다 털어넣고 빚을 진 적도 있었다. 평생 가장 맛있는 음식을 먹은 순간이었다. 주위에서는 나같이 살면 나중에 거지가 된다고 했다. 그렇지만 나는 그 순간의 행복을 놓치고 싶지 않았다. 나중에 돈은 있어도 순간을 느끼는 감성이나 미각이 없다면 의미가 없다는 생각이었다.

변호사를 하면서 나는 지하철이나 버스를 타고 다녔다. 구치소에 들어갈 때면 혼자 걸어서 긴 언덕을 올라갔다. 경비 교도관이 수시로 신분을 확인했다. 다른 변호사들은 경쟁하듯 고급 승용차를 탔다. 옷도 시계도 가방도 안경도 최고의 명품인 경우가 많았다. 나는 그런데 쓸 돈을 여행으로 돌렸다. 세계 일주를 하는 퀸 엘리자베스호를 탔었다. 초등학교 시절 교과서에 나온 그 배였다. 고갱이 살던 타히티섬과 보라보라섬을 찾아갔었다.

눈 덮인 자작나무가 끝없이 이어진 시베리아 대륙을 기차로 횡단했다. 인도에도 가고, 괴테를 따라 이탈리아 여행을 하기도 했다. 돈이 없으면 평택에서 LNG선을 얻어 타고 사우디 쪽으로 향하기도 했다. 느낄 수 있을 때 간다는 결심이었다. 촉촉한 감성은 늙으면 메마르기 마련이다. 그렇게 늙었다. 그래도 나는 가난으로 파산하지도 않았고 거지가 되지도 않았다. 나는 지금 저렴한 실버타운에서 살고 있다. 차도 7백만 원짜리 중고 경차를 타고 있다. 그렇지만 매일 햇빛에 반짝이는 동해바다의 해변을 산책한다. 황혼 무렵 하늘을 물들인 신비로운 색조에 취하기도 한다. 삶은 남의 눈을 의식하고 다른 사람의 입술 위에서 사는 것이 아니라는 생각이다. 다음에, 나중에는 없다. 순간순간 있으면 있는 대로, 없으면 없는 대로 작은 보석 같은 행복을 놓치지 말아야겠다.

3장

곱게
늙어간다는 것

노년에 가야 할 길

아내가 산책길에 이런 말을 전했다.

"친구한테서 전화가 왔는데 자주 만나는 여섯 명 여고 동기모임이 있대요. 그중 한 명 남편은 10년 전에 돌아가시고 남은 친구들 중 네 명의 남편이 암에 걸려 있대요. 대충 당신 또래에서 크게 벗어나지 않을 건데 우리가 이렇게 같이 걸을 수 있는 것만 해도 감사한 것 같아."

말로는 백세시대라고 하면서 한없이 잘살 것 같아도 실제의 현실은 다른 것 같다. 70대 중반의 건강 수명이 지나면 보통사람들은 급속히 건강이 악화된다고 한다. 요양원의 병상에서 골골 앓으면서 지내는 나머지 인생이 어떤 의미가 있는 것일까. 몇 달 전 암으로 저세상으로 옮겨간 친구가 있다. 죽기 전 카톡으로 서로 소식을 전했었다. 이젠 전화를 해도 받지 않고 카톡을 해도 반응이 없다. 그 친구보다 이 세상에서 얼마간 더 산다는 게 행운일까, 다른 특별한 의미가 있을까 생각해 본다.

실버타운 안에서 보면 오래 사는 노년의 생활이 다양하다. 시간의 대부분을 골프로 보내는 노인들도 있다. 가만히 보면 시간을 살리기 위해 골프를 치는 게 아니라 시간을 죽이기 위해서 골프를 치는 것 같다. 그게 어떤 의미일까 잘 모르겠다. 악기나 외국어를 배우러 다니는 분도 있다. 그런 배움에는 높은 진입장벽이 앞을 가로막고 있다. 노인의 머리에 새로운 악보나 단어들이 입력되기가 쉽지 않다. 힘에 부치는 것이다. 대부분 중간쯤 하다가 의욕이 시들어 버리는 것 같다.

실버타운의 바깥세상에서도 빈 깡통 같은 소리가 와글거린다. 고교 동문들 중 일부는 카톡에 단톡방을 만들어 진영논리로 반대파 정치인을 공격한다. 거의 증오 수준의 글도 많다. 세상의 불행을 다른 이념을 가진 사람이나 계급에 전가한다. 더러는 대통령 한 사람에게 모든 불행의 책임을 전가하기도 한다. 상대방의 악한 점만 보고 비난한다. 삶의 남은 시간과 에너지를 왜 그렇게 낭비하는지 안타깝다. 내가 평생 해온 변호사라는 직업은 악인에게서도 선한 면을 찾아야 했다. 그러면서 깨달은 게 있다. 선한 면을 보는 사람은 선한 사람이다. 남의 악한 면만을 보는 사람은 악한 사람이다. 선한 말을 하는 사람은 선한 사람이다. 악한 말을 하는 사람은 악한 사람이다. 아무리 명분을 그럴 듯하게 내세워도 남의 흠만을 찾고 지적하는 사람들 내면에 어두운 그림자가 생기기 마련이다.

실버타운에서 같은 식탁에서 밥을 먹는 노인이 내게 슬며시 이런 말을 했다.

"실버타운에 아흔네 살 노인이 있어요. 6·25전쟁 때 의장대대장을 했대요. 키도 크고 건강하고 잘생긴 사람만이 할 수 있었던 거죠. 국회의원도 하고 잘 살아오신 것 같아요. 어떻게 건강하신지 그 연세에도 운동을 꾸준히 하시는 거예요. 가끔 여기 노인들을 데리고 직접 차를 몰아 강릉으로 가는데 시속 120킬로미터가 보통이라는 거예요. 그러던 분이 무슨 수술을 받으셨다고 하더라고요. 며칠 전에 그분이 저한테 로프를 준비해 놨다면서 웃는 거예요. 무슨 뜻인지 당장 알아챘죠. 죽기도 쉽지 않아요. 로프도 얇고 질긴 걸 구해야 해요. 미끄러지는 것들은 매듭이 풀리기 쉽고 말이죠. 내가 로프를 걸 만한 나무를 알고 있는데 그걸 알려 줘야 할까 말까 잘 모르겠어."

마지막으로 닥쳐올 병과 죽음에 대한 태도들인 것 같다.

노년의 남은 일 가운데 중요한 것은 무엇일까. 그것은 내적인 자기완성의 길은 아닐까. 그런 길을 가는 노인들을 봤다. 나는 고려대 총장이던 김상협 교수의 평전을 썼다. 김상협 교수는 정년퇴직을 하고, 나이 칠십부터 조용히 숨을 거둘 때까지의 나머지 시간을 경전들을 공부하는 데 썼다. 다석 류영모 선생은 노년에 북한산 자락에 집을 짓고 성경을 보며 매일의 명상기록인 『다석일지』를 썼다. 방송국 사장을 지낸 대학 선배 한 분은 퇴직을 한 후 지리산에 들이기 12년째 참선을 하면서 지리산 수필기기 되었다.

실버타운 안에서도 매일 불경을 필사하는 노인이 있다. 또 매일 성경을 공책에 또박또박 적는 분도 있다. 노년에는 세상과 적

당한 거리를 두고 현실의 세상보다 더 가까워진 영원 쪽을 공부
해 보는 것도 괜찮지 않을까. 노년에 내적인 자기완성의 길을 향
해 가는 사람들의 뒷모습이 더 아름답게 보인다.

한 권의 책이 된다면

사회의 물결에서 물러난 친구들이 노년을 어떻게 보내고 있을까. 여유가 있는 친구들은 골프를 치고 해외여행을 다닌다. 다시 대학 시절로 돌아간 경우도 있다. 몇 명이 모여 당구를 치고 짜장면을 먹고 소주잔을 기울이면서 정치를 안주로 얘기를 나누기도 한다. 각자 자기 분야에서 일생을 성실하게 살아온 사람들이다. 나는 그들의 귀한 지식과 경험이 버려진 플로피 디스켓 같아 안타까운 생각이 든다.

국립중앙도서관의 서가를 돌다가 독특한 책을 발견한 적이 있다. 일제강점기와 해방이후 6·25전쟁 시기를 살아온 평범한 노인들의 말들을 녹취해서 만든 책이었다. 노동자나 농부, 장사꾼 등 각자의 입장에서 그 시기를 살아온 삶을 꾸미지 않고 그대로 쓴 책들이었다. 민중의 시각에서 본 그 시대의 역사였다.

도서관의 서가에서 또 다른 얇은 책자 하나를 발견했다. 6·25전쟁중 점령당한 서울에 남은 사람이 그해 여름의 몇 달을 숨어 있으면서 느낀 감정을 적어 둔 글이었다. 낡은 책 속에 뙤약볕이 내리쬐는 그 여름의 긴장이 하얗게 보이는 듯했다. 노인들은 각자 하나의 도서관이라는 말이 있다. 노인들이 살아온 삶이 한 권의 진솔한 책으로 변해 다음 세상의 거름이 된다면 어떨까.

인공지능이 글까지 써 주는 요즈음, 책을 만들어내는 일이 어렵지 않다. 굳이 종이책을 만들 필요도 없다. 인터넷의 바다 위를 흐르는, 삶의 쪽지를 담은 작은 병 정도면 충분하지 않을까. 나는 가끔 산을 지나가다가 오래된 봉분을 만난다. 어떤 봉분에는 '신도비'라는 게 옆에 있다. 그 무덤 주인의 인생을 글로 써서 비석에 새겨 둔 것이다. 어디 출신이고, 언제 과거에 급제해서 무슨 벼슬을 했다는 내용이 대부분이었다. 그 시대의 가치관인 것 같다. 책으로 치면 한 페이지 정도라고 할까. 그에 비해 강진 산자락의 초당으로 유배를 가서 쓴 정약용의 『목민심서』는 어떤 가치를 지니고 있는 것일까. 허준의 『동의보감』도 마찬가지다.

청계천의 헌책방을 순례하다가 바닥에 떨어져 있는 김홍섭 법관의 에세이집을 발견했다. 누렇게 바랜 종이 사이에서 아직도 그 법관이 살아서 생생한 목소리로 말을 건네고 있었다. 황학동의 동묘 옆 헌책방에서 시인 노천명의 에세이집도 발견했다. 해방 후 혼자 살던 시인은 새벽의 하숙방 장지문 밖에서 신문배달 소년이 문을 여는 삐걱 소리와 물장사의 외침을 듣고 있었다.

그 벼룩시장 끝에는 오래된 책들이 수북이 쌓여 있는 노점상이 있었다. 아무 책이나 한 권에 천 원이었다. 그중에 이광수가 쓴 수필집이 있었다. 조선말 콜레라로 그의 아버지와 어머니가 죽었다. 전염병이 무서워 마을 사람 누구도 그 집에 얼씬거리지 않았다. 어린 이광수는 부모를 수레에 올린 채 끌고 간다. 아버지의 발이 수레 끝으로 삐져나와 흔들리고 있었다.

법관과 시인 그리고 소설가는 자신의 일생이 담긴 한 권의 책 속에서 생생하게 살아 있었다. 예전 대감들, 장관들의 화려한 봉분보다 일생을 힘겹게 살았던 시인이나 소설가, 법관의 낡은 수필집이 더 세상에 싱그러운 냄새를 풍기고 있다.

동해의 파도치는 바닷가에 있는 나의 방에서 나는 매일 글을 쓰고 있다. 세월이 칠십 고개를 넘다 보니 변호사로서 법정과 감옥을 뛰어다닐 에너지와 의욕이 많이 줄어든 것 같다. 변호사를 시작하면서 일기에 적어놓은 소원이 있었다. 영화 《빠삐용》의 주인공처럼 고독한 섬에 갇혀 있는 억울한 사람을 다섯 명 정도 자유의 땅으로 옮겨 주는 뱃사공이 되게 해 달라는 것이었다. 지금 그 정도 숙제는 마친 것 같다.

이제는 글을 써서 한 권의 좋은 책을 남기고 싶다. 성경 속의 예언자들은 하나님의 말씀을 듣고 책을 썼다. 누가는 예수의 일생을 탐구하고 단편 소설 형식으로 『누가복음』을 썼다. 단테가 『신곡』을 썼고 밀턴은 『실낙원』을 썼다. 『쿼바디스』라는 고전소설을 읽고 몇 번 진한 눈물도 흘렸다.

작가들은 책으로 변해 지금도 손재한다. 오래선 죽은 삭가들의 책 속에서 그들의 영혼과 만나고 마음이 통하는 친구가 된다. 중국 작가 노신은 글로 중국 민중을 깨웠다. 일본의 철학자 우치무라 간조는 일본인들의 정신적 각성을 추구하는 글을 써서 남겼다. 한국의 철학자 다석 류영모 선생은 매일의 명상을 『다석 일지』라는 글로 남겼다. 생명력이 있는 글들은 하늘에서 내리는 '만나' 같이 세상 사람들에게 정신적 영양분을 제공하는 게 아닐 까. 대작가는 못 되더라도 나름대로 정성을 다해 쓴 소박한 글로 존재하면서 세상에 들꽃 같은 향기를 품어내는 것도 괜찮은 일 같다.

젊은 시절의 삽화 몇 장면

내가 있는 바닷가로 친구가 찾아왔다. 머리가 하얗게 바랜 우리는 바둑을 복기하듯 두고 온 과거를 꺼내 놓고 즐겁게 낄낄댔다. 회사 생활을 오래 한 그의 말 중에 이런 게 있었다.

"내가 신입사원일 때 지사에 발령이 났었어. 과장이 상부에 올릴 사고 발생 내용이 담긴 보고서를 작성하라고 했지. 내가 보고서 안에 '우발적 사고'라고 표현했더니 과장이 '돌발적'이라고 고치라는 거야. 신참 직원이니까 시키는 대로 했지. 그걸 가지고 부장한테 결제를 받으러 갔더니 다시 그 표현을 '우발적'이라고 고치라는 거야. 그래서 그걸 고쳐서 다시 과장한테 갔지. 그랬더니 의심의 눈길로 나를 보는 거야. 내가 부장에게 얘기해서 자기를 묵살하지 않았나 생각하는 것 같았어."

고인 물같이 정체된 조직의 모습이었다. 친구가 말을 계속했다.

"과장이 거래처에 나를 데리고 가는데 나를 어떻게나 무시하는지 옆에 있는 나는 존재하지 않는 투명인간이었어. 나는 보이지 않는 그런 수모를 견디지 못해 사표를 냈지. 회사 생활에서 끔찍한 장면이 많았어. 내쫓기로 한 인물이 버티면 어느 날 밤 책상 걸상을 빼서 그걸 화장실 앞에 배치하는 거야. 화장실 앞에 앉아 있으면 지나가는 동료나 후배들이 다 보잖아? 그 모멸감이 엄청나지. 더 처참한 건 지나가던 동료들이나 후배가 화장실 앞의 그 사람에게 말을 걸지 않는다는 거야. 그런 걸 보고 소름이 돋았지. 신입사원 때 서울 본사 임원이 나를 부르더니 사표를 철회하고 회사 생활을 견뎌 보라는 거야. 일 년 동안 꾹 참았더니 서울의 본사로 발령을 내주더라고. 얼마 있지 않아 내가 과장이 됐어. 지사에서 나를 괴롭히던 과장이 서울 본사로 올라왔는데 그때 보니까 정식 과장도 아니고 과장 직무대리였어. 내가 말도 안 했는데 내 책상 옆에 서서 굽실거리며 비굴하게 눈치를 보더라고."

인내가 세상을 살아가는 필수요건인 것 같다. 그의 말을 들으니까 대기업에 다니던 먼 친척 동생이 떠올랐다. 그가 다니던 회사가 다른 회사에 인수 합병되고 그 회사의 직원들과 한 팀을 이루게 되었다. 친척 동생은 새로 조직된 팀에서 나이가 가장 많은 편이었다. 어느 날 그 친척 동생이 이런 하소연을 했다.

"내가 새로 만들어진 팀에 적응을 하려고 노력을 해도 받아들여 주지를 않아요. 인수 합병이 된 회사의 직원은 완전히 찬밥이었죠. 팀장이 일을 주지 않는 거예요. 일을 해야 점수를 받고 평가를 받는데 한 일이 없으면 가장 낮은 등급의 평가를 받거든요. 그걸 두 번 받으면 퇴사하도록 규정이 되어 있어요. 나를 내쫓으려고 일을 주지 않는 거예요. 그래서 어느 날 저녁 나보다 나이가 어린 팀장에게 무릎을 꿇고 빌었어요."

참고 참아야 회사에서 살아남을 수 있는 것 같았다. 국가조직도 다르지 않은 것 같다. 나는 정보 수사기관에서 잠시 근무하면서 신입직원들의 인내심을 테스트하는 광경을 본 적이 있다. 신입직원이라고 하지만 나름대로 다 경력이 있는 엘리트들이었다. 사관학교를 나온 장교들도 있었다. 그 기관의 고참 직원이 그들 앞에서 이런 말을 했다.

"정보부는 좌익 혁명가들과 사회의 이면에서 전쟁을 수행하는 전투 조직입니다. 여러분은 그들의 혁명이 성공하면 고통을 당할 수도 있고 상황에 따라 잡은 좌익 혁명가에게 고통을 가하는 입장이 될 수도 있습니다. 우리는 그 고통이 어떤 것인지 조금이라도 맛보아야 하지 않을까요? 우리 조직 지하실에서 먼저 제공하는 기본 선물은 몽둥이 50대입니다. 여러분은 다섯 대씩 맞아 보는 체험을 하세요. 다만 이 매를 맞는 데 모멸감을 느끼거나 인내하지 못할 분들은 지금 바로 집으로 돌아가셔도 됩니다. 우리 조직은 그런 분들은 요구하지 않기 때문입니다."

신입직원들 일부가 선정이 되어 앞에 나와 엎드렸다. 잠시 후 그들의 잉딩이 위로 쇠같이 단단한 목검이 공기를 찢는 날카로운 소리를 내면서 떨어졌다. 강인한 훈련을 받은 장교 출신들도 한 대를 맞고 나가떨어져 눈이 허옇게 뒤집히는 것 같았다. 그걸 보는 신입직원들의 눈에 공포가 가득했다. 특수 조직은 일반 회사와는 비교가 되지 않는 강도 높은 인내를 요구하고 있었다. 내가 살아왔던 시대는 어디를 막론하고 그런 조직문화 속에서 인내하며 살아야 했다. 바닷가를 찾아온 친구와 나는 강가의 조약돌같이 이제 세상에서 벗어나 웃으면서 과거를 얘기하고 있었다. 상처의 기억도 세월이 덮이면 추억으로 변하나 보다. 요즈음 젊은 세대의 인내는 어떤지 모르겠다. 과거는 일자리도 많고 좋았다고 하면서 지금을 '헬조선'이라고 하는데 우리 세대가 정말 그런 천국이었을까. 잘 모르겠다.

좋은 사람 구분법

좋은 사람과 나쁜 사람을 구분하는 명확한 기준이 있을까? 감옥에 들어갔던 한 소설가의 이런 얘기가 떠오른다.

"같은 감방에 폭력범이 있었는데 얼마나 거친지 몰라요. 그런데 이 사람이 감방의 복도를 가다가 마주 오는 배고픈 신입을 봤어요. 그가 주머니에서 마른 빵을 꺼내더니 그 신입의 입에 넣어주면서 '쳐먹어 새꺄!' 하고 가더라고요. 그걸 보면서 나는 좋은 사람 나쁜 사람에 대해 다시 생각했어요."

또 다른 감옥에 있던 팔순의 노인한테서 이런 말을 듣기도 했다.

"내 옆방에 사형수가 있었어요. 내가 아프다는 걸 알고 사과를 보냈는데 어떻게나 곱게 잘 잘라 보냈는지 몰라요. 그 안에는 플라스틱 칼밖에 없는데."

좋은 사람 나쁜 사람이란 낙친 상황이나 관계에 따라 설정되는 것은 아닐까.

내가 좋은 사람을 구분하는 기준이 두 가지가 있다. 그중 하나는 그 사람의 작은 행동이다. 실버타운의 공동목욕탕 안에서 본 광경이다. 한 노인이 목욕을 마친 후 샤워기로 자기가 앉았던 플라스틱 의자에 물을 뿌리면서 꼼꼼히 닦았다. 샤워기에 묻은 거품도 씻고 목욕 타월도 비눗기가 없이 물에 빨았다. 그러고는 앉았던 플라스틱 의자를 들고가서 그 의자들이 쌓여 있는 위에 포개 놓고 때수건도 수거통에 넣고 가는 모습이었다. 그 노인의 작은 행동이 좋은 사람인 걸 알려주는 것 같았다.

좋은 사람인 걸 알려주는 작은 행동들은 많다. 문을 열 때 뒷사람이 오는지 살피면서 문을 잡고 있는 것, 식당에서 일어설 때 의자를 원래의 제자리에 밀어넣는 것, 맨날 보던 노인이 식당에서 보이지 않을 때 그 방에 한번 찾아가 보는 것, 생일이나 기념할 만한 일이 있을 때 없는 돈을 털어 다른 노인들과 떡이나 과일을 나누는 것, 텃밭에서 지은 농작물을 주변에 나누는 것, 그런 작은 행위를 하는 사람들을 보면 좋은 사람이 분명한 것 같다.

삶의 심오한 가치가 작은 행동들에서 발견되는 것이다. 얼마 전부터 나는 몸에 작은 두드러기가 나서 가려웠다. 알레르기 증상이었다. 실버타운에서 밥을 먹을 때 옆자리에 있는 70대 중반의 임 기장에게 그 말을 했더니 "내가 피부약이 많은데 가져다줄게요." 했다. 그는 얼른 숙소에 가서 연고제 하나를 가져다주었다. 그는 30년간 대한항공에서 여객기를 조종했던 사람이다. 그가 이런 말을 덧붙였다.

"내가 월남전 때 헬기 조종사를 했어요. 매일같이 헬기에 뭔지 모를 흰 가루를 싣고 가서 뿌리래요. 그걸 뿌리면 땅에서 아이들이 옷을 벗고 눈같이 내리는 그 가루를 신나게 받는 거야. 밀가루 같은 거였는데 나중에 알고 보니 고엽제였어요. 맨날 그걸 취급한 나도 고엽제 환자가 됐지 뭐야. 지금도 각종 연고제를 받아다 쓰고 있어요."

다음날 실버타운의 목욕탕에서였다. 몸을 씻고 나오는데 때를 밀어 주는 영감이 내 몸에 난 두드러기를 보더니 말했다.

"이거는 이 지역의 꽃가루 때문에 생기는 알레르기 같아요. 나한테 연고제가 있는데 드릴까요? 아니 발라드릴게요."

그는 구석에 가더니 하얀 튜브를 하나 가져와 약을 짜서 내 몸에 바르기 시작했다. 손가락에 약을 묻혀 팔과 가슴 그리고 등에 난 두드러기에 발랐다. 그의 손길에서 피의 흐름 같은 따뜻한 느낌이 전해져왔다. 모두 좋은 사람인 것 같다.

내가 가진 좋은 사람 구분법의 다른 하나는 그 사람의 눈과 귀가 어디를 향해 있느냐이다. 예를 들어 내가 꽃의 아름다움에 대해 글을 썼다고 치자. 어떤 사람은 그 꽃의 아름다움을 일단 있는 그대로 받아들여 준다. 반면 그 꽃의 뿌리에 더러운 흙이 묻어 있다는 걸 꼬집으면서 논박하는 사람이 있다. 꽃의 아름다움을 보면 되지 굳이 그걸 뽑아서 뿌리의 흙을 드러내야 하는 것일까. 그런 사람의 내면은 따뜻해 보이지 않는나. 좋은 사람은 좋은 면만 본다. 좋은 소리를 듣고 전한다. 나쁜 사람은 나쁜 면만을 본다. 나쁜 말 듣기를 좋아하고 그걸 전한다. 나는 담론을 얘기하는 사람에게 별로 매력을 느끼지 않는다. 거창한 구호를 내

걸고 선동을 하는 사람들은 사회에 먼지를 일으키고 진흙을 뿌리는 경우가 많다. 내 나름대로 좋은 사람 구분법에 대해 생각해 봤다.

품위 있는 노인들

실버타운에 일 년을 묵으면서 품위 있는 노인들을 발견했다. 그들은 대체로 몇 가지 공통점이 있었다. 사소한 것 같지만 중요하다고 느낀 게 있다. 일 년을 묵으면서 매일같이 공동식당의 옆자리에 나란히 앉아서 밥을 먹는 노인이 있다. 매번 내가 인사를 해도 인사를 받는지 아닌지 구별 못할 정도로 무덤덤한 노인이다. 남에게 인사를 하는 것도 보지 못했다. 늙어서 그런지 표정이 없다. 어떤 때는 화가 나 있어 보이기도 했다. 마음이 나쁘거나 냉정한 사람은 아닌 것 같다. 다만 젊어서부터 인사하는 법을 배우지 못한 게 아닌가 하는 생각이 들었다. 옷도 항상 초라하게 입었다.

반면 식당 구석에서 조용히 식사를 하는 90대의 노인은 전혀 다른 모습이었다. 항상 깨끗한 개량 한복을 입고 지팡이를 짚고 공동식당으로 온다. 거의 말이 없지만 항상 미소를 짓는 온화한 얼굴이다. 만나는 사람마다 목례로 정중하게 인사를 한다. 이따금씩 함께 생활하는 다른 노인들에게 떡이나 과일을 베푼다. 6·25전쟁 때 국군 장교로 참전해 의장대장을 했다는 분이다. 그 이후의 사회 경력도 상당하다는 소문이지만 베일에 싸여 있다.

잘난 척 안하는 철저한 겸손의 결과로 보였다. 그 노인에게서는 은은한 멋이 풍겨져 나온다.

또 다른 90대의 노인이 있다. 그는 동창 중에 가장 늦게까지 혼자 살아남은 것 같다고 했다. 동창회에 전화를 걸어보니까 생존한 동기가 한 사람도 없더라고 했다. 물론 중환자실 침대에 누워 주렁주렁 줄을 매달고 생명이 붙어 있는 친구가 있을 수는 있다고 했다. 그렇지만 그건 산 게 아니라고 했다. 그는 매일 기적을 맞이한다고 했다. 아침에 일어나면 눈 속으로 아름다운 세상이 들어온다고 했다. 마음대로 걸으면서 바닷가를 산책할 수 있는 게 기적이라고 했다. 실버타운에서 주는 밥도 소박한 나물 반찬도 맛이 있다고 했다. 모든 게 감사하다고 했다. 그 노인은 젊어서의 험한 고생 끝에 노년이 왔다고 했다. 쉴 수 있는 노년에 감사하다고 했다. 늙으면서 부서지는 과정에서도 감사할 수 있으면 인생의 귀한 보석을 얻은 건 아닐까.

실버타운에 80대 말의 노의사가 있었다. 그는 일주일에 이틀 정도 시간을 내어 다른 노인들을 무료로 진료했다. 젊어서 많은 사회적 혜택을 받은 걸 생각하면 늙어서의 봉사는 당연한 되갚음이라는 것이다. 그 모습이 아름다웠다. 전문성을 살리지 않더라도 봉사하는 노인들이 있다.

실버타운의 주변에는 밭이 많이 있다. 실버타운의 직원들이 직접 옥수수, 상추, 고추 등과 각종 나물을 키워 공동식당의 식자재로 사용하고 있다. 외부에서 구입하면 그만큼 비용이 늘어난다는 것이다. 그들만 일하는 게 아니다. 교장 선생님 출신의 노인이 뙤약볕 아래서 실버타운 밭의 잡초를 뽑고 있었다. 항공기 기장 출신의 노인이 고추와 상추를 키우고 그걸 실버타운뿐 아니라 근처의 식당에 나누어주기도 한다.

따뜻한 마음을 나누는 것으로 봉사하는 노인도 있다. 엊그저께 80대의 노인 한 분이 나보고 같은 실버타운에 있는 외톨이 노인에게 맛있는 걸 한 끼 대접하는 게 어떠냐고 제의했다. 순간 그 노인에게서 따뜻한 온기가 느껴졌다. 그가 위로하려고 하는 사람은 왕따 비슷하게 되어 버린 노인이었다. 남을 눈 아래로 보는데다 자기중심적이고 물질에 너무 집착해서 사람들이 멀리하는 것 같았다. 밥을 사려고 하는 노인도 왕따 노인의 감정적 피해자 중의 하나일 수 있었다. 그런데도 왕따에 침묵으로 동조하지 않고 외톨이가 된 노인에 대한 연민과 동정이 더 강한 것 같다.

노인들도 나를 중심으로 놓는 사람과 우리를 중심에 놓는 두 부류가 있다. 경쟁이 심하던 젊은 날은 이기주의 경향에 흐를 수 있다. 그러나 인생의 항해가 끝나고 노년의 포구에 가까이 온 이제는 이웃도 중심에 놓는 타원형의 인격을 가져야 하는 것은 아닐까. 죽고 나면 하늘로 올라간 영이 자기가 살아온 날을 되돌아보면서 공통적으로 후회를 하는 사항이 있다고 한다. 그때 좀 더 베풀 걸, 좀 더 사랑할 걸, 그렇게 심각할 필요가 없었는데 하고 후회한다고 한다. 쿰쿰한 노인 냄새가 아니고 인간다운 향기를 뿜으면서 품위 있게 늙어갔으면 좋겠다.

이혼을 꿈꾸는 늙은 남자들

주위에 보면 늙은 남편을 백치처럼 대하는 부인들이 더러 있다. 남들이 보는 앞에서 남편을 노골적으로 '병신'이라고 하는 걸 봤다. 다른 사람과 대화하는 남편의 얘기를 대놓고 무시한다. 남편을 제쳐두고 부인이 똑똑한 척하면서 모든 걸 대신 말하려고 한다. 그런 부인들이 좋아 보이지 않는다. 결국 제 얼굴에 침을 뱉는 걸 모른다.

백세시대가 가까워지고 부부가 같이 사는 햇수가 부모 세대보다 두 배쯤 늘어난 것 같다. 그 긴 세월을 소 닭 보듯 그렇게 정 없이 살아가야 하는 것일까. 그들이 사랑으로 심장이 두근거리던 때가 있었을까. 동호회에서 말이 통하는 이성이 차라리 끌리지 않을까. 돈을 벌 능력을 상실한 후 무시당하고 정물이 된 남편들에게 묻고 싶다. 쪼그라든 채 그렇게 '삼식이' 취급받고 나머지 인생을 살고 싶으냐고. 서럽게 사느니 차라리 어딘가 떠나는 게 낫지 않겠느냐고.

나이 칠십에 이혼한 친구를 봤다. 몸이 아픈 그는 아내의 도움이 진짜 필요한 때였다. 그를 돌봐 줄 사람이 없었다.

"평생을 살고 이제 와서, 왜?"

내가 안타까운 마음에서 물었다.

"친구나 남들이 보는 앞에서는 정말 잘하는 척해. 반찬도 가져다 내 앞에 놔주고. 모두들 정말 좋은 부인을 뒀다고 칭찬을 하지. 그런데 둘이 있을 때는 달라. 내가 아파서 몸을 움직이지 못할 때였어. 물 좀 가져다 달라고 세 번을 말해도 신경조차 쓰지 않더라고. 돈을 벌어다 줄 때는 그래도 최소한은 했는데 이제는 대놓고 면박을 주고 무시하는 거야. 어쩌다 밥을 차려 줄 때 보면 반찬에 성의가 조금도 담겨 있지 않아. 내가 이혼을 하자고 했어. 차라리 혼자 사는 게 훨씬 자유롭고 좋을 것 같아서 말이야."

물론 한쪽의 말만 듣고 판단할 수는 없다. 그렇지만 황혼의 남자 측에서 이혼을 생각하는 경우도 많은 것 같다.

일흔일곱 살의 노 의사가 이혼 소송을 제기하고 혼자 월세방을 얻어 자신의 속옷을 빠는 걸 봤다. 심장 분야의 최고 권위자이고 그의 이름으로 의료센터가 지어지기도 했었다. 그는 팔십 가까이까지 진료실을 떠나지 못했다고 했다. 화장실 가는 시간도 아끼면서 환자를 봤다. 그렇게 해서 모은 돈으로 땅도 사고 상가도 사고 집도 사서 모두 아내나 자식의 이름으로 해 줬다. 진이 빠지도록 일을 해도 아내는 끝없는 불평불만에 잔소리를 하면서 돈을 벌어오라고 다그쳤다. 그는 아내와 다 큰 자식들을 태운 마차를 끄는 힘 빠진 늙은 말 신세같이 느꼈다는 것이다. 집을 나온 일흔일곱 살의 노인은 조그만 월세방에서 혼자 밥을 지어 먹고 빨래를 해도 그 쪽이 더 행복하다고 했다.

변호사로 이혼 소송을 하다 보면 천사 같은 성품을 가진 부인이 있는 반면에 거의 악마에 가까운 여성을 보기도 한다. 남편측도 마찬가지다. 불륜에 이중생활을 하면서도 껍데기만 남은 가정을 유지하는 걸 보기도 한다. 그런 사람들은 두 여자 또는 두 남자 사이를 오가며 관리하는 탁월한 능력을 가지고 있는 것 같기도 하다. 그러나 내가 보기에는 상대방의 신뢰를 배신한 자들이다. 로맨스가 아니라 위선이다. 착한 사람들은 단 한 번밖에 결혼을 못해 봐서 그런지 세상 사람들이 다 자기 부인이나 남편 같으려니 하고 사는 것 같다.

젊은 시절, 딸 셋을 키우는 대기업에 다니는 친구가 있었다. 그가 월급봉투를 가지고 집에 오는 날이면 아내는 딸 셋을 귀가하는 아버지 앞에 세우고 "아버지, 감사합니다."라고 인사를 하게 한다는 것이다. 친구는 아내와 딸들의 그 감사에 한 달 노동을 한 피로가 싹 가신다고 했다. 그리고 가족들을 더 사랑하게 된다고 했다. 힘들게 살아도 가족으로부터 감사의 인사를 받는 삶은 보석처럼 빛난다. 세월이 가고 그 아버지가 정년퇴직을 했다. 잘 자란 딸들은 유명 일간지 기자가 되고, 교사가 되고, 공무원이 됐다. 딸들은 엄마와 함께 지금도 아버지에게 잘한다. 지혜로운 부인을 가진 친구였다.

내가 감동했던 또 다른 부인의 얘기다. 그녀의 남편은 연극영화과를 졸업하고 감독이 됐다. 남편의 동창은 천만 관객의 영화를 만들고 이름을 날리는데, 그녀의 남편은 실패를 거듭했다. 어느 날 그녀의 남편 청력에 이상이 생겼다. 검사한 결과 모든 기능은 정상인데 들을 수 없다는 것이다. 그 부인은 내게 이런 말을 했다.

"착한 우리 남편의 재능을 저는 알아요. 저는 남편의 소망을 꺾지 않기 위해 전세보증금을 빼서 남편 손에 쥐여 줬어요. 돈보다 더 귀한 게 남편을 인정하는 마음일 것 같아요. 저는 남편이 기죽게 하고 싶지 않아요."

아내는 평생 동네 아이들 피아노 레슨을 해서 생활을 하고 있다. 그래도 항상 밝고 천사 같은 얼굴을 하고 있다.

지혜로운 좋은 아내는 하늘이 준 최고의 축복이다. 나쁜 아내의 천대를 받으며 황혼에 쪼그라든 채 사는 것은 지옥일지도 모른다. 나는 황혼의 이혼을 굳이 반대하고 싶지 않다. 혼자 걷다가 길거리에서 쓰러져 죽어도 자유로운 영혼이 좋지 않을까. 물론 여성 측으로 입장이 바뀌어도 마찬가지일 것이다.

한 편의 영화 찍기 인생

마음의 오지에서 오래된 기억 하나가 꿈틀거리며 나왔다. 20여 년 전 추운 겨울날 종로3가 뒷골목의 허름한 곱창집이었다. 검은 불판에 원로 영화감독인 그가 곱창을 뒤적이며 굽고 있었다. 그 앞에 내가 있다. 영화감독인 그는 인기스타보다는 무명 연기자를 발굴해 스타로 많이 만들었다. 6·25전쟁을 다룬 《남부군》이나 베트남 전쟁을 다룬 《하얀전쟁》이란 영화에는 감독의 철학이 담겨 있었다. 그의 영화에 출연하는 배우들은 자기 역을 맡는 순간 새로 태어났다. 그는 영화 속의 조물주였다. 더러 처참한 피해자를 만들기도 하고 악인을 창조하기도 했다.

"어떤 사람이 좋은 연기잡니까?"

내가 그에게 물었다.

"《하얀전쟁》이란 베트남 전쟁을 얘기하는 영화를 찍을 때였어요. 열다섯 명의 소대원을 따라가면서 촬영했어요. 그때 감독인 제가 열다섯 명에게 숙제를 줬죠. 각자 자기의 경험을 살려 거기 맞는 캐릭터를 만들어 연기해 보라는 거였죠. 그런데 잠깐 나오는 단역인데도 모두들 좋은 역할만 하려고 하는 거예요. 소대원이 움직이려면 그중에 바보도 있어야 하고, 싹수없는 존재도 있어야 하는데 전부 다들 그런 역은 싫어하는 거예요. 그래서 내가 한 사람 보고 바보 역을 하라고 했더니 싫어하더라고요.”

바보나 사람들이 미워하는 악역을 맡는 사람의 감정은 어떨까. 비록 영화라고 하더라도 세상의 오해와 미움의 감정과 부딪쳐야 하는 것은 아닐까. 그가 말을 계속했다.

“그런데 말이에요, 단역배우 중 한 친구가 싹수없는 역할을 하겠다고 자청했어요. 다른 동료들 모르게 미군들의 보급 창고에서 군용식량을 훔치고, 냉장고 등 미제 가전제품을 사서 챙기고, 귀국할 때 남들보다 몇 배 이익을 챙기는 욕심꾸러기 얌체역을 기가 막히게 열심히 하는 거예요.”

배우 자신에 대한 인상을 망가뜨리는 연기란 마음의 깊이나 유연성이 있어야 할 수 있는 게 아닐까 하는 생각이 들었다. 나는 감독인 그의 말을 조용히 기다리고 있었다.

“그런데 필름 편집을 하는 데 문제가 생겼어요. 사정상 그 친구가 혼신의 힘을 다해 연기한 장면을 자르게 된 거예요. 그 친구의 입장에서는 얼마나 실망이 크겠습니까? 목숨을 건 연기인데요. 그래서 내가 미안하다고 사과하면서 다음에 영화를 찍을 일이 있으면 꼭 더 좋은 역을 주겠다고 하면서 위로했죠. 그 친구는 내색을 하시 않고 덤덤하더라고요. 내가 그 일을 가슴속에 꼭 새겨 뒀는데 워낙 그 자신이 낮은 자세로 임하고 성실하니까 얼마 안 가 텔레비전 드라마에서 그 친구가 뜨더라고요. 그 사람이 허준호 씨였어요.”

삶에 암시를 주는 깊은 의미가 들어 있는 말이었다. 어쩌면 우리의 인생도 한 편의 영화인지 모른다. 우리는 각자 하늘이 준 자기의 배역에 따라 일생 연기를 하며 살아가고 있는지도 모른다. 소년 시절 나는 꿈속에 살면서 세상 무대에 나가면 주인공이 되고 싶었다. 그게 꿈이라는 걸 아는 데는 시간이 많이 걸리지는 않았다. 고교 시절, 재벌집에 태어난 아이들이 영화 속의 주인공 같은 역할이었다. 그게 아니면 주인공의 대척점에 있는 중요한 역이었다. 그 주인공을 따라다니는 아이들은 조역 내지 단역이라고 할 수 있을까.

또 다른 주인공 역은 공부를 잘하고 집안이 좋아 화려한 앞날이 보장된 천재 같은 친구들이었다. 얼마 지나지 않아 나의 타고난 외모나 지능 그리고 환경이 주인공 역이 아니라 조역이나 단역에도 적합하지 않다는 걸 알았다. 나는 세상 무대에서 떨어져 나와 혼자 서 있는 겨울나무같이 될 것 같은 느낌이었다고 할까. 주제를 모르고 피라미가 상어가 되는 꿈을 꾸었다고나 할까.

어머니는 오르지 못할 나무는 쳐다보지도 말라고 했다. 인생 영화에서는 반전이 없는 것 같았다. 재벌의 아들은 회장이 되고 천재 같은 친구들은 권력과 명예를 잡는 것 같았다. 최전방 하얀 눈이 덮인 들판에서 밤새 순찰을 돌다가 하늘에 있는 그분을 향해 따진 적도 있다. 왜 이렇게 돈도 없고, 실패를 반복해 절망에 빠지는 역할을 맡기시느냐고. 그러다 생각을 바꾸었다.

어떤 역을 맡기든 연출자의 권한이었다. 따진다는 자체가 웃기는 행동이었다. 나보다 더 따분한 배역을 맡은 친구들도 있었다. 소아마비를 앓아 평생 다리가 불편한 친구는 자기가 왜 그런 역할을 맡았는지 이유를 알 수 없다고 했다. 병원 침대에서 병자 역할을 맡은 친구도 있고, 자살로 일찍 자신의 역할을 끝내는 경우도 봤다. 하기야 인생이라는 영화에는 연출자가 보기에 그런 역도 꼭 필요할 것이다. 나는 인생이라는 영화 촬영장에서 그분이 맡기는 배역에 충실하기로 마음을 바꾸었다. 내가 익숙하게 하는 일이 천직이고, 그분이 맡긴 배역이라는 걸 알게 됐다. 내가 맡은 역을 사랑하기로 했다. 그리고 거기에 나름 진실이라는 색채를 덧칠해 보려고 했다. 진실은 항상 비호감이었다.

오해받고 얻어맞고 누군가 내뱉은 침을 맞는 것이 나의 역할 중에 있었다. 연출을 담당한 하늘에 계신 그분이 대통령 후보나 장관, 대법관 역을 준 사람들을 보고 부러운 마음을 없애기로 했다. 인생 영화 촬영장에서 맡은 잠시의 배역일 뿐이라는 생각이었다. 연출자가 왕의 역을 맡기든 왕궁의 문지기 역을 맡기든 충실하게 그 역할을 하면 될 것 같았다. 문지기 역을 맡은 사람이 나는 이런 역을 할 사람이 아니라고 무대를 떠나 버린다면 그게 가장 우스꽝스러운 행동이 아닐까. 눈에 띄는 화려한 배역은 맡지 못했지만 그런대로 최후의 장면까지 년년히 버티어온 것 같다. 이제 촬영이 끝날 때가 됐다. 연출자인 그분은 하늘에서 어떻게 나의 연기 부분을 편집하고 계실까. 올라가서 거기 펼쳐진 스크린을 보고 부끄럽지나 않았으면 좋겠다.

느림과 비움

나는 요즈음 다큐멘터리를 많이 본다. 산책할 때면 유튜브에 나오는 강연들을 듣기도 한다. 혼자 살면서 세상과 접속하는 방법이기도 하다. 이따금씩 그 속의 말 한마디에서 귀중한 깨달음을 얻기도 한다.

어제는 마흔 살에 출가해서 혼자 암자에 사는 스님의 일상을 보았다. 남은 인생을 수행자로 살아보는 것도 괜찮겠다고 생각해서 출가했다고 한다. 그 말이 연한 색깔로 내 마음을 물들였다. 그는 행복의 조건을 하나 잡은 것 같았다. 그동안 세상에서의 고통은 이미 그를 조각한 수행 과정이었는지도 모른다.

그는 조그마한 암자에서 혼자 살고 있는 것 같았다. 화면에 비치는 암자로 오르는 오솔길에는 띄엄띄엄 넓적한 디딤돌이 놓여 있었다. 그는 매일 가는 길에 근처의 돌을 하나씩 주워 길에 놓았다고 했다. 느리게 해도 시간이 가니까 암자에 이르는 돌길이 완성되더라는 것이다. 그 한마디가 잔잔한 물결같이 마음 기슭에 와 닿았다. 그것은 느림의 철학이었다. 소의 느린 걸음으로도 천 리를 갈 수 있다는 말이 있다, 천천히 그러나 쉬지 않고 간다면.

산책길에 한 시인의 강연을 들으면서 얻은 진리도 있다.

그는 잘나가는 출판사를 경영하다가 마광수 교수의 『즐거운 사라』라는 책을 내고 감옥에 가고 폭삭 망했다고 했다. 당시 그 책의 음란성으로 여론이 들끓었다. 그는 감옥에서 나와 시골의 호숫가 근처에서 살았다고 했다. 그는 이왕 망한 거 마음까지 비우기로 한 듯했다. 일자리도 없었다. 그는 공백이 된 시간에 『노자』와 『장자』를 2백 번쯤 반복해서 읽었다고 했다. 그렇게 살면서 느낀 것들을 『느림과 비움』이라는 제목으로 글을 써서 책을 내게 됐다고 했다. 그 책이 베스트셀러가 되고, 강연 요청들이 오는 바람에 새로운 삶을 살게 됐다고 했다. 주어진 고난을 두 팔 벌리고 받아들이고 힘을 빼고 느리게 살 때 뭔가가 다시 채워지기도 하는 것 같다.

중학교 시절, 나의 독특한 경험이 있다. 치열한 입시경쟁을 통해 소위 명문이라는 학교에 입학했다. 거기서도 아이들은 경주마같이 본능적으로 달렸다. 나는 더 이상 그렇게 뛰기가 싫어졌다. 마음속으로 '공부야 가라'라고 선언했다. 일등이 아니라 꼴등을 하기로 마음먹었다. 가방에 교과서 대신 소설을 넣고 학교에 갔다. 선생님 수업을 듣지 않았다. 필기도 하지 않았다.

어느 봄날에 중간시험을 볼 때였다. 시험지를 받아 이름만 쓰고 잠시 후 교실을 빠져나왔다. 운동장을 걸어 나오는 나에게 따뜻한 햇볕이 비추고 있었다. 그 순간이었다. 갑자기 마음이 어떤 편안함으로 가득 차올랐다. 경주마가 트랙을 벗어나 푸른 초원으로 나간 느낌이라고 할까. 학교 교문을 나오면서 생각했다. '내가 정말 좋아하는 게 뭐지?' 하고. 영화였다. 나는 그 길로 극장에 갔다. 그곳은 나의 천국이었다. 꼴등을 목표로 했지만 우리 반의 60명 중 55등까지 해 봤다. 어린 시절, 내 나름대로의 비움이 아니었을까. 고등학교 입시가 있을 때였다. 나는 떨어질 게 불을 보듯 뻔했다. 그런데 기적이 일어났다. 고교입시가 갑자기 없어진 것이다. 운명이란 알 수 없는 것이었다.

세월이 흐르고 고시 공부를 할 때였다. 빨리 합격하기 위해 모두들 눈에 불을 켜고 공부를 했다. 어떤 친구는 독서실 칸막이에 '어머니 환갑까지'라는 표어를 붙여 놓고 속도를 내고 있었다. 또 다른 어떤 친구는 하루에 열여덟 시간씩 공부한다고 했다. 나는 그들에게 질렸다. 그렇게 독하지 못하게 태어났다. 고시 시험장은 내게 공포감을 주었다. 눈에서 파란불이 튀어나올 듯한 수재들의 치열한 전쟁터였다.

그 시절 고시에 합격한 선배가 내게 그 길을 가는 방법을 알려주었다. 성급하게 열매를 따려고 하지 말고 매일같이 조금씩 나무에 물을 주는 마음으로 공부해 보라는 것이다. 자기가 고시 공부를 하면서 계산해 보니까 법서를 20만 쪽은 읽어야 탄탄한 실력이 형성되더라는 것이었다. 그 양쯤 되면 합격은 저절로 될 것이라고 했다. 매일 천천히 쉬지 말고 책을 읽으라고 했다. 고시는 마라톤같이 자기와의 싸움이라고 했다. 완주하면 되는 거지,

굳이 금메달을 바라지 말라고 했다. 그 선배의 말에 공감했다. 그때부터 나는 나의 내면에서 흘러나오는 나의 음악에 맞추어 나의 박자로 길을 걸었다. 다른 사람들은 그들의 박자에 맞추어 달려가는 것 같았다. 그들은 그들이고 나는 나였다.

나는 뒤늦게 합격했다. 그런데 하루 열여덟 시간씩 공부한다면서 열을 올리던 친구나 어머니 환갑까지라고 책상 앞에 표어를 붙였던 친구는 안타깝게도 끝내 합격을 하지 못했다. 간절히 염원을 하는 사람에게 행운의 여신이 외면하는 경우도 있나 보다. 왜 그런지 잘 모르겠다.

나는 '홀로, 천천히, 자유롭게'라는 말을 좋아한다. 화면 속의 스님이 매일 디딤돌 한 개를 찾아 암자로 오르는 오솔길에 놓듯이 매일 작은 글 하나를 쓴다.

명작 노년 만들기

중학교 3학년인 손녀는 빈 시간이 거의 없다. 내가 보고 싶다고 했더니 손녀가 학원 근처의 치킨집에서 만나자고 했다. 치킨을 주문하고 잠시 기다리는 동안에도 손녀는 손에 수첩을 들고 거기 적힌 영어 단어들을 외우고 있었다. 그 모습에 나의 중학 시절이 겹쳐진다. 내가 영어를 공부하고 있으면 할아버지가 다가와 따뜻한 눈길로 말했다.

"너무 열심히 하지 말거라. 일류가 안 되어도 자기 하고 싶은 것 하면서 살면 된다. 사람은 다 제 먹을 것 타고 났다."

할아버지는 내가 어떻게 살기를 바란 것일까. 인생의 전반부는 뭔가가 되고 싶었고 돈이 많았으면 했다. 다른 사람들에게 인정받고 싶었다. 사회나 다른 사람의 가치 기준에 따라 나를 맞추고 살았다. 30대 중반쯤 인생관이 서서히 바뀌기 시작했다. '이 삶에서 나는 무엇을 찾는 것일까'라는 의문이 들었다. '정말 내가 하고 싶었던 일이 뭐지? 내가 혼자 즐길 수 있는 취미가 뭐지?'라는 생각에 머리가 멍해졌다. 내가 정말로 추구하는 목표와 그 방법만 찾으면 노년까지도 인생을 혼자 잘 지낼 수 있을 것 같았다.

아버지는 기나긴 노년의 적막을 어떻게 보냈을까. 아버지는 젊어서 사진을 찍는 게 취미였다. 동네 사진관을 한 적도 있다. 인생 후반부에 아버지는 새를 좋아했다. 집에서 수십 마리의 예쁜 새들을 키우면서 혼자 즐겼다. 아버지는 저세상으로 가기 전까지 그렇게 살았다. 어쩔 수 없이 나도 아버지를 닮은 것 같다. 혼자 지내는 게 훨씬 마음이 편한 것 같다.

어느 날 우연히 바둑을 두는 사람을 만난 적이 있다. 그는 어려서부터 바둑을 좋아하다 보니 평생 바둑을 두고 살았다고 간단히 말했다. 뭔가 느껴지는 말이었다. 작은 차를 자기의 집 삼아 전국을 흘러 다니는 친구들이 있다. 달빛에 번들거리는 밤바다를 보면서 기타를 치고 노래를 만드는 모습도 괜찮은 것 같았다. 자신만의 일정을 만들어 조정하고 관리하는 자연인들이었다. 그러고 보면 하늘이 내려준 자기의 길들이 각자 따로 있는 건 아닐까.

내가 하는 일이 아니라 하고 싶었던 일과 혼자 즐길 수 있는 취미를 가질 수 있다면 노년까지 혼자 잘 지낼 수 있을 것 같았다. 나는 생각해 봤다. 살아오면서 뭐가 가장 즐거웠지? 책과 영화가 어려서부터 가장 친한 친구였다. 이두침침한 만화방과 극장이 나의 천국이었다. 20대쯤이었다. 눈 덮인 얼어붙은 강가의 방을 빌려 한겨울을 지낸 적이 있었다. 강이 얼 때부터 녹을 때까지 마을은 고요했다. 그 시절 혼자 책을 보면서 하던 내면 여행이 지금도 기억의 벽에 단단하게 붙어 있다. 군대 시절 적막한 전방 고지의 막사에서 책을 읽으면서 그 안의 많은 인물들과 대화를 나누면 외롭지 않았다. 수많은 철학자나 수행자들, 현인들의 정제된 말 한마디를 듣는 게 좋았다. 2, 3년간 시집만 읽은 적이 있다. 주옥 같은 말들을 골라 노트북에 담아 올 때면 강가에서 그물을 당겨 은빛 물고기를 잡아 올리는 낚시꾼 같은 느낌이었다.

어느 시점부터 자연스럽게 글을 썼다. 글쓰기는 정신의 빵을 만드는 작업이었다. 내가 겪은 체험들이 밀가루였다. 거기에 정서와 철학을 빵에 들어가는 버터와 우유같이 집어넣어 반죽을 만들었다. 그걸 영혼의 불에 구우면 정신의 빵이 될 것 같았다. 시간이 가면서 빵을 만드는 재료의 질을 높여야 한다는 것을 깨달았다.

혼자 제주도에서도 살고, 인도 여행을 좋아하는 시인의 수필집을 통해 '케렌시아'라는 걸 알았다. 음악을 들으면서 아름다운 문장을 쓰거나 반복해서 읽어 보라는 것이다. 그걸 실행해 봤다. 즐거움도 있었지만 질 좋은 글빵을 만들 수 있는 재료가 내면에서 만들어지는 것 같았다. 마음속에서 문장들이 녹고 섞여 한결 고급스런 향기가 나는 재료가 되었다.

한 중견 판사로부터 성경 속의 「시편」 23장을 천 번 써 보라는 권유를 받았다. 그렇게 하면 소원이 이루어진다고 했다. 몰입해서 「시편」을 한 자 한자 정성들여 써 보았다. 마음이 텅 비워지는 느낌이다. 그 자체가 깊은 기도인 것 같았다. 그걸 쓰면서 조선의 명필인 추사 김정희의 말이 떠올랐다. 한 일 자를 만 번 쓰니 글자에서 강물이 흘러나오는 것 같더라고 했다. 「시편」을 계속 쓰면 영혼의 생명수가 넘쳐나지 않을까. 그 샘물로 반죽을 하면 점도 높은 반죽이 될 것 같다. 노년에 정신의 빵을 만들면서 혼자 잘 지내려고 노력한다. 고독도 잘 익혀 삶의 깊은 맛이 나게 하려고 한다. 그 또한 명작이 될 수 있지 않을까.

청춘은 인생 소설의 후반부를 모른다

　　다큐 화면 속에서 청춘들의 아우성과 절규가 쏟아져 나온다. 고시원에서 우리에 갇힌 가축같이 들어앉아 공부를 하고 있다. 컵밥으로 끼니를 때우면서도 손에는 영어단어장이 들려 있다. 5천 원으로 라면만 먹으며 사흘을 버텨야 한다면서 돈에 목말라 있다고 한다. 한 여성 수험생은 20대가 가장 꽃 같은 좋은 시절이라고 하는데 나는 왜 독서실에 파묻혀 있어야 하느냐고 묻는다. 돈이 없어 고시원을 떠나는 사람도 있다.

　　화면이 바뀌면서 데뷔한 지 3년이 된다는 여가수가 나왔다. 돈이 없어 앨범을 내지 못하고 노래할 무대도 없다고 했다. 그녀는 카트에 무거운 키보드와 스피커를 싣고 버스킹 공연을 위해 추운 거리로 나선다. 그녀는 벤치에 앉아 있는 몇 명의 남녀에게 다가가 관객이 되어 달라고 한다. 꽤 적극적인 성격인 것 같다. 이윽고 네 명의 관객이 그녀 앞에 섰다. 그녀는 키보드를 치며 노래를 부른다. 그녀는 음악을 예술의 제단에 올려놓고 아르바이트로 밥을 버는 것 같다.

　　또 다른 화면이 이어진다. 눈발이 날리는 아파트 단지의 한쪽에서 이삿짐을 옮기는 청년의 모습이 보인다. 그는 아르바이트로 살아가면서 연극배우를 꿈꾸고 있다. 그는 틈이 나면 대학로의 소극장을 찾아가 소품을 정리하고 무대를 청소한다. 언젠가는 꼭 이루고 싶은 연극배우가 되기 위한 정지 작업이라고 했다.

젊음의 고통을 호소하는 그들의 현재는 뼈아프고 미래는 암담하다고 했다. 하고 싶은 일을 하면서 먹고 살 수 있으면 좋겠다고 한다. 그들의 인생을 소설로 치면 전반부일 뿐이다. 마지막 결론을 모른다. 나는 어느새 인생이라는 소설을 마지막까지 다 읽고 책장을 덮을 때가 됐다. 친구들을 보면서, 또는 변호사를 하면서 수많은 다른 사람의 인생 소설을 들여다보기도 했다.

작가인 하나님은 소설 같은 인생에서 주인공들을 계속 궁지에 몰아넣는다. 공무원 시험에 합격을 해도 또 다른 시작일 뿐이다. 승진의 한 단계 한 단계가 높은 산봉우리다. 대부분 중간에 탈락한다. 일정한 나이가 되면 쫓겨난다. 정상에 가도 그곳에 행복의 무지개는 없는 것 같다. 허무의 깃발만 꽂고 바로 하산한다.

변호사를 하면서 대중의 우상이 된 스타 가수들도 봤다. 무대 위의 화려함과는 달리 그들은 뒤에서 불안과 과로에 시달렸다. 낮에는 방송국 부대를 이리서리 옮겨 다녀아 했고, 밤에도 니이트클럽 무대에서 새벽을 맞이했다. 이동하는 차 안에서 삼각김밥과 라면으로 속을 채웠다. 앨범 1백만 장이 팔리는 것이 정말 행복일까 의심스러웠다. 행복은 인기와 박수갈채에 있는 것 같지 않았다.

최고의 배우가 된 사람들도 허상이 많았다. 대중 앞에서는 멋진 가면을 쓰고 레드카펫을 밟지만, 무대 뒤에서는 신문지를 깔고 앉아 자신의 연기 장면을 촬영할 때까지 한없이 인내하며 기다리는 것이 일상이었다. 배역이 없으면 백수 신세라고 한탄했다. 행복은 합격하는 순간 뭔가 된 것 같은 감정을 가진 찰나의 불꽃이었다.

행복은 엉뚱한 곳에 있었다. 봉제공장의 재봉틀 앞에서 노래를 부르며 행복해하는 여공을 봤다. 그녀의 영혼에는 다른 존재가 들어 있는 것 같았다. 자동차 수리공을 하면서 시를 쓰며 행복에 젖었던 소년을 본 적이 있다. 청소부를 하면서 그림을 그리는 화가를 본 적이 있다. 배달 노동을 하면서 글을 쓰는 사람을 보기도 했다. 자기가 몰두할 예술을 가진 사람은 꿈이 있고 행복한 것 같았다. 자기에게 맞는 일을 하고 거기에 몰두할 때 성공과 행복은 슬며시 다가오는 건 아닐까.

고교 시절 학생회장을 하던 동기가 있었다. 리더십 있는 그였기에 모두들 굵직한 정치인이 될 걸로 생각했다. 의외로 그는 공구를 만드는 중소기업을 경영했다. 세월이 흐르고 그의 공장에서 생산되는 공구가 공구의 최고봉인 독일로 수출된다는 소리를 들었다.

사회가 어두웠던 시절 〈아침이슬〉이란 노래를 작곡한 고교 선배가 있다. 그는 광산에서 막장노동을 하고, 김제평야에서 농사를 짓고, 바다에 나가 고깃배를 탔다고 했다. 그리고 뮤지컬을 연출하면서 평생을 살아왔다. 그는 자유스럽고 행복해 보였다. 인생의 연출자인 그분이 계속 각자 무대의 주인공인 우리를 궁지로 몰아넣는 것은 자신에게로 오라는 의미가 아닐까. 실패는 방향을 바꾸어 그의 초원으로 들어가게 하는 그분의 막대기라는 생각이 들기도 한다. 두서없이 생각하다가 나도 모르게 방향이 그쪽으로 갔다. 내 생각이 아닌지도 모르겠다.

이 정도쯤이야

차를 타고 가면서 유튜브에서 흘러나오는 가수 김수철 씨의 강연을 무심히 듣고 있었다. 나의 기억에는 작달막한 남자가 커다란 기타 뒤에서 양다리를 앞뒤로 쫙 벌리고 폴짝 뛰던 광경이 남아 있다.

"벌써 기타를 치고 노래를 부른 지 50년이 넘었습니다. 저는 그 세월 동안 매일 두 시간 이상 기타 연습을 해왔습니다. 나이 먹은 지금도 합니다. 향상을 위한 게 아닙니다. 유지하려고 해도 그렇게 해야 합니다."

심지가 들어 있는 말이었다. 그에 대한 나의 선입견이 너무 가벼웠던 것 같다. 그의 강연이 계속되고 있었다.

"동시에 두 가지는 할 수 없어요. 돈이 안 나오더라도 한 가지 일에 전념해야 합니다. 예를 들면 가수가 돈이 없다고 해서 식당을 운영하면서 에너지를 쏟으면 안 되죠, 저는 평생 국악도 공부했어요. 돈을 생각하면 물 안 나오는 우물을 판 거죠. 그래도 나중에 임권택 영화감독을 만나 《서편제》라는 영화의 음악을 맡았어요. 전 국민에게 우리의 국악을 인식시키는 계기가 됐죠."

그의 말을 들으면서 김수철이라는 가수에게 '작은 거인'이라는 별명이 붙은 걸 이해할 것 같았다. 무대에서 뛰노는 것 같은 그의 현상만 보고 그 뒤의 깊은 내면을 보지 못한 나의 가벼움이 느껴졌다.

한 유명한 화백의 변호사가 되어 자연스럽게 그의 삶을 들여다보게 됐다. 그는 평생 드로잉 연습을 안 한 날이 없는 것 같았다. 인생에서 자그마한 들꽃이라도 피우려면 인내하면서 자기를 괴롭혀야 하는 것 같다. 예술가만이 아니었다. 내가 존경하는 일본의 현자는 죽을 때까지 매일 성경을 보며 연구했다. 매일 베를 짜 나가듯 반복된 행위를 일생 동안 계속하는 건 인내를 요구한다. 대부분 쉽게 생각하고 '이 정도쯤이야' 하고 틈을 벌리고 느슨해지는 게 인간이다. 그런 이완이 때로 필요하기는 하다. 그런데 '이 정도쯤'이라는 틈의 넓이와 의미가 인생에서 갈림길이 되는 것 같다.

내가 고시 공부를 하던 시절 싫증이 나면 '이 정도쯤이야' 하고 영화도 보고 데이트도 했다. 그런 다음날이면 노는 데서 온 피곤 때문인지 정상궤도로 진입하지 못하고 또다시 소설을 뒤적이기도 했다. 그 결과는 불합격이었다. 나뿐 아니라 고시낭인들에게 '이 정도쯤이야' 하는 자기변명이 병균같이 내년에 붙어 있기도 했다. 그렇게 자위하며 불편한 일을 피하다가 늙을 때까지 불편한 채로 남게 되는 수도 있다. 30년 가까이 고시원의 한 평 짜리 방을 벗어나지 못한 고시낭인도 있다. 몰두해서 3, 4년 공부하면 합격할 줄 알았는데 그렇게 됐다는 것이다. 여러 방면에서 '이 정도쯤이야'라는 지뢰가 존재하고 있다.

나는 사법시험의 면접관이 되어 검사를 지망하는 사람에게 이런 질문을 던진 적이 있다.

"사업을 하는 아버지의 친구가 성의로 약간의 경제적 지원을 해 주겠다고 제안했을 때 어떻게 하겠나?"

"성의라고 하시는데 약간 정도쯤이면 받아도 될 것 같습니다."

"그 정도쯤이라는 걸 금액으로 말한다면 얼마나 될까?"

"월급 정도쯤이면 괜찮지 않을까요?"

"일 년이면 수천만 원이 될 텐데 그걸 그 정도쯤으로 치부할 수 있을까?"

"너무 많은가요?"

그가 순간 당황하는 표정이었다.

살다 보면 '이 정도쯤이야' 하고 자신에게 관대해지는 경우가 많다. 그것은 거대한 성벽의 돌 하나를 뽑는 것과 비슷한 건 아닐까. 당장은 아무 일도 없을 것이다. 그러나 '이 정도쯤이야'라고 할 때마다 돌들이 뽑히고 성은 서서히 무너져 내려 어느 순간 와르르 허물어질 것이다. 성공은 자신에게 엄격하고 자신을 불편하게 해야 다가오는 것 같다. 굳이 성공하고 싶지 않다면 자신에게 관대해지면 된다. 그런 성공도 그 순간순간을 자세히 들여다보면 미완의 연속인 것 같다. 미완으로 끝나지 않도록 완결을 지어 놓으면 어느새 또 다른 미완이 생겼다. 인간의 일생은 그 미완의 상태를 살아가는 것인지도 모른다. 무엇을 하든지 한 걸음 한 걸음 매일의 생활 그 자체가 절대적인 것이 아닐까. 정말 중요한 건 목적이 아닐지도 모른다.

죽을 때까지 하고 싶은 일

화면에 유명한 여성 연극배우가 나와서 앉아 있었다. 그녀는 이제 더이상 젊은 시절의 발랄하고 아름다운 모습이 아니었다. 그녀는 뇌종양으로 큰 수술을 하고 죽음 직전까지 갔다 왔다고 했다. 인간은 어쩔 수 없이 세월에 풍화되는 존재인 것 같다. 죽음을 앞두고 있는 듯 그녀는 이렇게 말했다.

"일주일을 살아도 나답게 살고 싶어요. 무대 위의 나를 기다리는 관객들에게 죽기 전에 '짠' 하고 뭔가 보여 주고 싶어요."

이어서 그녀는 자신이 연습한 〈아리랑〉을 몇 소절 불러 보였다. 그녀가 덧붙였다.

"우리 엄마도 암으로 돌아가셨어요. 그러면서 '죽을 때 죽더라도 일해야지'라고 하셨죠."

오래전 소송업무 관계로 그녀의 오피스텔을 방문한 적이 있었다. 서가에 연극 대본들이 가득 차 있었다. 기다리는 시간에 무심히 그중 한 권을 뽑아서 들춰 보았다. 두 명의 연극배우가 하는 대사들이 빽빽하게 인쇄되어 있었다. 한 연극무대에서 대사의 양이 어마어마했다. 그걸 다 암기해야 하는 것이다. 그냥 외운다고 되는 게 아니었다. 그 위에 표정과 어조, 행동을 덧붙이고 감정까지 이입해야 하는 것이다. 스스로 미쳐서 하는 일이 아니라면 도저히 못할 것 같았다.

일도 일 나름인 것 같다. 공직 생활을 무난히 마치고도 '자리'에 연연하면서 끝없이 권력의 주위를 맴도는 사람들을 보았다. 늙었어도 국회의원 선거 때만 되면 후보자로 등록했다. 선출직이면 어떤 곳이든 나서려고 했다. 그것도 안 되면 공기업 사장 자리에 지원서를 내놓고 전화를 기다리는 사람들도 보았다. 그들은 국가와 민족을 위한 일을 하고 싶어서 그런다고 했다. 그들 중에는 어느 날 갑자기, 중간에 구멍이 뚫린 계단의 허공을 밟고 바닥없는 영원한 허무로 사라지는 경우도 있었다. 헛된 것을 추구하다가 헛된 존재로 스러져 버렸다. 인생의 스산한 겨울 저녁의 어스름한 빛 속에서 나는 어떻게 살아왔는지를 되새김한다. 그리고 나머지 인생을 어떻게 살까를 화두로 삼는다.

지난 2년 동안 내가 묵고 있는 실버타운에서 본 노인들의 삶은 내게 하나의 참고서가 되어 주었다. 아흔 살이 넘은 한 노인은 내게 이런 말을 했다.

"인생의 황혼과 죽음 사이에 아주 작은 틈이 있어요. 기울어 가는 마지막 햇살이 산의 능선이나 나부들을 환하게 비추어 주는 순간 같지. 그 순간을 음미해 보느냐, 아니면 일을 하다가 바로 죽음으로 가느냐, 선택의 문제겠죠."

지혜로운 말이었다. 그 노인은 매일매일이 그에게 주어지는 선물이라고 했다. 노인은 매일 파크골프를 치고, 클래식 음악을 듣고, 저녁이면 넷플릭스에서 영화를 보며 살고 있다. 노인은 아침에 눈을 뜨면 선물 받은 하루에 감사한다고 했다. 행복과 지혜는 감사에서 오는 것 같았다.

실버타운에 관절염 때문인지 다리를 절룩이면서 밀차를 밀고 다니던 여성 노인이 있었다. 그 노인은 내게 인생 말년에 남는 게 시간밖에 없다고 하면서 무료함과 공허를 하소연했다. 주어진 하루가 선물이 아니고 견뎌내야 할 고통같이 여기는 것 같기도 했다. 그 노인은 실버타운 안에 있는 PC방에서 혼자 포커 게임을 했다. 그러다가 그곳에서 생을 마감했다. 그 노인의 삶은 어떤 것이었을까.

실버타운에 잔디정원이 있고, 시설이 좋아도 사람들은 무료함과 공허를 어쩌지 못하고 힘들어 했다. 아직 힘이 남아 있는 사람들은 일을 찾았다. 텃밭에 나가 고추와 오이를 기르는 노인도 있다. 주민센터에 가서 쇼핑봉투에 플라스틱 손잡이를 끼우는 작업을 신청하는 노인도 있다. 공사장의 일용잡부라도 했으면 좋겠다는 분도 있다. 그들을 살펴보면 젊은 시절 남들이 부러워하는 안정된 직장에서 대접받던 사람들이다. 그런데 그들은 뭔가 아쉬워하며 긴긴 인생의 저녁을 보내고 있다. 그 아쉬움의 정체는 무엇일까.

미치도록 사랑해 보지 못하고 밋밋한 인생을 살아온 걸 후회하는 건 아닐까. 전부를 걸고 죽을 만큼 노력해 보지 못한 걸 아쉬워하는 건 아닐까. 결혼도 사회생활도 포기한 채 『혼불』이라는 소설을 평생 쓰다가 죽은 소설가도 있었다. 내가 소송을 맡았던 화가는 평생 손에서 드로잉 연습을 그친 적이 없었다. 예술이라는 건 모든 걸 포기하고 죽음에 이르기까지 하고 싶은 어떤 마력을 가지고 있는 것 같다. 그들은 자신의 작품을 통해 죽은 후에도 존재하는 것 같다. 뇌종양을 가지고 있는 한 연극배우를 보면서 든 생각을 적어 보았다.

위대한 코미디언들

우리 세대가 어렸던 시절, 어른인 그를 사람들은 '막둥이'라고 놀리듯 불렀다. 희극배우로 불리던 그는 영화 속에서 항상 모자라는 인간이었다. 단체 행진을 할 때 남들이 '좌향좌' 할 때 혼자서만 '우향우' 하고 걸어갔다. 눈알이 튀어나올 것처럼 눈을 크게 뜨고 눈동자를 한가운데로 몰아 우스꽝스러운 모습을 연출했다. 볼에 바람을 가득 넣어 얼굴을 풍선같이 부풀려 사람들을 웃게 했다. 영화 속에서 그는 주인공의 용감한 모습과 대비되어 비겁한 연기를 하는 조역이었다. 우리 세대와 친근한 희극배우 구봉서 씨에 대한 어린 날의 기억이다.

우리 또래가 '합죽이'라고 부르던 원로 희극배우 김희갑 씨가 있었다. 사람들을 웃게 하지만 그의 연기 속에는 슬픔이 배어 있었다. 지금도 기억에 남아 있는 흑백영화의 한 장면이 있다. 돈한 푼 없는 빈털터리인 그가 허름한 주점에서 다른 사람과 술을 먹었다. 그가 취해서 잠시 식탁에 엎드려 눈을 감고 있는 사이 같이 술을 마시던 사람이 돈을 내지 않고 슬며시 가 버렸다. 그가 정신을 차리고 주점을 나가려고 하자, 주점의 주인은 그에게 돈이 없으면 입고 있는 옷이라고 벗어 놓고 가라고 했다. 잠시 생각하던 그는 입고 있던 겉옷을 활활 벗어서 던져 주고 속옷 차림으로 거리로 나섰다. 소나기가 퍼붓고 있었다. 그가 소나기 속을 소리치듯 노래를 부르면서 걸어간다. 가난과 외로움이 담긴 희극영화의 한 장면이었다.

우리 시대의 또 하나의 코미디계 영웅은 배삼룡 씨였다. 그의 바보 연기는 일품이었다. 맨발의 검정 고무신에 낡은 넥타이로 허리춤을 질끈 맨 통 넓은 낡은 바지를 입고 있었다. 그는 무대 위에서 개다리춤을 추면서 관객들을 웃겼다. 코미디를 하는 그들은 스스로를 망가뜨리면서 사람들을 웃게 했다. 사람들은 바보가 되는 그들을 보고 즐거워했다. 어린 관객이었던 우리들도 그들과 함께 세월의 물결에 밀려 노인이 되었다.

팔순의 노인이 된 구봉서 씨가 텔레비전에서 지난날을 회고하면서 인터뷰하는 장면을 본 적이 있다.

"김희갑 씨는 지독히 고생했어요. 잘 데가 없어서 먼지가 가득 쌓인 무대 밑에서 자던 사람이에요. 그렇게 하면서 돈을 벌었어요. 그가 힘들 때 아무도 도와주지 않았어요. 그 사람이 인색하다고 욕을 하는데 그러면 안 되죠."

유랑극단 시절 광대라고 불리며 천대받던 그들은 치절하게 가난했다. 화면 속에 나오던 김희갑 씨의 가난한 연기는 그의 삶 자체에서 우러난 경험이었다. 노인이 된 구봉서 씨가 말을 계속했다.

"나하고 코미디를 같이 하던 배삼룡 씨가 많이 아파요. 그가 누워 있는 병원에 갔더니 딸이 돌보고 있더라고. 돈이 정말 없는 것 같았어. 아버지에게 붙잡혀 있는 딸이 병문안 가는 사람들이 조금씩 주는 돈으로 지내더라고. 그래서 내가 배삼룡을 보고 '죽어, 죽어, 네가 빨리 죽어야 다른 사람이 살아' 하고 울었어요."

평생 바보 연기를 하며 사람들을 웃게 하던 배삼룡의 모습이 화면에 나오고 있었다. 그는 몰라볼 정도로 뼈만 앙상하게 남았다. 그의 눈빛이 클로즈업되고 있었다. 그는 더 이상 바보가 아니었다. 그 눈빛이 많은 의미를 던져 주는 것 같았다.

다시 시간이 흘렀다. 나이 아흔 살에 가까운 구봉서 씨가 《아침마당》이라는 텔레비전 프로그램에 나오고 있었다. 몸이 불편한 것 같았다. 옆에 지팡이가 놓여 있었다. 이제 그는 죽음이 얼마 남지 않은 완연한 노인이었다. 그의 얼굴에 지나온 세월이 짙게 스며들어 있었다. 목에도 깊은 주름이 잡혀 있었다. 구순의 노인 구봉서 씨가 이런 말을 했다.

"이제 남은 여생에 할 수 있다면 콧날이 시큰한 비극을 깐 코미디를 하고 싶어요. 코미디언이 되어도 꽃피기가 정말 힘들어. 그렇지만 나는 누가 때려죽여도 코미디언이야. 마구 웃기다가 순간 눈물짓게 하는 그런 코미디를 하고 싶어. 그런데 너무 늙었어. 심심하면 여러분도 한번 늙어 봐요. 나는 남은 시간은 선교를 하다가 갈 거야."

그는 크리스천인 것 같았다. 다시 얼마의 시간이 흘렀다. 텔레비전 뉴스에서 코미디계의 원로 구봉서 씨의 죽음을 보도하고 있었다. 영정사진 속에서 그가 세상을 내려다보면서 선하게 웃고 있는 모습이 화면을 가득 채웠다. 가난하고 배고프고 어렵던 시절, 그와 다른 코미디언들은 자기를 망가뜨려 가면서 세상에 웃음을 선사했다. 좋은 사람들 아닐까. 한 인간을 평가할 때 중요한 게 무엇일까. 정말 중요한 건 목적과 그것을 위한 노력 속에 있는 것 같다.

여행길에서 만난 정신과 의사

바닷가의 밤이 깊어가고 있다. 시계 바늘이 밤 11시를 가리키고 있다. 창문은 짙은 어둠에 젖어 검은색 거울이 된다. 그 거울에 백발의 한 노인이 보인다. 돋보기를 코에 걸치고 있다. 나의 모습이다. 아직 잠이 오지 않는다. 나는 책상 위에 놓인 오래전의 메모들을 들추어 보고 있다.

한밤중에 소가 낮에 먹은 것들을 되새김질하듯 나는 세월 저쪽에서 만났던 사람들이 한 말들을 되씹어 본다. 메모 속에서 27년 전 여행길에서 만난 늙은 정신과 의사가 나타났다.

1997년 4월 말의 어느 날인 것 같다. 나는 폴란드의 바르샤바에서 크라카우로 가는 버스 안에 있었다. 차창 밖으로 작은 눈발이 흩날리고 있었다. 40대 초반이었던 나는 몇몇 한국 노인들의 여행팀에 끼어 같이 가고 있었다. 60대 중반인 그들은 나의 시각으로는 한참 늙은 노인들로 보였다.

서로의 어색함을 지우려는 듯 작달막한 한 노인이 일어서서 입을 열었다.

"이런 만남을 즐기는 노년의 인생이 재미없지는 않습니다. 우리 한국 사람들은 이런 여행길에서 사귐이 더디기는 하지만 여행을 하다 보면 끝에 가서는 아주 잘 익으리라는 생각입니다. 짧은 여행이지만 한번 마음껏 모든 걸 눈과 가슴에 담아가도록 합시다.”

그는 오랫동안 의원을 해온 정신과 의사라고 했다. 취미로 사진을 찍었는데 그 부문에서 초대작가까지 갔다고 했다. 내공이 있는 분 같았다. 버스의 뒷좌석에서 그 다음 노인이 일어나 자신을 소개했다. 맑고 선해 보이는 얼굴이었다.

“저는 젊어서부터 석고를 사용하는 의료자재를 만들어왔습니다. 정형외과에서 뼈를 고정시킬 때 사용하는 석고붕대죠. 아주 작은 분야지만 열심히 노력하고 제품을 개발해서 제가 만드는 제품의 분야만은 아직 외국 제품이 들어오지 못하게 하고 있습니다. 회사가 여러 차례 위기를 겪었지만 버텨냈습니다.”

대단한 집념가 같은 느낌이 들었다. 일본 같은 경우를 봐도 5밀리미터 크기의 플라스틱 나사에 일생을 거는 사람들도 있다. 단단한 작은 벽돌 같은 그런 존재들이 이 사회의 받침돌이 아닐까. 내 옆에 앉아 있던 노인이 내게 속삭였다.

“저 양반, 대학에 장학금을 내놓아 많은 학생을 뒷바라지하고 있어요.”

여행은 여러 종류의 삶을 보고 배울 수 있는 기회였다.

그날 저녁 우리 일행 몇 명은 크라카우시의 호텔에 여장을 풀고 저녁을 먹기 위해 레스토랑에 모였다. 식탁에서 음식이 나오기를 기다리는데 일행 중 한 명이 무료한 시간을 때우려는 듯 이런 말을 했다.

"제가 다른 여행 중 만난 특이한 분이 있었습니다. 교사라고 했습니다. 그분을 옆에서 지켜봤는데 입고 있는 허름한 옷 한 벌 외에는 아무것도 가지고 다니지 않았어요. 물론 물건 사는 일도 전혀 없고요. 여행중에 여관에서 속옷을 빨아 말려 다음날 입고 떠나는 거예요. 그러면서 가는 곳마다 열심히 들여다보고 생각하고 하더라고요. 참 검소한 여행인 것 같았어요."

"좋은 얘기입니다. 그렇지만 말이죠."

버스 안에서 인사를 했던 정신과 의사가 그 말을 받아 자신의 의견을 얘기하기 시작했다.

"값싼 넥타이라도 매일 바꾸는 데서 행복을 느끼는 사람도 있을 수 있습니다. 근검절약이라고 해서 모두가 똑같이 배를 곯거나 하는 획일적인 현상은 우리 사회에서 이제는 사라져야 할 것 같아요. 한 벌의 옷만 가지고 예수의 사도같이 여행하는 사람이 있는가 하면, 넥타이 같은 조그만 데서 기쁨을 찾을 수 있는 사람의 행복도 인정하는 우리 사회의 다양성이 이제는 필요하다고 봅니다. 여행하면서 작은 돈에 너무 인색할 필요도 없을 것 같아요."

그의 말 중에 '다양성'이라는 말이 빗장이 굳게 닫혀 있던 내 마음의 문을 두드리는 것 같았다. 우리는 모두 같아야 한다고 생각하고, 무리와 다르면 동화 속의 '미운 오리 새끼' 같은 취급을 당하는 게 내가 살아온 주변 환경이었다. 나이든 정신과 의사는 결론으로 가고 있었다.

"우리 나라는 몇 십 년의 짧은 역사 속에서 왕도 양반도 다 없어졌죠. 6·25전쟁으로 다 같이 평등하게 가난해졌습니다. 그러다가 어느 날부터인가 난데없이 이웃이 부자가 된 세상이 나타난 거예요. 그런데 사람들이 새로 나타난 부자를 인정하기 힘든 거죠. 부동산 투기로, 뇌물로, 돈만 보이면 수단과 방법을 가리지 않고 주워먹고 부자가 된 경우가 많으니까요. 전두환, 노태우 대통령이 다 뇌물죄로 감옥에 갔잖아요? 우리 사회에서 모두 인정할 수 있는 권위가 없어진 거죠. 이제 와서 욕을 덜 먹는 박정희를 영웅시하지만 무너진 권위가 쉽게 살아나기 힘들 걸로 봅니다."

그는 사회에 대한 통찰도 깊은 것 같았다. 사람마다 얼굴이 다르듯 생각도 취향도 다르다. 나는 빨강을 좋아하고, 너는 파랑을 좋아할 수 있다. 나는 장미를, 다른 사람은 백합을 선호할 수도 있다. 그런 색색의 취향이 사회라는 한 다발로 묶일 때 한 가지 꽃만 있는 것보다 더 아름다울 수 있지 않을까. 그렇게 다양성이라고 하는 걸 여행길에서 배운 것 같다.

젊어지기 싫은 노인들

실버타운 식당에서 70대 후반쯤의 혼자 사는 노인들과 같은 식탁에서 밥을 먹고 있었다.

"하루를 어떻게 보내세요?"

내가 중견 공무원을 지낸 점잖은 노인에게 물었다.

"조금은 무료하죠. 영어책을 사 놨는데 공부가 안 돼요."

"다시 젊은 날로 돌아갈 수 있다면 가시겠어요?"

내가 엉뚱한 질문을 했다. 그는 다시 돌아가고 싶을 수도 있을 것 같았다.

"절대 안 가죠."

젊어서 지위가 있든 없든 상관없이 노인들은 다시 젊음으로 돌아갈 생각이 전혀 없다고들 했다.

늙어서 몸이 아프고 무료해도 지금이 가장 조용하고 편안하다고 했다. 나도 그런 것 같다. 다시 옛날로 돌아간다고 했을 때 섬뜩하게 떠오르는 몇몇의 장면이 있다. 냉기가 도는 어둡고 추운 독서실의 칸막이 책상과 딱딱한 의자가 보인다. 거기서 양철 찬합 속에서 딱딱하게 굳은 찬밥을 점심과 저녁으로 나누어 먹으며 대학입시 준비를 했다. 낮은 성적에 앞이 안 보이는 절망의 순간이기도 했다. 다시 그걸 하라면 절대 안 하고 싶다.

고시 준비를 할 때도 그랬다. 눈 덮인 해인사의 한 암자가 떠오른다. 수은주가 영하 20도 이하로 내려가는데 창호지 한 장이 방과 외부를 나누는 벽이었다. 거기서 떨며 공부를 하다가 아예 1차 시험에 떨어졌다. 하숙비가 포함된 장학금도 끊기고 갈 곳이 없었다. 막막했다. 그런 과정을 다시 반복하는 삶이라면 절대 사양이다.

실버타운의 노인들마다 다들 나름대로 아팠던 삶의 과정이 있는 것 같다. 한 노인은 40년 동안 잠수부로 수십 미터 아래의 심해에서 일했다고 한다. 바닷속에서 혼자 유영하면서 외롭고 힘들었던 것 같다. 또 다른 노인은 30년이 넘는 세월을 여객기의 기장을 했다고 한다. 철상자 속에 들어앉아 밤하늘의 지구를 뱅뱅 돌았다고 했다. 여러 인생길을 흘러온 노인들이 실버타운이라는 저수지에 흘러들어 출렁거리고 있다. 모두들 늙고 병들고 죽음이 가까워졌는데도 모두 과거로 돌아가는 건 싫다고 한다. 갑자기 불교에서 말하는 '윤회'라는 관념이 떠올랐다. 노인들이 죽으면 다시 어디선가 환생을 해서 또다시 살아가야 하는 운명이 아닐까. 그리고 죽고 또다시 태어나고.

나는 양평의 강가에 사는 친구가 생각났다. 그는 어려서부터 소아마비로 평생을 제대로 걷지 못했다. 몸이 불편해도 마음에 그늘이 없고 천사같이 착하다. 그는 가난과 장애를 극복하고 고시에 합격해 나이 칠십까지 변호사를 해왔다. 그는 효자였다. 땅을 사고 주택을 지어서 아버지를 모시고 돌아가실 때까지 생활비를 댔다. 그는 신실한 불교 신자였다. 자신의 장애가 전생의 업 때문이라고 했다. 이생에서 선을 쌓아 나가면 다음 생에서는 건강한 몸으로 다시 태어날 것이라고 내게 말하곤 했다. 그는 예수를 믿는 나와 종교 문제를 놓고 서로 얘기를 많이 하는 편이다. 그에게서 나는 불경을 많이 배웠고, 그는 내 말을 듣고 성경을 구입해서 처음부터 끝까지 정독을 하고 필사도 했다.

어제 오후, 실버타운의 노인들한테서 절대 과거로 돌아가기 싫다는 얘기를 들은 후 갑자기 그에게 묻고 싶은 게 생겼다. 저녁 무렵 그에게 전화를 해서 물었다.

"강 변호사, 너는 젊은 시절로 인생을 되돌릴 수 있다면 가고 싶냐?"

"그런 소리 하지 마. 칠십이 넘은 지금도 꿈에 내가 고시 1차 시험에 떨어져 있어. 끔찍하지."

젊은 시절 그는 고시 1차 시험에서 일곱 번째 떨어졌을 때 진짜 세상이 노랗게 보인다고 했다. 그렇다고 장애가 있는 그에게 일자리는 없었다. 그의 고통을 다른 사람은 짐작조차 할 수 없을 것이다. 내가 다시 물었다.

"나도 부처님을 좋아하지. 그 말씀이 인생 최고의 철학이니까 말이야. 그런데 윤회 때문에 찜찜해. 다시 인간으로 태어나 이 고통의 바다를 건너가게 하고, 그걸 반복해야잖아? 누군들 그렇게 하고 싶겠어?"

"그러니까 이승에서 선한 일을 많이 해서 다음 생에서는 잘 태어나야지. 그리고 선업을 많이 쌓아 아예 윤회의 굴레에서 벗어나야 하지."

"성경을 보면 선을 쌓으려는 그런 노력을 하지 않아도 바로 천국으로 갈 수 있어. 예수를 잘 믿으면 바로 갈 수 있는 거야. 내가 선을 쌓지 못했어도 예수가 대신 값을 치른 거지. 그게 십자가래."

"난 그게 이해가 안 가. 왜 자기가 노력을 하지 않고 죄진 상태에서 공짜로 구원을 받아? 난 도저히 논리적으로 이해할 수 없어. 말이 안 돼."

"넌 네 아이가 진창에 넘어져 무릎이 깨지고 옷이 더러워졌을 때 옷을 갈아입고 상처를 알아서 치료하고 오라고 하겠냐? 아니면 더럽고 상처 입은 그대로 오게 해서 안아주겠냐? 하나님은 아버지 같은 분인데 어린애가 무슨 체면이 필요하겠어? 난 그런 생각이야."

"하여튼 다시 태어나 고생하는 윤회가 겁이 나서 너는 예수님을 선택했다는 건 생각해 볼 만해."

친구는 받아들이는 태도였다. 솔직히 나도 죽어 보지 않아서 아무것도 모른다. 윤회가 있는지 천국이 있는시 알 수 없다. 어쩌면 깊은 바닷속 같은 영원한 무의 세계로 갈 것 같은 두려움도 있다. 그래도 단테의 『신곡』에 등장하는 아름다운 천국을 날아다니는 영혼이 되고 싶어 예수보험에 가입하고 있는 셈이다.

너는 누구지?

실버타운의 식당에서 옆에 앉은 영감님이 내게 말했다.

"나이가 여든이 넘어가면 사람이 아닌가 봐요."

"왜요?"

내가 되물었다.

"사람 취급을 못 받는 것 같아서요."

그 노인이 시무룩한 얼굴로 내뱉었다. 노인들은 추하고 기피하고 싶은 존재인 것 같다. 그 노인은 40년간 깊은 바닷속에서 잠수부를 하면서 살았다고 했다. 그 자신은 바다에 빠져 죽은 사람의 시신을 찾는 데는 귀신이라고 자랑했다. 80대 중반을 넘긴 그 노인은 자신의 정체성을 잃고 공허해하는 것 같다. 그는 단지 잠수부였을까.

며칠 전 늦은 오후에 전립선 약을 처방받기 위해 내가 사는 동해의 한 의원으로 갔다. 40대쯤 되어 보이는 의사의 얼굴에 지친 기운이 묻어 있었다.

"약 받으러 오셨죠?"

의사는 귀찮다는 듯 사무적으로 말하고 키보드로 처방전을 치고 있었다.

"저 요즈음 오줌에서 냄새가 나는 것 같아요."

혹시 병이 난 게 아닌가 걱정스러웠다.

"오줌 농도가 짙으면 냄새가 날 수도 있는 겁니다."

의사가 내 말을 깔아뭉갰다.

"그래도 소변검사를 받아 봐야 하지 않을까요?"

"가세요."

노인이라고 무시당하는 느낌이었다. 전에도 비슷한 일이 있었다. 허리가 아팠다. 작은 의원으로 갔다. 의사는 내 말을 듣는 둥 마는 둥 하더니 진통제를 처방했다.

"엑스레이를 찍어 봐야 하지 않을까요?"

내가 물었다.

"그냥 가세요."

의사는 내가 건방지게 묻는다는 표정이었다. 나의 늙은 모습을 보고 무시하는 것 같았다. 따질 필요가 없었다. 그의 인격에 관한 문제였기 때문이다.

그 전까지 나는 죽 의과대학 병원에 있는 교수 친구들에게 진료를 받았다. 그들을 통하면 특별대접을 받았다. 공직에 있을 때는 병원장도 굽실거렸다. 그게 나인 것으로 착각했다. 그때 형성된 나의 정체성은 가짜였다. 직업을 나 자신으로 착각했다. 그 정체성이 사라지는 걸 보면서 존재의 의문에 맞닥뜨렸다.

'너는 누구지?'

나는 누구일까. 까까머리에 검정 교복을 입고 학교를 다닐 때의 소년과 늙은 지금의 나는 전혀 다른 존재다. 나 자신이라고 착각했던 직업도 잠시 입고 있었던 옷이었다.

예전의 현자들은 모든 육체는 풀과 같고, 그 모든 영광은 풀의 꽃과 같다고 했다. 풀은 마르고 꽃은 떨어진다. 인간을 먼지에 불과하다고 했다. 흙에서 났으니 흙으로 돌아가라고 했다. 무한한 시간과 공간 속에서 티끌만큼도 되지 못하는 유한한 존재가 인간이다. 노쇠와 죽음은 사정없이 닥쳐온다. 모른 체해도 올 건 온다. 진지하게 이것과 맞부딪쳐야 하지 않을까.

암에 걸려 죽음을 앞둔 의사에게 물어본 적이 있었다. 그 자신은 무엇이었느냐고. 그는 2만 장의 의료차트가 자신이라고 했다. 한 작가는 일생 쓴 6만 장 분량의 원고지가 그 자신이라고 했다. 나는 산속 옹달샘을 나온 한 방울의 물방울이었다. 개천을 지나 강물이 되고, 지금은 드넓은 바다를 앞에 두고 넓은 강의 하류에서 맴돌고 있다. 그러면서 나는 누구였는지를 스스로에게 묻는다. 실버타운에 있는 90대의 한 노인은 웃으면서 내게 이렇게 말했다.

"아침에 눈을 뜨면 또 하루를 선물받은 거야. 그 기분, 아무도 모를 거야. 죽을 나이를 넘기고 아직도 살아 있는 그 느낌을 다른 사람은 이해할 수 없어. 그거 말로는 표현 못해."

인생은 난해하다. 나는 누구인지 알 수 없다. 내면의 나와 겉의 나가 왜 다른지도 알 수 없다.

풀꽃 시인은 장미가 부러울까

나이가 드니까 시간이 느슨해졌다. 유튜브를 보는 재미가 쏠쏠하다. 작달막한 체구의 노인인 나태주 시인이 몇 사람을 앞에 놓고 얘기를 하고 있었다. 그중에 이런 말이 귀에 들어왔다.

"나와 같은 나이인 소설가 최인호 씨가 열아홉 살 때 신춘문예로 등단했어요. 시골에 살던 나는 그가 너무 부러웠어요. 최인호 씨는 인기작가로 대단했죠. 그분이 몇 년 전에 죽었어요. 나는 더 오래 살면서 아직도 시를 쓰고 있어요."

그 짧은 말이 많은 걸 함축하고 있었다. 죽은 최인호 씨가 여름날의 화려한 장미꽃이라면 나태주 시인은 그의 시처럼 풀꽃 같은 느낌이라고 할까. 최인호 씨는 변호사의 아들로 명문고에 명문대를 나와 최고의 유명세를 누린 문단의 스타였다. 나태주 시인은 소작농의 아들로 태어나 초등학교 선생으로 일하면서 시를 쓰다가 뒤늦게 시인으로 빛을 보게 된 것 같다.

나도 비슷한 경험이 있다. 나도 빨리 고시에 합격해서 출세하고 싶었다. 잘되는 사람은 따로 있었다. 고교 동기 한 사람은 서울법대 재학중 고시에 합격하고 검사가 됐다. 그는 거대한 사다리를 타고 하늘에 오르듯 검사장이 되고, 대법관이 되고, 총리로까지 지명됐다. 국회의원에 당선됐더라면 지금쯤 대통령이 됐을지도 모른다. 그를 보면서 같은 꿈을 가졌어도 인생은 이렇게 다를 수 있구나 하는 생각이 들었다. 워낙 격차가 크니까 부러움을 넘어섰다. 그가 대검 중수부장을 할 때 우연히 만난 자리에서 내게 이런 말을 했던 기억이 있다.

"내가 당구를 좋아하는데 신문이나 방송에 얼굴이 팔려서 함부로 다닐 수가 없는 거야. 그래서 하루는 마스크와 안경을 쓰고 변두리 당구장에 가서 공을 쳤어. 그런데 옆에서 한 사람이 나보고 대검 중수부장을 닮았다는 거야. 아니라고 잡아뗐지. 그래도 힐끗힐끗 계속 쳐다보더라고."

얻는 게 있으면 잃는 것도 있다. 유명해질수록 자유와 즐거움을 빼앗기는 것 같았다.

그가 대법관일 때였다. 고교 동기 네 명이 모여 밥을 먹는 자리였다. 그 자리에 우연히 내가 끼었다. 대법관 생활을 하면서 그의 말투가 점잖아진 것 같았다. 그의 말을 듣던 한 친구가 갑자기 버럭 소리쳤다.

"야 이 자식아, 우리끼리 꼭 그런 투로 말해야겠냐? 너만 높냐? 나도 내 분야에서 너 정도는 된다. 우리 그러지 말자. 어릴 적 친구끼리 밥 먹는 자리 아니냐?"

대법관인 그가 잠시 침묵하더니 이렇게 사과했다.

"미안하다. 건방지게 살다 보니까 여기서도 그 버릇이 나오는 것 같다."

우리가 살던 세상은 자기 앞에 놓인 사다리를 얼마나 빨리, 더 높이 올라가느냐의 극한 경쟁이었다. 어디나 마찬가지였다. 지하 식당가에서도, 작은 음식점에서도 하루 몇 그릇을 팔았느냐로 경쟁하면서 남의 장사를 방해하고 미워하는 걸 보기도 했다. 그런 세상을 당연하게 받아들이고 나도 사다리 꼭대기로 올라가고 싶었다. 그런데 하나님은 나의 온갖 계획과 시도를 깨뜨려 버렸다. 인생의 배역도 남들에게는 주인공을 주고 박수갈채를 받게 하면서 나는 단역조차도 주지 않은 것 같다. 남들의 박수는커녕 적들만 떼로 보내는 것 같았다. 그분의 지팡이에 두들겨 맞고 나는 사다리에서 떨어져 바닥에 나뒹굴었다. 그 바닥에 누운 채 지나온 삶의 궤적을 더듬어 보았다.

높은 자리와 많은 돈을 얻을 수 있는 곳에 놓인 사다리가 전부인 줄 알았다. 그게 아니었다. 얼마나 높이 올라가느냐가 아니라 어디에 사다리를 놓느냐가 중요하다는 걸 깨달았다. 사다리를 놓을 곳이 다양하다는 걸 발견했다. 인생은 어느 시기건 그에 맞는, 그때만 느낄 수 있는 즐거움이 있다는 것을 알았다. 그것을 충분히 느끼며 살았다면 그런대로 가치 있는 인생이 아니었을까 하는 생각이 들었다. 나는 평범한 부명의 실을 백했다. 그 길은 각자 자기의 귀에 들려오는 자기의 음악대로, 자기의 박자대로 갈 수 있을 것 같았다. 세상을 보는 시각이 바뀌는 것이 구원이고, 즐거운 인생이라는 걸 깨달았다.

　나태주 시인은 시골 학교에서 아이들을 가르치는 선생님이었다. 그는 시의 세계에 사다리를 놓고 한 칸 한 칸 끝까지 올라왔다. 작고 향기로운 풀꽃인 그가 한여름 향기를 뿜어내면서 화려하게 피었다 진 장미보다 더 오래 가을 들판을 지키고 있다. 그는 장미가 부러울까.

좋은 책

화면 속에서 대담을 하던 90세 노인 이근후 박사가 갑자기 이런 말을 했다.

"법정 스님은 왜 '무소유'를 소유했을까요? 죽은 후에 자기 책을 더 이상 내지 말라는 게 그거잖아요?"

법정 스님이 쓴 여러 책들에 대한 저작권을 행사한 걸 의미했다. 더 이상 그 스님이 쓴 책들이 세상에 나오지 않았다.

30대 중반 무렵 우연히 작은 문고본 수필집을 읽게 됐다. 세로 글씨로 된 얇은 책이었다. 글 속의 여러 장면이 지금도 마음속에 생생하게 남아 있다. 서리가 내리는 늦가을, 김이 피어오르는 우물 옆에서 한 승려가 찬물에 빨래를 하고 있었다. 소박하게 사는 한 수도승의 모습이었다. 그는 생활에 필요한 최소한의 도구만 가지고 혼자 살고 있었다. 법정 스님의 수필집 『무소유』였다.

가을 계곡의 맑은 물 같은 그의 문장에 빠져들었다. 그 후 법정 스님의 책이 나오면 빠짐없이 거의 다 사서 보았다. 강원도 산골 외떨어진 오두막에서 사는 스님의 삶 자체가 세상에 던지는 메시지 자체였다. 그는 이따금 분노나 모멸감, 외로움 같은 감정들을 침묵의 체로 여과시켜 글로 보여 주었다.

스님이 며칠 동안 어디에 다녀오면, 그 사이 멀리 떨어진 마을에서 누군가 와서 문을 뜯어 놓고 방도 어질러 놓는 심술을 부렸다는 얘기가 들어 있었다. 세상에는 재미로 남을 해치는 존재들이 있다. 나는 애써서 분노를 자제하는 그의 인간적인 모습을 보았다. 한번은 스님이 양초와 성냥을 사기 위해 시골 가게로 들어갔을 때였다. 조각 유리창을 댄 방 안쪽에서 "거지"라는 소리가 들려왔다. 그는 못들은 척하고 물건을 사서 나왔다고 했다. 무시당하고 모멸감을 느끼는 삶의 한 조각이었다.

별이 총총한 늦가을 밤 갈대밭에서 그가 밤이 이슥하도록 혼자 노래를 부르는 장면은 아직도 나의 뇌리에 남아 있다. 그는 고독을 보라빛 노을이 아니라 '당당한 있음'이라고 했다. 그의 책들을 읽어가면서 어느 순간 그의 글들이 단순한 게 아니라는 걸 깨달았다. 그의 짧은 글들은 불교철학의 진수를 한가득 담고 있었다. 나는 압축된 경전 같은 그의 글에서 많은 정신적 영양분을 얻었다.

내가 20대 초쯤 스님과 잠깐 스쳐 지나간 인연이 있었다. 그때 나는 눈이 깊게 덮인 가야산 해인사의 암자에서 공부하고 있었다. 하루는 주지 스님의 방에 갔더니 한구석에 무서워 보이는 얼굴의 다른 스님이 앉아 있었다. 눈빛이 날카로웠다. 내게 닿는 눈빛이 나를 '출세주의 속물'로 보는 것 같았다. 그가 법정 스님이었다. 그해 겨울 나는 칼바람이 문풍지를 밀고 들어오는 암자의 골방에서 '내가 왜 유신헌법을 달달 외워야 하지?' 하고 의문을 던졌었다. 그해 나는 고시 1차에 떨어져서 그 절에서 쫓겨났다. 선승끼리 문답을 주고받을 때 한 대 때리기도 하듯이 나는 그 레이저 같은 눈빛에 영혼이 찔린 것 같았다.

법정 스님이 돌아가셨을 때 두 번째로 그를 봤다. 오후 늦게 나는 그의 육신이 아직 불에 타고 있는 조계산으로 찾아갔다. 송광사 입구의 한 음식점 앞에서였다. 머리를 깎고 승복을 입은 한 사람이 평상 위에 앉아서 술을 마시고 있었다. 내가 그에게 법정 스님의 다비 장소를 물었다.

"그 사람 누군지 몰라요. 우리 같은 스님이 아니오."

그의 어조에는 어떤 불쾌감마저 묻어 있는 것 같았다. 법정 스님이 왜 평생 산골 오두막에서 혼자 수도하고 살았는지를 알 것 같기도 했다. 나는 조계산의 중턱쯤에서 불이 거의 꺼져가는 장작더미를 만났다. 까맣게 숯이 된 장작 사이사이에서 파란 불이 혀를 날름거리고 있었다. 보라색 연기가 피어올라 소용돌이를 치면서 하늘로 올라가고 있었다. 주위에는 사람이 없었다. 나는 그곳에 놓인 영정사진을 보면서 마음으로 작별 인사를 했다. 그는 영정사진 속에서 무심히 다른 곳을 보고 있는 것 같았다.

스님의 수상집은 나를 포함해서 많은 사람들의 내면에 맑은 연못이 됐다. 그 책들을 읽고 여러 사람의 인생 궤도가 바뀌었다. 생전 그의 글을 다루던 샘터의 편집장은 법정 스님이 자기관리가 철저한 사람이라고 했다. 문장에 대한 노력도 대단하다고 했다. 극장에서 영화를 보다가도 좋은 대사가 나오면 바로 메모를 해서 모으는 걸 봤다고 했다. 그가 어떤 사람인지를 알 것 같았다. 그는 마지막에 자신이 쓴 모든 책을 절판해 달라고 유언을 했다. 왜 그랬을까. 여러 사람이 계속 보아야 할 좋은 책들인데……

잔인한 예쁜 여성

　머칠 전 동해에서 서울로 가는 KTX 열차 내에서였다. 나는 인터넷 앱을 통해서 기차표를 예매하고 탔다. 세상이 바뀌었다. 고시공부를 하듯 인터넷 앱을 공부하지 않으면 예전의 문맹같이 취급된다. 2년 전 소설가 김훈 씨의 집필실에서 이런저런 얘기를 나누다가 스마트폰에서 확인해야 할 사항이 있었다. 내가 우물쭈물하는 걸 보더니 그는 스마트폰을 모르는 자기보다 내가 더하다고 한마디했다. 그러면서 컴퓨터나 스마트폰을 작동시키지 못하는 현대에서 '장애'라고 표현했다. 그 이후부터 나는 장애 내지 문맹이 안 되기 위해 틈틈이 공부하고 있는 셈이다. 이제는 손녀의 힘을 빌리지 않고, 내 손으로 예매를 하고 로그인을 하는 게 자랑스럽기도 하다. 하여튼 내 손으로 표를 예매한 기차를 타고 진부역을 지날 무렵이었다. 한 젊은 여성이 좌석에 앉아 있는 내게 다가와 말했다.

　"여기는 제 좌석인데요."

　그녀는 손에 쥐고 있는 스마트폰의 화면을 내게 보여줬다. 좌석 번호가 내가 앉아 있는 자리였다. 이상했다. 나도 내 스마트폰 속의 표를 다시 확인했다. 이미 두 번 세 번 확인했었다. 분명 내 자리가 맞았다. 그러나 그녀는 늙은 내가 남의 자리에 앉아 있다고 확신하는 표정이었다. 나도 자신이 없었다. 카톡을 확인했다. 예약이 완료되고 돈이 지급됐다고 확인 문자가 와 있었다. 그걸 보여 주었다. 그래도 젊은 여성은 내가 뭔가 틀렸을 거라는 얼굴을 하고 있었다. 그때 승무원이 다가왔다.

"제 자리에 이분이 앉아 계시네요."

젊은 여성이 승무원에게 나를 가리키며 말했다.

"이런 경우 대개 나이드신 분이 틀리는데……."

승무원이 순간 혼잣말같이 중얼거렸다. 그 말에는 노인이 잘못했을 것이라는 어떤 고정관념이 진하게 묻어 있었다. 내가 스마트폰 속의 기차표를 승무원에게 보여 주었다. 승무원이 그걸 보더니 고개를 갸웃했다. 그 여성과 내 승차권의 좌석이 일치하기 때문이었다. 같은 시간에 가는 기차면 그럴 수가 없기 때문이다. 승무원은 이번에는 그 여성의 스마트폰을 받아 기차표를 한참 보다가 말했다.

"날짜가 틀리네요. 오늘이 아니고 내일 기차를 예약하셨네요."

그 여성의 착오였다. 나는 IT시대에 살아남은 듯한 작은 승리감을 느꼈다. 열심히 공부한 보람이 있는 것 같았다. 노인 나라의 시민이 되었지만 공연히 빈 깡통이 되어 소리치지도 말고, 주눅들지도 말자고 다짐했다.

어제 카톡으로 동영상이 하나 전송되어 왔다. 지하철 안에서 노인과 20대 여성이 심하게 싸우는 장면이었다. 젊은 여성이 앙칼진 목소리로 욕설을 하면서 들고 있던 핸드폰으로 노인의 머리를 계속 내리치고 있었다. 노인의 머리에서 피가 흘러나오고 있었다. 왜 그런 일이 벌어졌을까?

추행이라도 당해 분노해서 그런 것일까? 젊은 여성은 갸름한 턱선에 예쁘게 생긴 얼굴이었다. 그러나 핸드폰으로 노인의 머리를 계속 내리치는 그녀의 잔인성이 그녀의 미모를 지워버리는 것 같았다. 카톡의 영상화면에는 간단한 사건 내용이 적혀 있었다. 지하철 바닥에 침을 뱉는 젊은 여성에게 주의를 주다가 그랬다는 것이다.

화면을 보다가 좀 이상한 느낌이 들었다. 지하철 안에는 승객들이 있었다. 여성이 핸드폰으로 노인의 머리를 내리쳐도 말리는 사람이 없었다. 노인이 피를 흘리면서 도망하려는 여성을 잡으려고 하자 굵은 팔이 나타나서 노인을 제지했다. 그 두툼한 손의 주인은 젊은 사람인 것 같았다. 말리려고 했다면 먼저 여성을 말렸어야 하지 않았을까. 나도 노인 세대로 들어서인지 뭔가 묘한 감정이 들었다. 노인들이 느끼는 피해의식 비슷한 게 아닐까. 노인은 추하고 더럽고 둔하다는 '에이지슴'이 이 사회에 스며든 지 오래다.

젊은 세대에 팽배해 있는 불만이 노인세대에 대한 증오로 변한 것처럼 느껴지기도 한다. IT시대의 노인은 어쩔 수 없이 사회적 약자였다. 기계도 70년 이상 쓰면 붉은 녹물이 흘러내리고 부서지기 마련이다. 젊은 사람들에게 무시당해도 어쩔 수 없는 일이다. 늙고 병들고 약해졌기 때문이다. 인내하는 게 노인의 태도가 아닐까. 그렇게 비도덕적으로 행동하는 젊은 사람의 인격에 문제가 있는 것으로 취급하고 말이다. 바른 정신을 가진 사람이라면 그렇게 행동하지 않는다. 동영상을 보면서 나 혼자 상상해 봤다. 만약 그 노인이 젊은 여성이 지하철 바닥에 뱉어 놓은 침을 말없이 휴지로 닦아냈다면 어땠을까. 물론 쉽지 않은 일이다.

예전에 한 회사의 초로의 사장이 모범적인 행동을 하는 걸 본 적이 있다. 그는 맨손으로 화장실의 변기를 청소했다. 그리고 수건으로 남성 소변기 앞에 떨어진 오줌을 깨끗하게 닦았다. 그걸 보면서 뭉클한 감동을 느꼈다. 내가 다니던 교회를 보면 장로들이 화장실을 반들반들하게 닦아 놓고 있었다. 예수는 십자가 위에 올라 죽음을 받아들이는 모범을 보였다. 십자가는 상징과 은유다. 노인들이 본보기가 되는 행동으로 젊은 사람들을 감동시키는 세상을 만들어야 하지 않을까. 함께 살아가는 세상이 좀 더 부드러워졌으면 좋겠다.

내면의 상처 드러내기

나이가 들면서 자신에게 너그러워져야 한다는 걸 새삼 느낀다. 그 너그러움에는 나의 지난 잘못을 마주하고 치부를 드러낼 수 있는 것도 포함된다. 어떻게 살았건 간에 자신의 모든 인생을 솔직하게 내보이는 것은 인생을 마무리하는 방법 중의 하나가 아닐까. 세월이 가니 보따리에 담아 내면의 다락방에 꽁꽁 숨겨두었던 것들을 하나씩 풀어내는 사람들을 본다.

내가 20대 때 거리의 전파상 스피커마다 가수 윤항기의 노랫소리가 너울지며 퍼져 나오곤 했다. 쉰 목소리 속에 감미로우면서도 애잔한 감정이 담겨 있었다. 그는 노을지는 호숫가에 사는 낭만가객 같았다. 어느 다큐멘터리에서 그를 본 적이 있다. 그는 청계천 다리 밑 한쪽 벽을 바라보며, 그곳에 있던 거지 움막에서 구걸로 유년 시절을 보냈다고 했다.

대가수인 송창식 씨도 방송에 나와서 숙식을 해결하기 위해 노래를 부르게 됐다고 했다. 그는 서울역 부근에서 몇 달간 노숙을 한 사실도 덧붙였다. 대중의 인기를 먹고 사는 스타가 참담했던 과거를 어떻게 그렇게 적나라하게 드러낼 수 있을까. 현재의 빛나는 성공이 과거를 덮어 준다고 해도 쉽지 않은 일이다. 속인인 나의 잣대로는 적당히 분칠해서 청록빛 안개 저쪽에 묻어 두는 게 좋다는 생각이기 때문이다.

그래서인지 요즈음 나는 자기의 상처를 활짝 드러내는 사람들을 보면 놀랍기도 하고, 그 용기가 부럽기도 하다. 대학 졸업 무렵 나는 눈 덮인 가야산의 한 작은 암자에서 공부를 하고 있었다. 그때 옆방에는 작달막한 내 또래의 남자가 묵고 있었다. 그나 나나 장학금을 받아 힘겹게 사는 입장이었다. 영하 15도 아래로 수은주가 내려가던 날 밤, 우리는 요사채 밖 아궁이 앞에 쭈그리고 앉아 꺼진 장작불에 돌같이 굳어버린 떡을 굽고 있었다. 허기진 배를 달래기 위해서였다. 팽팽한 밤하늘에 별까지 얼어 있었다. 검댕이가 묻고 오래되어 돌같이 굳은 떡을 이빨로 물어 뜯으면서 그가 내게 이런 말을 했다.

"우리 아버지는 남의 집 묘지기를 하면서 받은 밭 두 마지기 농사로 우리 형제들을 키웠어요. 우리 집보다 더 가난한 집은 없을 거예요. 그런 속에서 살다 보니 나는 썩지만 않았으면 어떤 음식도 먹을 수 있어. 만약 내가 고시에 붙고 검사가 된다면 고깃집 딸한테 장가들고 싶어."

그의 말에는 처절함이 묻어 있었다. 지방대를 나온 그는 명문대 고시생 사이에서 기가 죽어 있는 것 같았다. 그는 다행히 대학 4학년인 바로 그해 고시에 합격하고 검사가 됐다. 그에 대한 기억이 세월이 가도 잊히지 않았다. 나중에 한 잡지 표지에서 중후한 검사장의 모습으로 인터뷰를 하는 그의 사진을 보았다.

사법연수생 시절에 판사 업무를 배우기 위해 성남법원에 갔을 때였다. 나는 두 명의 판사가 근무하는 판사실의 구석에서 몇 달간 근무했다. 그 방에 있는 두 명의 판사는 전혀 다른 성격이었다. 한 판사는 말이 없는 사람이었다. 바로 옆의 동료 판사에게도 꼭 필요한 말이 아니면 하지 않았다. 그의 주변에는 엄숙한 공기가 감도는 것 같았다. 그와 반대로 책상을 나란히 놓고 있는 옆에 있는 판사는 다른 모습이었다. 마음이 활짝 열려 있는 사람 같았다. 어느 날 오후 그가 이런 말을 했었다.

"우리 아버지는 택시 한 대로 우리 형제들을 키우셨어요. 나는 아침에 일어나 아버지의 택시를 광이 나도록 깨끗이 닦아놓고 법원으로 출근해요. 손님이 앉는 자리도 걸레를 가지고 흠 하나 없이 닦는다니까요. 더러 피가 묻어 있는 때도 있고, 오물이 묻어 있는 때도 있어요."

그는 판사로 나를 지도하는 입장이었다. 조금은 무게 있게 보이고 싶었을 것이다. 쉽게 나올 말이 아니었다. 나는 그에게서 인간의 냄새를 맡았다.

전쟁으로 도시가 파괴되기 전 시리아를 여행한 적이 있다. 여행길에 대통령의 인척이고 그 위세가 대단했던 재무장관 부부를 만났다. 여행길에서 익숙해지자 어느 날 저녁 장관은 이런 과거를 털어놓았다.

"6·25전쟁 때 제가 잠시 거지 노릇을 했어요. 제가 다른 거지 아이들보다 밥 얻어오는 재주는 탁월했어요. 어느 집 아줌마가 인정이 있고, 언제 가야 밥을 줄지를 내가 눈치채고 다 기억하고 있었으니까.”

귀족 풍모를 가져서인지 나는 그를 도련님으로 성장했을 거라고 생각했었다. 권위를 내려놓은 그에게 친근감이 느껴졌다.

우리 때의 용은 자기의 고향이 개천이었다고 말하기를 꺼렸다. 흙수저 출신인 자신을 숨기고 금수저인 척 위장하고 싶었기 때문인지도 모른다. 검사장으로 이름을 날리던 어떤 분은 그 어머니가 머리에 함석 ‘다라이’를 이고 기지촌을 돌아다니던 젓갈 장수였다는 소리를 들었다. 그 비슷한 경우가 많았다. 지금 그의 부인이나 아들딸들이 대단한 귀족 의식을 가진 걸 보면 아이러니한 세상 같다. 재벌이나 장관이나 법관들이나 다 한 꺼풀 벗겨 위로 올라가면 대부분 거기서 거기 아닐까 싶다. 어떻게 살아왔든지 모든 인생을 솔직하게 내보이는 것이야말로 인생을 멋있게 마무리하는 방법이 아닐까.

물론 무덤까지 그 비밀을 가지고 가야 하는 경우는 예외다. 세월이 흐르고 황혼에 이른 요즈음에야 비로소 나 자신을 솔직히 바라보려고 애쓴다. 쓰라렸던 실패와 절망을 많이 떠올린다. 그리고 부끄러운 점, 감추고 싶은 점을 있는 그대로 말하려고 노력하고 있다. 경청을 해 주는 사람 앞에서 자기의 치부를 말하는 것은 깨끗한 강물에 상처를 닦는 것과 비슷한 게 아닐까.

곱게 늙어간다는 것

실버타운에서 2년이 넘게 생활을 했다. 실버타운은 어떻게 늙어갈지를 배운 좋은 교육장이었다고 할까. 노인들의 성품도 여러 종류였다. 잘 익은 과일처럼 단물이 흐르는 곱게 늙은 분들이 있다. 그런 분들은 말이 없이 조용했다. 온화한 얼굴에 항상 미소가 떠나지 않았다. 자신의 생일날이 되면 이웃 노인들에게 떡이나 과일을 돌려 함께 나누는 모습이었다. 그런 분들은 자신의 과거 얘기를 하지 않는다. 학벌이나 재산이나 지위에 관해서 철저히 침묵했다. 그래도 암암리에 그가 어떤 사람인지 알게 된다. 그들이 겸손한 사람이라는 걸 뒤늦게 알았다.

전문직이란 노후에 좋은 직업인 것 같다. 80대 중반의 의사 출신 노인이 실버타운에 묵고 있었다. 의원을 개설하고 평생 일을 하다가 노년에 실버타운에 들어왔다는 분이었다. 그는 실버타운에서 일주일에 이틀 성노 이웃 노인들을 무료로 진료해 주었다. 노인들은 그에게 감사와 존경을 표했다. 그걸 옆에서 지켜보면서 이웃에 도움을 줄 수 있는 직업이 얼마나 좋은 것인지 깨달았다.

내면에 은은한 사랑이 넘치는 노인들도 곱게 늙어가는 사람들이었다. 생명에 대해, 사람과 사물에 대해 민감하게 느끼는 분들을 보았다. 바닷가 모래 위를 걷다 보면 날카로운 바늘이 달린 폐낚싯대들이 더러 보인다. 누군가 밟으면 크게 다칠 것 같다. 그런 것들을 주워서 쓰레기통에 버리는 노인을 봤다. 어떤 노인들은 직접 쓰레기 봉지를 구입해서 바닷가에 버려진 쓰레기들을 줍기도 한다. 또 다양한 봉사활동에 참여하는 노인들도 있다.

그 반대편에 있는 노인들도 있다. 공동식당에서 자기 자리를 고집하는 노인들이다. 자유롭게 앉을 수 있는 곳이고, 다른 자리들이 비었는데도 양보할 줄을 모른다. 주변의 시끄러운 소리에 예민하게 반응하는 노인도 있다. 사소한 일에 분노하여 격한 싸움까지 가기도 한다. 서로 과거의 지위를 비교하면서 싸우는 것도 봤다. 조그만 지적에도 화를 내기 일쑤인 화 폭탄을 품은 것 같은 노인들도 있다. 자존감이 낮아서 자격지심으로 분노하는 경우도 봤다. 스스로를 존중하는 힘이 약하면 쉽게 분한 마음들이 일어나는 것 같았다.

곱게 나이 먹는다는 것은 무엇일까. 나쁜 감정을 드러내지 않고, 모나지 않는 행동으로 주위 사람들에게 폐를 끼치지 않는 게 아닐까. 일상에서 일어나는 작은 감정들을 잘 다스릴 줄 알아야 할 것 같다. 인간은 늙어도 사회적 교육에 의해 변할 수 있기도 하다. 내가 묵는 실버타운의 목욕탕에서 따뜻한 물이 담긴 탕에 몸을 담그고 있을 때였다. 마주 보이는 노인과 눈이 마주쳤다.

나는 그에게 고개를 숙여 인사했다. 그는 잠시 생각하는 표정이었다. 그의 기억 서랍을 뒤져 나의 존재를 찾는 것 같았다. 그러다가 내게 물었다.

"모르는 분인 것 같은데 왜 나에게 인사하죠?"

"어색하게 외면하거나 눈을 감는 것보다 인사하는 게 더 좋지 않겠습니까?"

그는 마을의 노인이었다. 다음부터 그 노인은 멀리서도 나를 보면 얼른 고개를 숙이고 인사했다. 세상은 어떤 분위기가 지배하느냐에 따라 달라질 수 있는 것 같다. 내가 매일 가는 목욕탕에는 사람들이 사용한 의자들이 항상 여기저기 널려 있었다. 나는 의자를 사용한 후에는 샤워기로 앉았던 자리와 사용한 수도꼭지에 묻은 비누거품을 씻었다. 그리고 그 의자를 원래 있던 자리로 가져가 포개 놓았다. 얼마의 시간이 흘렀다. 노인들이 어느새 나를 따라하는 것 같았다. 요즈음 목욕하러 가면 목욕탕의 바닥이 깨끗하게 정돈되어 있는 걸 본다. 작지만 좋은 일도 전염성이 있는 것 같다. 따지고 보면 외환위기 때 사람들이 너도나도 집에 있는 금반지를 들고 나와 기부한 것도 그런 것이 아닐까. 세계가 놀란 우리 국민의 특징이다.

곱게 늙어가려면 젊이서부디 이웃과 작은 사랑을 나누는 사회적 훈련이 필요하지 않을까. 어색하고 쑥스러워서 선뜻 나서지 못할 뿐이지, 앞서가는 모범적인 양 역할을 하는 사람만 생기면 따를 사람들이 많을 것 같다.

4장

노년의
자잘한 즐거움

사진 찍어 주는 노인

25년 전 시베리아 횡단열차 안에서 만났던 '주 씨'가 뜬금없이 마음속으로 찾아왔다. 그는 평생을 혼자서 옥수동 달동네에서 살았다고 했다. 직장의 하급 기술자로 살던 그에게 노년의 행운이 찾아왔다. 달동네가 개발되는 바람에 온수와 수세식 화장실이 있는 아파트를 분양받아 살게 됐다. 퇴직금으로 상가 하나를 사서 그 임대료로 노후에 편안한 생활을 하게 됐다고 자랑했다. 늙어서 자칫하면 폐지를 주우러 다닐 수도 있었을 텐데, 이렇게 잘살게 될 줄 몰랐다면서 싱글벙글이었다.

그는 수시로 신문 광고에 나오는 패키지 해외여행을 찾아 낡은 카메라를 들고 길을 떠난다고 했다. 여러 사람과 여행을 하는 순간만큼은 가족이 있는 것 같아 외롭지 않다는 것이다. 여행을 하면서 그는 동행하는 사람들의 기뻐하는 표정들을 자기의 낡은 카메라에 담았다. 그리고 돌아와서는 인화한 사진을 예쁜 액자에 담아 선물을 하는 게 취미라고 했다. 그가 양파 같은 모스크바광장의 오색찬란한 탑 밑에 서 있던 나의 모습을 찍어서 선물로 보내왔다. 그냥 있을 수 없어 저녁을 한 끼 사겠다고 연락을 해서 그를 만났었다.

"이걸 주려고 가지고 왔는데."

그가 만나자마자 배낭에서 가지고 온 물건들을 꺼내기 시작했다.

"이건 작은 도마예요. 혼자 살면서 음식을 해봐서 아는데 도마가 크면 못써요. 그리고 이건 감자 깎는 칼, 계량컵, 바늘쌈지예요. 이 바늘쌈지는 요즈음 구하기 어려워요. 그리고 마지막으로 머리빗이 있어요."

어린 시절, 소꿉질 놀이 장난감을 받은 기분이었다. 그가 덧붙였다.

"금호동 시장에 가면 돼지고기 한 근에 3천8백 원 해요. 그걸 사다가 잘라서 냉동고에 보관했다가 먹으면 아주 좋아요. 그런데 내가 단 걸 좋아하는 바람에 자꾸만 살이 쪄요. 그래도 아직 당뇨는 없어요."

나는 그와 함께 종로5가 뒷골목에 있는 생선구이 밥집으로 갔다.

"주 선생은 하루 일과가 어때요?"

혼자 사는 노인의 일상이 궁금했다.

"아침에 일어나면 아파트 아래 신문보급소로 갑니다. 거기는 모든 신문들이 남아돌아요. 그걸 공짜로 한 부씩 얻어다가 읽으면 금세 두 시간이 넘어가요. 오후가 되면 슬슬 시내로 나가죠. 대형서점으로 가서 책이 뭐가 나왔나 살펴보고 거리를 산책하다

보면 저녁때가 됩니다. 그러면 이 밥집으로 오지요. 이 밥집 여주인은 생선을 한 번에 다 굽지를 않고 반쯤 구웠다가 손님이 와서 주문하면 그때 다시 완전히 구워서 내놓죠. 그래야 맛이 좋죠. 그 정성이 대단해요. 밤에는 유선방송을 보는데 NHK 같은 일본 방송은 대충 눈치로 보는데 그래도 기가 막혀요."

뚱뚱한 외모와는 달리 그는 세상 돌아가는 데 민감한 것 같았다.

"맨날 혼자 지내는데 밤에 갑자기 아팠던 적은 없어요?"

"그런 일 없어요."

그의 단호한 대답이었다. 순간 나는 그의 표정에서 언제라도 죽음이 다가오면 맞이할 각오를 보는 느낌이었다. 그래서 나의 질문을 일축하는 것 같았다.

"혼자 살면서 어떤 때가 힘들어요?"

내가 물었다.

"어젯밤 11시에 갑자기 길거리로 나갔죠. 갈 데가 한 곳도 없고, 만날 사람도 없었어요. 술을 먹지 못하니까 술집에 갈 수도 없고, 내가 참 고독한 사람이라는 걸 자각했죠."

"늦더라도 결혼을 하시지 그래요?"

"아니에요. 평생 혼자서 살아왔어요. 이대로 살다가 갈랍니다. 그게 편해요."

그와 밥집에서 나와 종로거리를 걸을 때였다. 그가 갑자기 거리의 복권 판매대에서 천 원짜리 복권 한 장을 사면서 말했다.

“나는 일주일마다 복권을 한 장씩 사요. 그건 우리 같은 사람들에게는 꿈을 사는 거죠. 일주일 동안 그 작은 꿈을 가지고 있으면 그래도 즐겁죠.”

혼자 씩씩하게 살아가는 그의 늙음은 당당해 보였다. 인간이란 결국은 모두 겨울나무같이 혼자서 이 세상의 시간과 공간을 이겨내는 존재인지도 모른다. 그가 천국에 가지 않았다면 지금쯤 아흔 살 정도일 것 같다. 여행하는 사람들 가운데 끼어 낡은 카메라로 조용히 사진을 찍어 주던 그의 모습이 떠오른다.

은퇴의 쾌락

나는 매일 오후 산과 어우러진 해변을 산책한다. 지는 해의 투명한 빛이 바다와 어우러진 나지막한 산 능선의 나무들을 황금빛으로 비추고 있다. 툭 트인 청담색 바다에서 하얀 물결을 얹은 파도가 상큼한 바람과 함께 밀려온다. 밤이 오기 직전, 바다와 하늘에 번지는 파스텔 색조의 짧은 황혼은 신비한 아름다움의 극치다. 마지막 잔광과 어스름이 서로 어우러지는 광경을 보면서 나는 황홀한 자유를 느낀다. 그리고 잔잔한 행복을 느끼며 나의 방으로 돌아온다.

실버타운의 한 노인의 말이 떠오른다. 인생도 황혼에서 밤이 되기 전의 짧은 틈을 놓치지 말아야 한다는 것이다. 아흔 살이 된 그 노인은 미국에서의 58년의 생활과 재산을 놔두고, 동해 바닷가의 실버타운 내 소박한 방을 얻어 은자같이 살고 있다. 그 노인은 나이를 먹는다는 건, 좀 더 깊이 볼 수 있게 된다는 거라고 내게 말했다. 맑은 녹색의 속이 들여다보이는 투명한 바다, 하얀 눈이 덮인 푸른 소나무의 청초함, 수많은 빛이 구름을 물들이는 아름다운 하늘을 세상에 휩쓸려 살 때는 볼 수 없었다고 했다.

나는 바닷가에 와서 '은퇴'라는 단어를 떠올리고 있다. 나는 프로의 세계는 은퇴가 없다는 생각이었다. 변호사라는 전문직은 누가 강제로 무대에서 쫓아내지 않는다. 변론을 하고 사무실에서 준비서면을 쓰다가 죽으면 나름대로 보람찬 인생이라는 생각을 해왔다. 그러다가 생각이 조금씩 변해가는 걸 느낀다.

선배 변호사 중에는 날마다 사무실에 출근해야 마음이 안정된다고 하는 사람이 있다. 늙은 변호사에게 더 이상 사건을 맡기려고 오는 의뢰인들은 없다. 그런데도 그는 하루 종일 책상 앞에 앉아 있다. 자기가 평생 앉아 있던 의자와 쓰던 책상을 벗어나기 두려워한다. 어느새 그는 의자가 되고, 책상 자체가 되고 말았다. 그 변호사를 보면서 말뚝에 쇠사슬로 매어 놓은 아기코끼리를 떠올린다. 코끼리는 다 커서 그 사슬이 풀려도 그 자리를 떠날 생각을 하지 못한다.

어제 우연히 유튜브 화면에서 80대 원로 배우 김혜자 씨의 인터뷰 장면을 봤다. 그녀의 얘기 중에 이런 말이 인상 깊었다.

"옛날에 잘 외워지던 대사가 이제는 두 번 세 번 봐도 외워지지 않아요. 그래도 외워지는 게 감사해요. 앞으로 외워질 때까지 연기를 할 거예요. 나는 연기 외에는 아무것도 모르고 살아왔어요. 살림도 할 줄 몰라요."

평생 자기 일에 전념하는 그녀에게 박수를 보내고 싶었다. 동시에 인생의 황혼녘에서 이제는 밤이 오기 직전의 짧은 틈을 내서 모든 걸 내려놓고 어릴 적 보던 밤하늘의 별을 다시 보는 건 어떨까 하는 생각도 들었다. 이어령 교수가 대학에서 퇴임하며 쓴 소회의 글을 읽은 적이 있다. 낙엽이 되면 아직 윤기가 있을 때 빨리 나뭇가지에서 떨어져야 지나가는 소녀의 책갈피에라도 들어갈 수 있다며 퇴임에 대해 문학적인 표현을 했다. 새잎들이 돋아나는데 혼자만 쭉정이로 남아 있는 건 흉하다는 것이다.

일정한 순간이 되면 세상의 하던 일을 내려놓고 새로운 기쁨을 찾는 궤도 수정도 괜찮은 일이 아닐까. 오래전 사업으로 성공했던 한 노인을 본 적이 있다. 그는 일정한 나이가 되자 단호하게 하던 일을 접었다. 그러고는 그 다음날부터 부부가 아침에 집을 나섰다. 그는 매일 자기와 아내가 써야 할 일정액의 돈을 정했다. 적은 액수가 아니었다. 그 돈으로 명품을 사도 좋고 호텔에서 좋은 음식을 먹어도 공연을 봐도 괜찮다. 자기가 기부하고 싶은 곳에 기부를 하는 것도 환영이었다. 다만 하루에 쓰기로 한 돈은 남기지 않는 것으로 부부가 정하고 실천했다. 그 사업가 노인은 10년 동안 그렇게 실천을 하다가 저세상으로 건너갔다. 인생 말년에 그렇게 돈을 쓰는 것도 괜찮은 방법임을 배웠다.

실버타운의 한 노인이 이런 말을 하는 걸 들었다.

"은퇴는 새로운 즐거움을 맞이하는 겁니다. 허접한 사람보다 하나님과 이야기하는 시간이 많아지죠. 연기가 피어나는 부성석인 뉴스보다 진리를 배우는 일이 많아지는 것 같아요. 의미 없는 교제들이 사라지고 성실한 친구와만 사귈 수 있어요. 은퇴는 이익이지 손해는 아니에요."

버킷리스트에 쓸 게 없다

호스피스 병동에서 오랫동안 일한 의사의 얘기를 들었다. 그는 1천 명가량의 죽음을 선고했다고 했다. 그는 삶의 종점에 이른 사람들의 마지막 소원에 대해 이런 말을 했다.

"영화나 드라마를 보면, 사람이 마지막 순간에 한이 서린 채 유언을 하고 고개를 떨구는 장면이 많은데 제가 본 건 그렇지 않았어요. '해 볼 거 다 해 봤다, 후회 없다'라고 하면서 죽는 걸 많이 봤어요. 그리고 죽는 순간의 마지막 소원도 사소한 것이었어요. 노숙자로 살아왔는데 교회에 한 번 가 보고 싶다는 분도 있었고요. 무용가가 죽기 전에 공연을 보고 싶다고 하기도 했어요. 술 좋아하던 분은 마지막으로 술을 한 잔 마시고 싶다고 하고, 바둑을 좋아하던 분은 친한 사람과 마지막 대국을 하고 싶다고 했어요. 매일 산책하던 길의 카페에서 향기 좋은 커피를 한 잔 마셨으면 하는 소원도 있었죠."

인간이 마지막으로 원하는 건 소소한 일상의 즐거움이 많은 것 같았다. 더 출세하고 더 돈을 벌고 싶은 소원은 없는 것 같았다.

실버타운에서 일 년 동안 노인들과 밥을 같이 먹으면서 그들을 보아왔다. 실버타운도 과정이 느릴 뿐 호스피스 병동과 공통점은 죽어감이 아닐까. 범위를 넓게 잡으면 인간은 태어나면서 죽어가는 과정이다. 정년퇴직을 하고, 일에서 밀려난 노인들은 정서적 허기를 느끼는 것 같다. '내가 아니면 안 돼'라는 생각으로 일을 해왔는데 그가 아니라도 세상은 잘 돌아갔다. 거기서 마음의 공허를 느끼는 것 같다. 그 허한 마음을 채우기 위해 골프를 치고, 악기를 배우고, 해외여행을 하기도 한다. 그래도 그들 마음의 빈 공간은 채워지지 않는 것 같다.

노후의 골프와 악기, 해외여행, 명상, 독서 같은 것들이 정말 그들이 원하는 것일까? 수십 년 동안 공무원이나 교사로 근무했던 분들은 긴 세월을 함께한 자기의 책상과 서랍을 그 자신으로 여기는 것 같다. 그들의 영혼은 어쩔 줄을 모르고 허둥대고 있는 것 같기도 하다. 나는 40대 초쯤 노년까지 내게 성취감을 줄 즐거운 것이 무엇인지를 생각했었다. 전문직이라도 일정한 나이가 지나면 하던 일이 없어지기 때문이다. 그 때 일선에서 물러난 70대 중반의 신부님을 만나 물어보았다.

"지금 무엇이 노신부님을 행복하게 합니까?"

평생 독신으로 일선에서 물러나 은퇴한 신부들이 사는 곳에 있는 분이었다. 그는 신중한 얼굴로 이렇게 대답했다.

"나이 칠십을 넘은 지금까지 신학을 공부해왔어요. 그런데 이제 와서야 어렴풋하게나마 무엇인지 알 것 같아요. 굳이 표현하자면 약간의 지혜를 얻었다고 할까. 요새 와서는 이런 상태가 조

금이라도 오래갔으면 하고 소망해 봅니다. 알지 못하고 10년을
사는 것보다 느끼면서 하루를 사는 게 더 좋은 거라고 생각하니
까. 젊어서는 미망과 유혹에 수시로 마음이 들끓었죠. 나이든 지
금에서야 맑은 물처럼 내면이 잔잔해지는 걸 느껴요. 정말 이런
상태가 계속 됐으면 좋겠어요. 그렇지만 하느님이 언제라도 데
려가시면 할 수 없는 거죠. 밤늦게까지 공부하다가 불려가면 내
일 아침에는 그곳에서 하느님한테 직접 배우고 공부하면 되는
거 아닐까라는 생각이에요.”

깊은 의미가 담겨 있는 대답이었다.

세월은 어느새 나를 그 노년의 신부 나이로 떠밀어 놓았다. 요
즈음 나는 ‘내가 정말 원했던 게 뭐였지? 그리고 지금은 뭘 원하
지?’라고 내 스스로에게 묻곤 한다. 소년 시절의 행복에는 조건
이 붙어 있었다. 명문 중·고등학교와 명문대학을 가야 행복할 것
이라는, 세상이 만들어 준 행복의 조건이 있었다. 그래도 나의
경우는 본능적으로 매순간마다 소소한 즐거움을 놓치지 않으려
고 애를 쓴 편인 것 같다.

초등학교 시절, 나는 만화와 영화를 볼 때 행복했다. 만화방
을 순례하고 변두리 삼류 극장의 컴컴한 구석에서 찰리 채플린
의 무성영화를 봤다. 극장주 아들과 친구인 관계로 나는 공짜로
영화를 볼 수 있는 행운까지 얻었었다. 극장 휴게실에서 공부하
면 공부도 더 잘 되는 것 같았다. 중·고등학교 시절에도 그때그
때 내가 하고 싶은 일을 그냥 저지른 편이다. 음악감상실에도 가

고, 호프집에도 갔다. 무전여행을 하기도 했다. 그냥 입시에만 매몰되어 살면 나무에 매달린 텅 빈 곤충의 껍데기처럼 될 것 같았다.

대학 시절에는 고시를 핑계로 전국 사찰을 유람했다. 거제도 해금강 암자에서 시작해서 팔공산의 염불암, 문경의 사불산 대승사, 가야산의 원당암, 태백산의 청원사 등 여러 사찰을 다녔다. 그러다가 얼어붙은 강 위에 눈이 하얗게 쌓인 북한강가의 방 갈로에서 한겨울의 낭만을 즐기기도 했다. 젊은 감성이 있을 때 밤하늘을 가로질러 흐르는 은하수를 못 보고, 계곡의 맑은 물이 흘러가는 소리를 듣지 못한다면 나중에 그런 아름다운 존재들에 대한 그리움을 모를 것 같았다.

오래된 절인 문경 대승사의 요사채 구석방에 묵을 때였다. 한여름 밤이 깊어진 2시경, 장지문을 열어 둔 채 촛불 앞에서 책을 읽고 있을 때였다. 갑자기 알 수 없는 어떤 환희가 나를 감쌌다. '지금 이대로의 상태로도 난 평생 행복할 수 있어'라는 충만감이 드는 것이었다. 행복은 고시 합격이라는 조건을 성취해야만 오는 게 아니라 지금 그대로 충분하다는 느낌이었다. 그리고 감사의 마음이 저절로 드는 것이었다.

군대 생활을 하고 변호사를 하고 공직을 거치면서도 나는 매 순간 '이런 일들이 지금 현재 내게 즐거움을 주는가?'를 기준으로 생각했다. 출세나 돈, 명예보다 인생 마지막까지 내가 즐거울 일을 찾았다. 단 한 가지라도 원하는 게 없이 죽는 사람이 되고 싶었다고 할까. 약간의 여행비만 마련되면 세계를 누비고 다녔다. 나중에 후회하지 않게, 눈이 건강할 때 읽고 싶은 책들도 많이 읽었다. 늙어서 갑자기 어설프게 뭔가 시작하지 않기 위해, 정말 내가 좋아하는 게 뭔지, 그리고 잘할 수 있는 게 뭔지를 찾았다.

오늘은 양양 쪽 바닷가 마을로 가서 '섭국'을 먹었다. 홍합으로 만든 국이다. 음식점을 나와 삼척 부근의 초록 보석 같은 바다를 내려다보면서 산책했다. 나는 버킷리스트에 쓸게 없는 사람이다.

주는 즐거움

점심때 동해시의 작은 소머리국밥집에 갔다. 우연히 거기서 같은 실버타운에 있는 아흔다섯 살의 노인을 봤다. 간병인과 함께 국밥을 먹고 있었다. 모처럼 외식을 하러 나들이를 온 것 같았다. 말이 없으면서도 환하고 밝은 미소가 아름다운 노인이었다. 마음도 넉넉해 보였다. 혼자 살면서 생일에는 떡 한 덩어리라도 다른 노인들에게 돌렸다. 나는 갑자기 그 노인에게 밥을 사고 싶은 생각이 들었다. 그래서 나올 때 카운터에서 그 노인과 간병인의 밥값을 조용히 치렀다. 기분이 좋았다.

가난했던 소년 시절, 친구들한테서 짜장면이나 곰탕 같은 걸 자주 얻어먹었다. 감사했다. 그렇지만 빚진 것처럼 마음이 편하지는 않았었다. 젊어서는 접대를 하느라고 남들에게 밥을 산 적이 있다. 부담스럽고 그 비용이 아까울 때도 있었다. 나이 먹은 이제야 마음이 시키는 대로 밥을 사게 됐나. 예수가 말한 것처럼 받는 것보다 주는 게 즐겁다는 걸 깨달았다고 할까.

여섯 달쯤 전일까. 실버타운 근처에서 서성이는 뼈만 앙상하게 남은 길고양이를 봤다. 마음이 애잔했다. 마트에 가는 길에 사료를 한 포대 샀다. 그리고 실버타운에서 일하는 분에게 고양이에게 밥을 줬으면 좋겠다며 부탁했다.

엊그제는 내 방 창문을 통해 그 고양이가 실버타운 앞마당을 걸어가는 모습을 봤다. 살이 통통하게 찌고 노란 털에서 윤기가 흘렀다. 그 뒤를 건강해 보이는 작은 고양이가 따르고 있었다. 그동안 새끼를 낳았다고 했다. 그 고양이들을 보면서 기분이 좋았다. 젊어서는 버려진 강아지나 길고양이를 동정할 마음의 여유가 없었던 것 같다. 뒤늦게야 나는 작지만 주는 즐거움을 깨달아간다고나 할까.

울산 바닷가에서 노점상을 하는 허름한 옷을 입은 50대 여성을 본 적이 있다. 작달막하고 통통한 몸집의 평범한 얼굴이었다. 그녀는 여름에는 아이스커피를 팔고 겨울에는 군밤을 판다고 했다. 그녀가 이런 말을 하는 걸 들었다.

"바닷가에는 세월을 낚으러 오는 분들이 많아요. 그런 분들에게 공짜 커피 한 잔씩 드리면 참 기분이 좋아요."

가난해 보였지만 그녀는 마음이 넉넉한 것 같았다. 그녀가 덧붙였다.

"커피는 팔면 무조건 남는 장사예요. 매일 천 원짜리 세 장씩을 따로 챙겨 뒀어요. 그렇게 모은 돈으로 금 20돈을 사서 기부했죠. 노점상인 저도 도움을 받아야 하는 처지지만 저보다 더 가난한 사람들이 많아요. 주니까 기분이 좋아요."

그녀의 말은 사실이었다. 기분 좋다는 소박한 말 속에 큰 의미가 들어 있는 것 같았다.

남한산성을 오르는 길목에서 등산객들에게 김밥을 팔던 박춘자 할머니는 자기가 평생 번 돈 6억 원을 좋은 데 써 달라고 기부했다. 기부 이유가 단순하고 투박했다. 기분이 좋다고 했다. 어제 박춘자 할머니가 천국으로 갔다는 기사를 봤다. 마지막에 살던 집의 월세 보증금도 내놓고 떠났다고 했다.

울산 바닷가의 노점상이나 김밥할머니는 먹을 것 먹지 않고 자신이 쓸 걸 쓰지 않고 그 돈을 기부했다. 그리고 기분이 좋다고 했다. 내면 깊은 곳에서 신비로운 희열이 솟아 나오기 때문에 기분이 좋아지는 건 아닐까. 마약의 짜릿한 쾌감을 맛본 사람만이 그 맛을 알듯이 기부도 그 비슷한 게 아닐까. 기부의 본질은 마약의 쾌감과는 비교할 수 없는 최상의 쾌감일 것이다.

나는 기부란 탐욕을 끊어내는 한 방법이라는 생각이다. 일종의 수행 방법일 수도 있다. 내 능력에 벅찰 정도의 금액을 기부해 봤다. 이상했다. 그 이후로 나는 내가 기부한 금액만큼 탐욕이 없어진 것 같은 느낌이 들었다. 그 액수까지는 누가 미끼를 던져도 시큰둥하며 물고 싶은 생각이 들지 않았다. 그런 걸 보면 전 재산을 내놓은 김밥할머니는 물질에 대한 집착을 완전히 끊어버린 도인일 것 같다.

나는 요즈음 주는 즐거움을 배우고 실행하며 느끼고 있다. 늙을수록 입은 다물고 지갑을 열라는 소리가 있다. 아내가 평생을 애지중지했던 귀한 물품이나 살림들, 그리고 옷까지 그걸 가져

보지 못한 가난한 부부에게 몰아주었다. 그걸 받은 부부는 완전히 새 살림을 차린 셈이다. 아주 좋아하고 감사해 했다. 우리 부부가 죽고 난 후에 남긴 물건은 그 누구도 좋아하지 않을 것이다. 그리고 우리도 주는 즐거움을 느끼지 못할 것이다. 살아서 주니까 좋은 것 같다.

나는 주는 것과 빼앗기는 것은 구분하려고 한다. 명분에 이끌리거나 남의 눈치를 보며 마지못해 하는 기부는 하지 않기로 했다. 남들이 아무리 그럴듯한 이유를 대더라도, 또 도저히 거절할 수 없는 분위기 속에 있다고 해도 '예스'와 '노'를 분명히 하려고 애쓴다. 그걸 구별하는 기준은 즐거움이다. 이 일이 나에게 즐거움을 주는가, 아닌가로 판단한다. 때로는 내면의 소리에 따르기도 한다. 아무리 명분이 그럴듯해도 속에서 아니라고 하면 하지 않는다.

교회에 특별헌금을 내 봤다. 사회단체에도 돈이나 책을 기부해 봤다. 단체에서 이름을 알리고 치켜세우니 반대로 내면의 쾌감은 증발해버리고 없었다. 길거리에서 우연히 마주친 노숙자에게 지폐 한 장을 손에 쥐여 준 것보다 쾌감이 못한 것 같았다. 기부란 그저 남에게 뭘 주는 게 아닌 것 같다. 솔직히 말하면 내가 주는 즐거움을 얻는 방법이 아닐까. 그건 오른손이 하는 일을 왼손이 모를 정도로 은밀하게, 또 직접 인간의 온기가 전달될 때만이 그런 즐거움이 얻어지는 것 같다.

노년의 진짜 공부

밤이 내리면 실버타운 건물 전체에 적막감이 감돈다. 어젯밤 로비의 의자에 정물같이 혼자 앉아 있는 70대 후반의 한 노인을 봤다. 안면이 있는 분이다. 밥을 먹을 때도 산책할 때도 항상 혼자였다. 암 수술을 받은 후 요양하러 왔다고 했다. 바짝 마른 몸은 바람에 날릴 것같이 위태로운 느낌이 들기도 한다.

"여기서 몸이 많이 회복되셨습니까?"

"많이 나아졌습니다. 전에는 텔레비전을 볼 힘조차 없었습니다."

"앉아 있기가 힘들어서 그런 건가요?"

"아니에요, 그냥 텔레비전을 보는 것도 에너지가 사용된다는 걸 아프고 나서야 깨달았어요."

손가락 하나도 움직일 힘이 없다는 말이 이해가 되었다. 나는 밝은 얘기 쪽으로 화제를 바꾸었다.

"그동안 혼자 지내시면서 어떤 즐거움을 추구하셨습니까?"

"공부했습니다."

"그렇죠. 성취감을 얻으려면 역시 공부하는 거죠."

내가 추임새를 넣었다. 그 노인은 서울법대를 졸업한 공부 선수 출신이다. 노년에는 어떤 공부가 즐거움을 줄까. 이제는 학위를 따는 등의 어떤 현실적인 목표가 필요하지 않다. 공부 자체가 즐거워야 한다. 외국어를 공부하기도 하고, 뒤늦게 작곡이나 그림을 공부하고 싶어하기도 한다. 공부를 하는 것도 때가 있는 것 같다. 중년에 시도해 보지 못하고 다음으로 미룬 걸 후회하는 노인들도 많다. 마지막 기회를 놓쳤다는 아쉬움이 진하게 남는 것이다.

중년에 무모하게 삶의 궤도를 수정한 경우가 있었다. 증권회사에 다니던 중년의 남자가 뒤늦게 화가가 되고 싶은 마음에 화가를 찾아가 자기의 열망을 얘기했다. 그의 말을 들은 화가는 이렇게 대답했다.

"어린 시절부터 그림을 그려도 화가가 되기 힘듭니다. 전혀 경험이 없이 덤비는 당신의 경우엔 기적이라도 일어난다면 화가가 될지도 모르죠. 그러나 그런 기회는 만분의 일도 안 됩니다. 끝에 가서 결국 헛수고했다는 걸 알게 될 겁니다. 또 삼류 화가가 된다고 칩시다. 그게 지금의 회사 일을 팽개칠 만한 가치가 있다고 생각합니까? 물론 다른 직업이라면 보통 정도라도 살아갈 수 있습니다. 하지만 예술가에게 있어서는 그렇지 않죠."

그 말을 들은 남자가 이렇게 대답했다.

"어쨌든 그림을 그려야겠습니다. 이건 나도 어쩔 도리가 없습니다. 물에 빠지면 헤엄을 잘 치고 못 치고는 문제가 될 수 없지 않습니까? 그 물에서 헤엄쳐 나오든가 아니면 빠져 죽는 수밖에 없을 겁니다.”

그 남자는 그런 각오로 그림을 그리기 시작했다. 그리고 삼류 화가가 아니라 역사에 남는 위대한 화가가 됐다. 『달과 6펜스』에 나오는 화가 고갱의 얘기다. 만분의 일의 확률로 세상에는 그런 사람이 있는 것 같다.

나는 청년 시절에 법을 공부했었다. 솔직히 재미가 없었다. 빵을 위한 학문이라는 생각이었다. 40대 무렵 공부하고 싶은 분야가 생겼다. 성경을 읽다가 ‘진리가 너희를 자유롭게 할지니’라는 말이 가슴에 와닿았다. 도대체 진리가 무엇일까. 그걸 알아보고 싶었다. 우연히 『갈매기의 꿈』이란 책을 읽었다. 갈매기 조나단은 다른 갈매기들이 어부들이 던져 주는 물고기나 선창가의 생선쓰레기에만 정신이 팔리는 모습이 마음에 들지 않았다. 그는 그들과 떨어져 공중을 높이 나는 연습을 했다, 매일 조금씩. 마침내 그는 높이 나는 새만이 멀리 볼 수 있다는 사실을 깨달았다. 나는 거기서 진리를 발견하는 방법에 대한 힌트를 얻었다. 나의 영혼이 한 단계라도 높게 날 수 있는 방법은 진지한 독서였다.

나는 진리가 담겨 있다는 책들을 사서 그 책과 싸우는 기분으로 읽었다. 고전을 읽고 정신세계에 관한 책들을 읽어 나갔다. 성경과 불경 그리고 다른 경전들을 읽어 보았다. 정독을 하면서, 밑줄을 치면서 중요한 걸 공책에 썼다. 그걸 틈틈이 외우면서 핏속에 녹이려고 애쓴 편이다. 나는 진리 공부를 하면서 밑줄 친

중요한 내용들을 적은 공책을 『내가 복음』이라고 우스개 제목을
붙였다. 소가 되새김을 하듯이 노년에 그걸 다시 읽고 생각하는
즐거움도 쏠쏠하다.

몰입의 행복

나이 칠십이 되도록 베이커리를 하는 친구가 있다. 그의 아버지도 시장통에서 도넛을 만들어 판 것으로 기억한다. 친구는 빵 안에 넣는 일본말로 '앙꼬'라고 부르는 팥소를 만들기 위해 일본의 장인을 찾아가 그 기술을 전수받았다. 그는 매일 밤 10시부터 아무도 보지 못하게 하고, 혼자 새벽 2시까지 팥을 삶고 거품을 걸러내곤 했다. 그는 대한민국에서 최고 품질의 앙꼬를 만들겠다고 다짐했다.

그는 2년 전부터 경기도 광주 쪽의 부지에 조경을 하느라고 정신이 없었다. 잔디밭을 조성하고 인공폭포를 만들고 나무를 심고 조각품을 배치하고 있다. 그는 평생의 꿈인 아름다운 베이커리를 만들고 있는 것이다. 내가 그에게 전화를 걸어 말했다.

"일만 하지 말고 노년에 좀 쉬면서 살아라."

아무리 생각해도 그는 일중독이었다.

"그래그래. 지금 하는 일만 끝나면 해변에 빌라를 얻어 빈둥거리며 지내든가, 크루즈를 타고 돈을 펑펑 쓰면서 세계일주를 할 거야."

말은 그렇게 하지만 그는 죽을 때까지 일만 하다가 저세상으로 갈 것 같은 느낌이 든다. 그가 바닷가 빌라에서 산다든가 세계일주 크루즈를 하면 행복해지는 것일까.

일본 작가 무라카미 하루키의 글 중에 노년의 희망사항이 나오는 부분을 읽은 기억이 있다. 그는 선명한 노을이 지는 에게해의 해변에서 칵테일을 옆에 놓고 수영을 즐기고 싶다고 했다. 물의 흐름에 온몸을 맡기면서 배영을 하면 푸른 하늘을 나는 새 같은 느낌이라고 묘사했다. 그는 노년에 책을 읽고 첼로와 그리스어를 배우고 싶다고도 했다. 그런 게 행복일 수 있구나 하고 생각했다. 그런데 하루키는 지중해에 있는 섬의 빌라에서도 그의 본업인 글을 쓰고 있었다. 쉬지 않고 자기 일에 몰입했던 건 아닐까.

세계일주 크루즈선을 탄 적이 있었다. 천국을 그 배 안에 실현시킨 것 같았다. 최고의 요리들이 뷔페에 쌓여 있고, 매일 댄스파티와 화려한 공연들이 펼쳐졌다. 아무것도 하지 않고 그냥 먹고 마시고 즐기면 된다.

2주일쯤 지나자 사람들은 몸을 뒤틀면서 싫증을 내기 시작했다. 화려한 쇼 공연이나 댄스파티도 심드렁해진 것 같았다. 승객들이 배의 구석구석에서 뭔가 하는 것 같았다. 중년의 백인 여성이 내게 말을 걸어왔다. 자기는 런던에서 평생 교사로 지냈는데 자기에게 셰익스피어를 공부해 보지 않겠느냐고 물었다. 사람들을 모아 가르치고 싶다는 것이다. 사람들마다 자기가 평생 하던 일로 돌아가고 싶은 것 같았다. 배 안의 도서관에서 공부하는 사람이 많아지고 있었다. 스케치북과 수채물감, 연필을 가지고 그림을 그리는 사람도 있었다. 사람들은 어떤 일이라도 잡아서 몰입하고 싶어하는 것 같았다. 70대쯤으로 보이는 한 영국 노인은 배의 구석진 곳에 앉아서 앞에 둥근 테에 끼워진 천을 놓고 십자수를 놓는 데 몰입하고 있었다.

배에서 한국인 재벌 2세를 우연히 보게 됐다. 그는 미녀와 함께 여행을 하고 있었다. 그는 항상 위스키나 브랜디에 절어 있었다. 배가 도시에 정박하면 그는 여자와 함께 세계 최고급 호텔에서 하룻밤을 자고, 명품 쇼핑을 하고 배로 돌아왔다. 그런데 그에게 그런 것들은 더 이상 쾌락으로 보이지 않았다. 그의 얼굴에는 항상 그림자가 드리워져 있었다. 그는 행복하지 않다고 했다. 그는 일하고 싶다고 했다.

나는 이따금씩 '내가 뭘 하고 있지?' 하고 스스로에게 묻는다. 그리고 '난 얼마나 행복하지?' 하고 확인해 보곤 한다. 자기가 좋아하는 분야에 푹 빠진 채 평생을 사는 사람이 진짜 행복한 게 아닐까.

내가 아는 화가가 있다. 그는 직업이 화가이고, 취미가 그림을 그리는 것 같다. 그는 손이 가만히 있었던 적이 없다고 했다. 끊임없이 드로잉 연습을 했다. 밖에 있는 자기의 화실에서 대작을 그리고, 밤에는 자기의 작은 방에서 소품을 만들었다. 화가로서 존재하는 것 그리고 더 좋은 작품을 만들기 위해 연습을 계속하는 것이 그의 행복인 것 같았다. 구도자의 모습 같기도 했다. 남들이 보기에는 재미없고 단순한 인생일지 몰라도 본인은 늘 충만한 행복 속에서 살고 있는 것 같았다.

바닷가 해변을 산책할 때면 종종 모래성을 쌓는 아이들을 본다. 파도가 밀려오면 그 모래성은 사라진다. 그래도 아이들은 정신없이 모래성을 다시 쌓아올린다. 그 과정의 몰입이 아이들에게 행복감을 주는 것 같다.

어른들도 아이들처럼 일이라는 행복한 장난을 한다. 뒤늦게 목공기술을 배워 의자를 만드는 영화감독을 봤다. 손가락을 다쳐도 그는 행복해했다. 가구를 만들거나 글을 짓거나 그림을 그리거나 작곡을 하거나 뭔가를 만드는 건 성취감과 함께 행복해지는 길이 아닐까. 자기에게 맞는 일을 찾아서 거기에 몰입할 수 있을 때 행복해지는 것 같다. 너무 무리한 목표를 잡지도 말고, 너무 쉬운 일을 고르지도 말고, 적당히 어려운 일을 잡았으면 좋겠다.

노년에 공부하고 싶은 것

　서초동 법원가에서 이따금씩 보던 고시낭인이 있었다. 70대인 그는 서울법대를 졸업하고 평생 고시 공부로 세월을 보낸 것 같다. 인생 말년에 그는 노숙자 비슷한 신세가 되어 지하철 안에서 싸구려 칫솔을 팔기도 했다. 그리고 더러 동창인 변호사 사무실에 들러 돈을 얻어간다고 했다. 그는 사법고시를 하다 행정고시로 지망을 바꾸었고, 칠십이 넘어 뒤늦게 영어로 된 두툼한 경제학 원서를 읽고 있다고 했다. 그에게 있어 시간은 흐르지 않고 젊은 날 그대로 정체되어 있는 것 같기도 했다. 나는 그의 비정상적인 삶이 남의 일 같지 않았다. 그게 나의 모습일 수도 있었기 때문이다. 오래전 의사인 친구가 내게 이런 말을 했었다.

　"정신병동에 갔는데 우리 고교 동창이 있더라고. 그 친구가 나를 알아보고 반가워하면서 자기가 서울법대를 졸업했는데 고시 양 과에 합격했다고 하더라고."

　우리 시대는 수많은 우수한 인재들이 빛을 발하지 못하고 사회의 쓰레기통 속으로 들어가기도 했다.

　밤 10시경 지하철 교대역 한 구석에 가만히 앉아 있는 70대의 고시낭인을 본 적이 있다. 나는 그가 파는 칫솔을 사 주면서 아직도 고시의 꿈을 버리지 않고 있다면 '천국 고시'에 도전하는 게 어떻겠느냐고 말했다. 그러자 그는 그런 고시가 있었느냐면서 어떤 책을 읽어야 하느냐고 내게 물었다. 나는 그에게 경전을 열심히 공부하면 이 지상과는 비교할 수도 없는 좋은 자리를 차지할 수 있을 것 같다고 말해 주었다. 안타까운 마음에 순간적으로 나도 모르게 입에서 튀어나온 말이었다. 그리고 세월이 흘렀다.

나는 동해의 조용한 바닷가 근처의 방에 앉아 있다. 세월이 고개를 넘으면서 황혼의 귀중한 순간들을 뭘 하고 지내야 가성비가 높을까를 생각했다. 문득 천국 고시를 준비하는 고시생이 되어야 할 것 같다는 생각이 들었다. 현명한 분들의 노년 생활을 유심히 본 적이 있었다. 우리 시대의 정신적 지도자였던 김상협 교수는 칠십이 넘자 평생 손에 들고 있던 정치학 책을 놓고 각종 경전에 몰입했다. 다석 류영모 선생도 북한산 자락에 집을 짓고 성경을 읽었다. 이 세상보다는 더 가까워진 저세상을 알기 위해 공부하는 것 같았다.

이 세상에 공짜는 없다. 미리미리 죽음과 그 너머의 세계에 대해 공부하고 그 시험에 통과할 준비를 하는 것도 괜찮을 것 같다. 살아 보면 남들이 생각하지 않을 때 앞날을 생각하고, 남들이 놀 때 절제하며 노력해야 한 발자국이라도 디딜 수 있었던 세상이다. 그게 아니라고 하더라도 특별히 몰입할 취미가 없는 나는 공부가 재미있는 편이다. 바닷가의 조용한 방을 얻어 나는 천국 고시를 준비하기로 마음먹었다.

젊은 시절 고시 공부할 때의 법 교과서 대신 경전과 여러 정신세계에 관한 책들을 갖추어 놓고 있다. 『논어』, 『맹자』, 『노자』 등 읽지 못했던 동양철학에 대한 책과 헤겔과 쇼펜하우어 등 서양철학 책을 도서관에서 빌려다 놓고 본다. 또 역사와 문학을 공부한다. 노년의 공부는 목적이 없다. 공부를 위한 공부라 그런지 더 순수하게 몰입이 되는 것 같다.

내게 맞는 독특한 기도 방법을 개발했다. 수첩을 가지고 다니면서 연필로 그 안에 성경 속의 「시편」 23장을 쓰는 방법이다. 내가 아는 판사한테서 배운 기도 방법이다. 그 판사가 고교 시절 선생님이 「시편」 23장을 천 번 쓰면 소원이 성취된다고 알려 줬다는 것이다. 그는 고등학교 3학년 때 「시편」 23장을 천 번 쓰고 그 고등학교 설립 이후 처음으로 서울법대생이 됐다고 했다. 그는 법대 시절 또 「시편」 23장을 천 번 쓰고 고시에 합격했다고 했다. 그는 사법연수원 시절 다시 「시편」 23장을 천 번 쓰고 수석으로 졸업하고 판사가 되었다고 내게 말했다.

간절한 소원은 없는 나이가 됐지만 괜찮은 기도 방법이라는 생각에 나도 실행을 해보고 있다. 사람마다 황혼의 여백을 사용하는 게 다를 것이다. 저세상으로 가는 길도 다 다를 것이다. 마지막으로 영의 세계에 관한 공부를 해보는 것도 괜찮은 계획이 아닐까.

제3의 인생

회색 구름이 바다를 묵직한 납빛으로 만들어 놓은 아침이다. 가느다란 빗방울이 창문에 사선을 긋기 시작했다. 내가 묵고 있는 실버타운의 어느 방에선가 낮고 잔잔한 색소폰 소리가 흘러나와 잔디정원의 허공에서 너울을 일으키고 있다. 흘러간 옛노래인 〈황성옛터〉가 나온다. 예전에 박정희 대통령의 애창곡이라고 했다. 이어서 귀에 익은 찬송가가 연주된다. 얼핏 이름이 생각나지 않는다. 어떤 노인이 색소폰을 연주하는지는 몰라도 그 소리가 부드럽고 경지에 오른 느낌이다.

나이 팔십의 이 대령이 부는 색소폰인가? 연대장 출신의 그를 실버타운 사람들은 '이 대령'이라고 불렀다. 얼마 전 식당에서 만난 이 대령은 시골 교회에서 색소폰을 연주하기로 했다면서 한 곡을 천 번은 반복해서 연습해야 한다고 했다. 아마도 그의 끊임없는 연습이 마침내 한 경지를 넘어섰는지도 모른다.

실버타운 노인들 중에는 뒤늦게 악기를 배우는 분들이 많다. 공과대학에서 전기기술에 대해 평생 가르치던 교수분이 있다. 한쪽 눈이 시력을 잃어 불편하면서도 피아노를 배우고 있다. 열정이 대단한 것 같다. 시골 마을에 음대를 졸업했다는 분이 있다는 걸 듣고 찾아가서 특별 레슨을 받는다고 했다. 실버타운의 피아노실을 지나가다 보면 '도도 솔솔 랄라 솔'이라는 계명이 생각나는 동요를 치는 그의 모습이 보이곤 했다. '칠십 중반의 나이에 뭘 하려고?' 하는 생각이 들곤 했다. 그런데 그게 그렇지 않은 것 같다. 요즈음 그의 피아노 소리를 들은 사람이 어느새 그가 상당한 경지에 오른 것 같다고 했다.

실버타운에서 맞이하는 제3의 인생은 세상의 눈치를 보지 않고 자기가 하고 싶고 좋아하는 걸 마음대로 하는 게 아닐까. 신문에서 뒤늦게 피아노를 배워 꿈을 이룬 사람의 얘기를 읽은 적이 있다.

예순세 살의 일본인 도쿠나가 요시아키 씨는 고등학교를 졸업하고 김 양식을 하면서 살아왔다. 유일한 취미인 파친코를 즐기고, 일본 전통가요 엔카를 듣고 부르기를 좋아했다. 그가 쉰두 살이던 어느 날, 텔레비전에서 60대 나이에 데뷔한 피아니스트가 연주하는 리스트의 〈라 캄파넬라〉를 들었다. 전혀 관심이 없던 클래식 음악이었지만 난생 처음 감동을 느끼고 눈물까지 흘렸다. 그는 자신이 무엇을 추구하며 살아왔는지 회의를 느꼈고, 이내 슬픈 마음이 들었다.

그는 피아노를 쳐 보고 싶었다. 그렇지만 배운 적이 없었다. 당연히 복잡한 악보를 볼 줄도 몰랐다. 그러나 그가 감동을 받은 〈라 캄파넬라〉를 칠 수 있게 된다면 새롭게 태어날 것 같다는 느낌이 들었다. 그는 유튜브에서 음에 맞춰 건반에 불이 들어오는 〈라 캄파넬라〉 연주 영상을 발견했다. 건반 하나하나를 독학으로 익혔다. 일이 끝나면 집중해서 하루에 8시간씩 연습했다. 팔이 아팠다. 통증이 심해 매일 밤 찜질을 해야 잘 수 있었다. 그의 그런 피아노 연주 연습 영상은 유튜브로 전 세계에 퍼졌다. 그는 또 다른 의미에서 세계적인 연주자가 됐다. 많은 일본인들이 그의 영상을 보고 응원을 보냈다. 지금 그는 어부 일을 하며 일본 전역에서 초청받아 연주를 이어가고 있다.

한 유치원의 꼬마가 그의 연주를 듣고 일 년 후 그의 앞에서 〈라 캄파넬라〉를 능숙하게 연주했다. 많은 사람들이 그의 영향으로 피아노를 배우기 시작했다. 그는 마침내 그가 처음에 감동을 받았던 피아노 연주자와 함께 무대에 섰다. 그에게 절대 이루어질 수 없었을 것 같은 꿈이 이루어진 것이다.

그의 삶을 다룬 극영화가 만들어지고 있다. 폴란드 감독이 그의 김 양식장과 연주회 등 일거수일투족을 뒤쫓으며 다큐멘터리 영화를 찍고 있다. 그는 꿈을 향해 계속 노력하면 기적이 일어날 수도 있다고 한다. 노력하는 사람에게는 손이 닿는 거리에 기적이 와 있다고 했다. 그걸 잡을지 그냥 지나칠지는 자신에게 달려 있다고 한다. 그는 피아노를 잘 치는 폼 나는 할아버지로 늙고 싶다고 했다. 노인들에게 용기를 주는 좋은 얘기였다.

서초동의 이웃 변호사 중에는 하루에 8시간씩 바이올린 연습을 해온 사람이 있다. 판사 시절 우연히 감동을 받고 바이올린을

든 지 20년이 넘었다고 했다. 그의 연주 실력은 프로에 가깝다고 했다. 나 자신이 푸르렀던 젊은 날부터 진정으로 좋아하는 것은 무엇이었던가. 나는 그걸 하면서 살아온 것일까. 노년은 조용한 호수 위에 떠 있는 배 같은 세월이라고 하는데, 나는 지금 무엇을 하며 하루하루를 보내고 있는 것일까. 그게 내게 진정한 즐거움을 주는 것일까 생각해 봤다.

탤런트 친구의 연기 철학

이제는 원로배우가 된 친구가 갑자기 내가 묵고 있는 실버타운으로 찾아왔다. 동해의 두타산 계곡에서 밤새 사극 촬영을 하고 돌아가는 길이라고 했다.

"한잠도 못 잤어. 그래도 동해까지 왔는데 너를 안 보고 가면 혼날 것 같아서 왔어."

그의 눈이 벌겋게 충혈되어 있다. 그는 냉기서린 계곡에서 밤을 새서 그런지 파김치같이 피곤해 보였다. 그런데도 와 준 게 고마웠다. 그의 연기 인생도 칠십 고개를 넘어섰다. 노인이 된 그는 아직도 연기에 정열을 불태우고 있다. 점심때라 나는 그를 실버타운 식당으로 안내했다. 식판을 들고 밥과 국 그리고 나물과 김치를 담아 구석의 빈 식탁에 마주앉았다.

"사극의 첫 장면이 무덤 속에 묻혀 있던 머슴 출신인 내가 발굴되는 장면이야. 이 추운데 어떻게 땅속에 누워 있나 하고 걱정했는데 다행히 실리콘으로 내 얼굴을 떠서 땅에 묻으면 된다고 하더라고."

실감 나는 연기를 하려면 진짜 땅속에 묻혀야 하는구나 하고 생각하면서 놀랐다. 연기자들이 목숨을 걸고 한 장면 한 장면 찍은 걸 우리들은 본다.

"전에 미녀 탤런트 최명길 씨의 상대역이 되어 드라마를 찍었는데 내가 연기하는 장면을 본 한 친구가 내 눈빛이 틀려먹었다고 지적을 하더라고. 사랑이 흘러나오지 않더래. 그 친구 말대로 촬영을 할 때 사랑하는 마음이 없이 의무 비슷하게 찍었지. 그 지적을 받고는 다음부터 사랑하는 배역을 맡으면 그 순간부터 상대 여배우를 사랑하려고 몰입했어. 감정에 빠져들어야 하거든. 그렇지만 촬영이 끝나면 엄한 절제가 필요해. 극 중의 사랑이 계속 뻗어 나가면 스캔들이 생기고 골치 아픈 거지. 여배우들도 마찬가지고. 나하고 같은 대학을 나온 배우 문성근은 프로야. 자기는 배역인 여배우를 진짜 사랑하지 않으면 연기를 할 수 없다고 그래."

대학에서 연극반에 있던 그는 대학 졸업 무렵 방송국의 탤런트 공채에 합격했다. 그는 탤런트가 되자마자 원미경, 금보라, 장미희 씨 등과 연인이나 부부 역할을 맡으면서 바로 주연배우가 됐다. 그는 운이 좋았다고 했다. 그 이전에는 미남, 미녀 배우가 사랑하는 드라마가 많았다. 그러다 그 무렵 두꺼비 같은 인상의 평범한 청년과 미녀가 사랑하는 드라마를 기획했는데 그가 대상으로 스카우트가 된 거라고 했다. 그 시절 그에게 재미있는 얘기도 많이 들었다. 밤새 대사를 외우고 촬영장으로 갔는데 연인역의 상대인 장미희 씨가 얼마나 예쁜지 넋이 나갔다고 했다.

그런 미녀가 갑자기 자신을 끌어안고 눈물을 흘리면서 자기를
버리지 말라고 연기하는데, 하도 놀라서 머릿속이 하얘지더라고
했다. 대사를 잊어버려 'NG'가 나고 감독한테 혼까지 났다고 했
었다.

탤런트로 얼굴이 알려지면서 그는 자신만이 겪는 고통을 더
러 털어놓았다. 그가 시골로 촬영을 갔는데 동네 꼬마들이 그가
묵는 여관방 창에 돌을 던지더라고 했다. 화도 나고 이게 뭔가
하는 생각이 들었다고 했다. 모처럼 나이트클럽에 놀러가도 얼
굴이 알려져서 플로어에 춤을 추러 나가지도 못한다고 했다. 구
석의 룸에 들어가 문을 반쯤 열고, 멀리 무대에서 연주하는 걸
엿보면서 혼자 춤을 추기도 했단다. 세월이 흐르고 그는 이제 누
구나 아는 원로배우가 됐다. 철학을 가진 중후한 노신사가 됐다.

"연기가 뭐야?"

내가 그에게 물었다. 이제 그는 결론을 낼 때도 됐다.

"누구나 연기를 하고 살아. 아이들 봐. 네다섯 살만 되어도 소
꿉놀이를 하잖아? 아버지, 엄마, 딸 배역을 자기네끼리 나누어
맡고 알아서 즉흥적인 대사를 하고, 밥 짓는 흉내, 아기 보는 흉
내를 내면서 연기를 하지. 어떤 아이들은 거기에 몰입해서 진짜
엄마가 되고 그러잖아? 연기란 자기가 맡은 배역에 빙의되듯 몰
입해서 그 캐릭터가 되어야 하는 거야."

"어떻게 연기를 배웠어?"

"간단해. 세상이 텍스트야. 만나는 여러 분야의 사람마다 그

표정이나 눈빛, 행동이 배우에게는 모두 교과서가 되는 거야.”

좋은 친구와 즐거운 점심시간을 보냈다. 그는 피곤하다면서 밥을 먹고 조금 있다가 길을 떠났다.

지리산 수필가

　아침부터 비가 추적추적 내리고 있다. 창밖으로 납빛의 바다가 누워 있고 그 위에 회색 구름이 정지해 있다. 카톡을 열어 보니까 그가 지난밤 내 창에서 내려다보이는 바닷가에서 잤다는 글이 떠올랐다. 그는 차에 슬리핑백 등 필요한 물품을 싣고 끊임없이 전국의 길을 떠돌았다. 역마살이 낀 사람 같았다. 지난해도 이맘때쯤 비가 쏟아지는 날 나를 만난 후 바닷가에서 차박을 하고 갔었다.

　방송인 출신인 그는 정년퇴직을 하고 지리산으로 들어가, 10여 년을 혼자 살면서 참선을 하고 수필을 쓰는 사람이다. 그는 남에게 자기가 사는 집을 보여 주지 않는다. 그의 수필을 보면 그가 아궁이 앞에서 군불을 때는 모습도 보이고, 툇마루에 쌓인 낙엽을 치우는 장면도 나온다. 그곳은 아직도 재래식 똥통을 사용하고 있다고 했다. 그는 혼자 참선을 하고 불경을 공부하다가 승려들이 운수행각을 하듯 세상을 흐르기도 하는 것 같다. 움막도 되고 나귀 역할도 하는 그의 낡은 자동차를 몰고 끝없이 세상길을 떠돈다. 특별한 목적지가 없는 것 같다. 바람 따라 구름 따라 흐르고, 밤이 되면 바닷가 주차장이나 산속 오솔길 옆에 차를 세워 두고 그 안에서 잠을 잔다. 그를 보면 조선의 선비 정창해가 떠오르기도 한다. 정창해는 청나귀 위에 이불을 싣고 조선 팔도를 떠돌며 시를 지었던 선비였다. 역사의 페이지를 들추면 그런 인물들이 또 하나의 인간군을 이루는 것 같다. 김시습도 끝없이 전국을 유랑하면서 시 2천 편과 소설을 남겼다. 나는 그런 인물들에 호감을 느끼는 편이다. 그는 자신을 '지리산 수필가'라고 책에서 말하고 있다. 방송사 사장 출신이라는 말보다 지리산 수필가로 불리는 게 더 좋은 모양이다. 우리는 묵호의 허름한 식당에서 늦은 점심으로 물회를 시키고 얘기를 주고받는 번개팅을 했다.

"우리는 뒤늦게 만났지만 결이 맞는 것 같아서 찾아왔소."

그는 독특한 외모가 됐다. 턱에 하얗게 수염이 자라 있었고, 볼이 움푹 들어가 있었다. 그의 글을 통해 보면 차를 몰고 마을로 내려와 붕어빵 두 개와 어묵 한 꼬치로 끼니를 대충 때우는 때도 많은 것 같았다. 내가 걱정이 되어 말했다.

"도를 닦는 것도 좋지만 굳이 똥통이 남아 있는 산골의 그런 데서 수행을 해야겠소? 칠십 고개를 같이 넘는 터수에 잠도 굳이 좁은 차 안에서 자고 말이오."

옛 선비들의 '풍찬노숙'이라는 말이 그에게는 어울렸다.

"노 프라블럼."

그의 대답이었다. 이왕 만났으니 도를 닦는 그의 말씀을 한 마디 들어보고 싶어 물었다.

"글을 보면 가끔가다 '내 안의 그놈'이라고 하던데 굳이 그놈이라고 해야겠소? 그분이라고 높여 모셔야 하는 거 아니오?"

그는 오랫동안 전해지는 불교식 용어를 그대로 인용하는 것 같았다. 정신세계의 책에서 나오는 '진아(眞我)' 또는 '참나'를 말하는 것 같기도 했다. 실체를 여러 가지로 표현할 수 있다는 생각이다. 내면의 깊은 심연, 자아의 밑바닥에 있는 어떤 존재인 그분을 나는 성령으로 인식하기도 한다. 그는 나와는 상관없이 자기가 수행한 내용을 말하기 시작했다.

"내 안에 근심 걱정을 하고 탐욕스런 내가 펄펄 뛰고 있었어. 참선을 하다 보니까 그놈 뒤 조용한 곳에 펄펄 뛰는 나를 은밀히 지켜보는 또 다른 내가 있는 거야. 그놈이 '참나'인 것 같았지. 내 안 깊숙이 침잠해 있던 그놈을 보고 진정한 나를 발견했다고 좋아했지. 그런데 요즈음 보니까 속에 펄펄 뛰는 놈과 그걸 지켜보는 두 놈이 결국은 한 놈인 거야."

그의 말을 들으면서 나는 파도가 출렁이는 깊은 바다의 심연을 떠올렸다. 구름이 흘러가는 하늘을 연상하기도 했다. 파도가 출렁이는 수면 위도, 깊은 심연도 같은 바다고 흐르는 구름이나 뒤에 있는 고요한 하늘도 같은 하늘이 아닌가 하는 생각이었다.

"내 안의 그놈이 둘이 아니라면 그 실체는 뭐요?"

내가 다시 물었다.

"그건 말로 표현할 수 있는 게 아니지. 찐빵으로 비유한다면 나는 겉껍데기를 뜯어 줄 수 있을 뿐이지. 본질인 팥소 중의 팥

소는 묘사가 불가능하지. 이거 누구는 바닷가 방에서 빈둥거리고 앉아 있고, 누구는 천릿길을 운전해서 그 한 마디 알려주려고 이렇게 왔구먼."

"정확히 전하지도 못하는 진리의 본질을 무엇하러 골치 썩이며 공부하쇼? 그냥 대충 살지."

"티베트 『사자의 서』를 읽어 봤더니 죽고 나서 껍질을 벗어난 의식이 육도윤회를 앞두고 당황하더구먼. 갑자기 개로 태어날 수도 있고, 아귀가 될 수도 있으니까. 살아 있을 때 미리미리 공부를 해두면 그때 당황하지 않을 수 있지."

그가 생각하는 죽음 이후의 세계인 것 같다. 나는 죽음의 순간에 그분이 나타나 내 손을 잡고 안내해 강을 건너게 해 줄 것이라고 생각하는 사람이다. 강 건너 나루에는 어머니와 아버지, 할아버지가 나와서 나를 기다리고 있고 말이다.

어느새 두 시간이 흘렀다. 그가 자리에서 일어났다. 비가 한두 방울씩 뿌리고 있었다. 그가 차에 오르기 직전이었다.

"내 속살을 보여드릴까?"

그렇게 말하면서 그가 차의 뒤쪽 문을 들어올렸다. 운전석만 빼고 차 안 가득히 그의 살림이 차 있었다. 그 가운데 대나무 돗자리를 깐 작은 잠자리가 보였다. 그가 덧붙였다.

"이 자리에 맞도록 하나님이 내 사이즈를 작게 만들어 줬어."

이 세상의 짐을 내려놓은 후 그렇게 자유롭게 살아도 괜찮은 것 아닐까.

노년에 혼자 행복해지는 방법

실버타운에서 친해진 퇴직한 교수 부부가 있다. 그 부부가 저녁으로 돈가스를 사겠다면서 나를 초대했다. 마음이 따뜻한 사람들이다. 내가 공동식당에서 보이지 않으면 혹시 방에서 고독사를 했나 걱정부터 한다. 그 부부와 실버타운 내의 식당에 가서 돈가스를 주문하고 얘기를 나누기 시작했다. 내가 70대의 부인에게 인사 겸해서 물었다.

"오늘은 어떤 즐거움이 있었습니까?"

"황혼에 젖어가는 바다를 보고 행복했습니다. 우리 부부는 일상의 소소한 즐거움을 찾고 있어요. 구내매점에서 아이스크림콘을 사서 하나씩 먹는데 남편이 너무 맛있다고 해요. 이렇게 저녁에 이웃과 만나 돈가스를 먹는 것도 즐겁고요. 오늘은 정말 즐거운 일이 있었어요. 40년 전쯤 제가 성모병원에서 간호사를 할 때 친했던 후배와 우연히 연락이 됐죠. 간호사를 하던 후배는 수녀가 됐더라고요. 전화로 방안에서 두 시간 동안 수다를 떨었는데 정말 즐거웠어요."

옆에 있던 80대의 남편이 미소를 지으며 덧붙였다.

"나는 불행하지만 않으면 생활이 다 행복하다고 생각해요."

그 부부는 어린아이같이 맑고 명랑하다. 세상의 잣대로 보면 행복하지만은 않다. 퇴직을 했고, 나이를 먹었고, 부인은 나같이 눈이 아프다. 공부 때문에 결혼이 늦어진 부부는 아이도 없다고 했다. 그러나 순간순간 소소한 즐거움을 찾는 부부는 행복하다. 그들 부부의 행복이 내게 전염되는 것 같다.

나는 오늘 어떻게 행복했는지 내 스스로에게 물어본다. 해 뜰 무렵 어둠 짙은 바다에는 오징어배의 불빛들이 별같이 흩어져 반짝거린다. 어둠 저쪽에서 서서히 붉은 기운이 스며 나오고 그 붉은 빛 끝에 파란 기운이 서린다. 파란 기운이 조금씩 깊어진다. 새벽 바다는 마음에 신비로운 떨림을 준다. 날이 밝으면 파도 소리를 들으면서 맨발로 인적 없는 해변을 걷는다. 산책을 마치고 나면 실버타운의 목욕탕에 가서 따뜻한 물이 차 있는 욕조에 몸을 담근다.

책상 앞에 앉아 글쓰기를 한다. 내가 정한 하루분의 글쓰기를 마쳤을 때 하루분의 작은 성취감을 느낀다. 노년은 쉼과 여백이 허용된 시간이다. 혼자 침대에 누워 창밖으로 흘러가는 구름을 보면서 빈둥거린다. 빈둥거림은 이제 노년인 나의 특권이다. 수첩에 나는 '빈둥'이라고 해야 할 항목을 만들기도 했다. 악보에 쉼표가 있듯이 인생에서 순간순간 스스로 쉼표를 찍어야 하는 줄 예전에는 미처 알지 못했다. 나는 매일 혼자 있어도 재미있게 살 수 있는 소소한 즐거움을 찾고 있다. 할 수 있는 만큼만 찾아서 즐긴다. 더 이상 불필요한 일, 소중하지 않은 사람에게 시간과 체력을 낭비하지 않고 싶다.

노년이란 낙엽이 몇 장 남지 않은 겨울을 맞는 나무가 아닐까. 현세와 내세 사이에 틈을 두는 게 지혜인지도 모른다. 나는 매일매일 행복할 수 있는 이유를 점검한다. 생업인 변호사로서의 일이 조금은 남아 있어서 행복하다. 젊어서는 가족의 입에 들어가는 밥과 아이들 교육을 위해서 하기 싫은 일도 해야 했다. 이제는 그렇지 않다. 얼마 전에는 감옥에 있는 열네 살 아이들을 위해 탄원서를 써 주었다. 아이들은 장난삼아 문이 잠겨 있지 않은 차에 들어가 호기심으로 차를 몰고 가다 콘솔박스에 들어 있던 동전을 들고 가 버렸다.

아이들은 장난이었지만 법은 특수절도라고 했다. 죄의식 없이 여러 번 그래서 구속이 된 것 같다. 엄마는 베트남에서 왔고, 아빠는 문맹이었다. 말이나 글로 의사표시를 할 수 없었다. 돈도 없었다. 할아버지의 심정으로 탄원서를 써 줬다. 부모도 만나 보고 사건기록도 구해서 읽었다. 변론서를 품은 탄원서였다. 그런 일도 노년의 소소한 즐거움이다.

노년의 글쓰기도 즐겁다. 작은 원고료로 손주들에게 용돈을 줄 수 있어서 행복하다. 실버타운의 노인 부부에게 돈가스를 대접받는 것도 즐겁다. 삼겹살을 사겠다는 분도 있다. 같이 목공을 배우자는 분도 있다. 낮잠을 잘 수 있어서 행복하다. 행복할 수 있는 이유가 너무 많아서 감사하다. 늙어서도 혼자 행복하고 싶은 사람들에게 알려주고 싶다. 진부한 일상이 중요한 삶이라고. 그게 모여서 인생이 된다고 말이다. 그 속에서 소소한 즐거움을 캐어내는 일들이 행복해지는 일이라고.

노년의 자잘한 즐거움

실버타운에 2년째 있으면서 노인들이 살아가는 속내를 본다. 황혼에 남은 여백을 칠하는 방법도 다양하다. 매일 바닷가 잔디밭에 모여 파크골프를 많이 친다. 색소폰이나 피아노를 배우는 노인도 있다.

여기 와서 알게 된 나이 팔십의 노인은 주민센터에 가서 하모니카를 배웠다. 이번에는 동해시의 평생교육관에 가서 목공반과 볼링반에 등록했다고 한다. 그 노인은 부지런한 성격이다. 산에서 나뭇가지들을 가져다 칼로 깎아 여러 개의 지팡이를 만들었다. 그걸 다른 노인들에게 주려다가 거절당하자 도로 산에 가져다 버렸다고 했다. 그 노인은 인생 마지막으로 산에 가고 싶다고 했다. 젊어서부터 산을 무척 좋아했다고 했다. 경동맥이 90퍼센트 이상 막혔는데 산에 오르는 게 가능할지 모르겠다고 했다.

놀이도 단순한 게 아니다. 깊은 맛을 느낄 수 있게 하려면 미리 준비했거나 뒤늦었지만 강한 의지와 인내가 필요한 것 같다. 폐활량이 줄고 몸이 쇠약해지는 노년에 색소폰은 과연 의미가 있을까. 노인에 맞게 좀 더 가능하고 즐거움을 느낄 수 있는 게 더 적합하지 않을까. 노인들은 일 년은 순식간에 흘러가는데 긴 긴 하루를 보낸다고 한다. 노년의 공백을 어떤 색깔로 칠할까가 중요한 문제인 것 같다. 글을 읽다가 독특한 할머니를 발견했다. 세계문학전집을 완독하는 걸 목표로 삼았다는 것이다. 그 할머니는 "다 읽었다" 하고 저세상으로 건너갔다는 내용이었다.

내가 있는 실버타운의 노부부가 시에서 운영하는 도서관의 사서 보조로 봉사하겠다고 신청을 했다. 부부가 가서 면접을 봤는데 할머니는 합격하고 할아버지는 떨어졌다. 면접관이 할아버지에게 왜 도서관에서 봉사를 하시려고 하느냐고 이유를 물었다. 할아버지는 "집사람이 같이 가자고 해서"라고 대답하니까 면접관이 실버타운에 가서 그냥 쉬시라고 했다는 것이다. 실버타운에 묵는 다른 부부로부터 전해들은 얘기다. 노년 여백의 색칠도 의미를 아는 경우와 남이 하니까 따라서 칠하는 건 다른 것 같다. 자기가 선택한 자기만의 색깔이 있어야 하는 것 같다.

인생의 전반부에는 지위나 돈이 목표가 되고 비교 대상이 됐다. 인생 후반부는 그런 것들이 의미가 없어지고 자기가 즐거움을 느낄 소소한 작은 일을 선택하는 것이 중요한 것 같다. 나이 칠십이 넘어서까지 대통령이 되겠다고 아등바등 사는 사람을 보면 그것도 그리 아름다워 보이시는 잃는다.

나의 아버지는 젊어서부터 새를 좋아했다. 좁은 방 한쪽 벽에 새장을 포개 놓고 새들의 이민을 받아들였다. 잉꼬부부가 이사를 오고 이어서 카나리아, 십자매, 문조, 호금조 등 여러 가족이 이주했다. 아버지는 세상보다 새들과 교류하는 걸 더 좋아했다. 아버지는 새들의 말을 알아듣는 것 같았다. 동네에서 '파랑새 할아버지'라고 불리던 아버지는 신혼부부들에게 초롱에 든 새 한 쌍을 선물하기도 하고 더러 팔기도 했다. 새들은 아버지의 병든 긴 노년의 적막을 지저귀며 위로해 준 것 같다.

어머니 노년도 적막이었다. 하늘이 황혼으로 붉게 물들 무렵이면 아파트 창가의 작은 의자에 앉아 한없이 20층 아래 도로를 지나가는 차들의 모습을 보곤 했다. 어머니의 약해 보이는 뒷모습에서 외로움을 느꼈다. 어머니의 중요 일과는 성모상 앞에 촛불을 켜고 하루에 세 번씩 기도를 올리는 것이었다. 돋보기를 쓰고, 성경에 자를 대고, 한 줄씩 꼼꼼하게 읽었다. 어머니는 나이 팔십에 서예를 시작했다. 매일 책상에 앉아 붓에 먹물을 묻혀 종이 위에 한 글자 한 글자 혼을 집어넣으면서 썼다. 어머니는 아들에게 좋은 문장들을 알려 달라고 했다. 나는 어머니에게 '홀로, 천천히, 자유롭게'라는 글을 전해 드렸다. 어머니는 그렇게 썼다. 내용이 참 좋다고 했다. 어머니와의 합작품이라고 할까.

아버지, 어머니가 하늘나라로 가시고 나는 지금 아버지보다 7년을 더 살고 있는 셈이다. 나는 매일 작은 글을 쓰고 있다. 그냥 재미로 쓴다. 언어라는 물감을 짜내서 섞으면서 새로운 관념의 세계를 만들어 보고 있다. 삶의 발자국을 수필로 대신하고 싶은지도 모른다. 김시습은 일생 2천 편의 시를 짓고 금오산에 묵으면서 소설을 썼다. 소설 『홍길동전』의 저자 허균도 장독대 뚜껑이나 덮을 허드렛글이라고 자기의 수필을 겸손하게 말하면서 글을 썼다. 그들이 나의 멘토라고 할까. 나도 김시습을 따라 수필 2천 편을 달성했으면 좋겠다. 글은 내게 작은 성취감을 주는 즐거움이다. 노년의 즐거움은 누가 주는 것이 아니다. 자기 옆에 있는 자잘한 소재들을 즐거움으로 만들어야 하지 않을까.

걷는 행복

쨍쨍 내리쬐는 뜨거운 햇빛 아래서 얼굴이 하얗게 바랜 그 노인은 한 걸음을 내딛기 위해 젖 먹던 힘까지 내고 있었다. 한 발을 내딛기 위해 입으로 "하나, 둘, 셋, 넷" 구령을 부르고 있었다. 한참을 그렇게 하다 보면 발이 한두 걸음씩 떨어지곤 했다. 파킨슨병에 걸린 그의 얼굴에서는 섬뜩한 삶의 의지가 엿보였다.

매일 우면산의 산자락 길을 걸었던 적이 있다. 내가 올라갈 때 마주치는 남자가 있었다. 한쪽 다리가 마비된 것 같았다. 나무기둥 같은 그 다리를 끌면서도 그는 쉬지 않고 야산을 오르내렸다. 한번은 그가 산길 흙 계단을 걸어 내려오다 엎어지는 모습을 보았다. 그는 일어서서 또 걸었다. 어떤 때는 넘어져서 얼굴에 생긴 푸른 멍자국이 보이기도 했다. 그가 야산을 오르는 것은 보통 사람이 히말라야를 오르는 것 같은 의지와 에너지가 필요할 것 같았다. 한번은 그와 잠시 얘기를 나눈 적이 있다. 그는 원래 건강했다고 한다. 그런데 어느 날부터 갑자기 다리에 마비가 왔다는 것이다. 의사는 신경이나 다리의 근육에 이상이 없다고 하는데도 다리는 기능을 멈추었다는 것이다. 그 의지의 사나이가 지금은 어떻게 사는지 궁금하다.

갑자기 중풍을 맞은 대학 동기가 있다. 팔다리가 마비됐다가 조금씩 풀려 지금은 재활 운동을 하고 있다고 내게 연락을 했다. 전화를 통해 이런저런 얘기를 하는 중에 그가 이런 말을 했다.

"재활병원에 와 보니까 나 같은 환자가 수백 명이 있어. 재활을 위해 하루에 3시간 이상씩 운동을 해. 여기 사람들 소원은 흔들리고 쓰러져도 혼자 걷는 거야."

대단한 운동시간과 운동량이다. 그 목적은 흔들리고 쓰러져도 혼자 걷는 것이라고 했다. 그렇다면 산에서 벋정다리로 혼자 내려오다가 쓰러지는 남자도, 파킨슨병에 걸려 한 걸음이 천리 같은 노인도 그들에게는 부러움의 대상이 아닌가.

걷지 못하는 원인은 병만이 아니다. 법이 걷지 못하게 하는 사람들도 있다. 변호사인 나는 20년 이상 독방에서 혼자 감옥생활을 하는 사람을 만난 적이 있다. 그는 내게 이런 말을 했다.

"작은 철창을 통해 교도소의 높은 담벼락이 보이고 그 아래 먼지 낀 잡초들이 보여요. 비가 촉촉하게 내리는 날이면 그 담벼락 아래 흙길을 걸어 보고 싶어요. 바로 눈앞에 보이는 가까운 곳인데도 그렇게 할 수가 없는 게 감옥입니다."

몇 년 후 그가 석방이 되고 나를 찾아왔다. 그의 얼굴은 환하게 펴지고 신이 나 있었다. 그가 내게 이런 말을 했다.

"성남에 쪽방을 얻어서 살고 있어요. 저녁이면 꼭 산책을 나가요. 쓰레기더미가 쌓이고 신문지가 바람에 날리는 더러운 뒷골목인데도 나는 너무 행복해요. 마음대로 걸어 다닐 수 있기 때문이죠. 감옥에 살아 보지 않은 사람들은 이런 기쁨을 모를 거예요."

하얀 것은 검은 것과의 대비를 통해 자신을 알고 더욱 하얘질 수 있다는 생각이다. 나는 걷지 못하는 그들을 보면서 걸을 수 있는 나의 행복을 깨달았다.

10여 년 전 일을 보러 여의도에 갔다가 한강을 따라 걸어서 집으로 돌아오는 길이었다. 저녁노을이 스며드는 강물이 내게 뭔가 속삭이는 것 같았다. 나는 강물이 들려주는 소리를 들으며 한번 끝까지 가 보고 싶은 마음이 솟아올랐다. 어두워지는 호젓한 강가를 계속 혼자 걸었다. 밤이면 강가의 모텔을 찾아 들어가 자고, 다음날 아침이면 또 물안개가 피어오르는 푸른 강가 길을 걸었다. 노란 들꽃이 가득한 여주 강 옆의 들판에 누워 하늘을 보면서 행복했다. 존재와 비존재가 섞여 드는 저녁 어둠이 좋았다.

그렇게 충주까지 걸어갔다가 돌아온 적이 있다. 그때 걷는 행복을 알았다. 행복할 때 정작 사람들은 그 행복을 느끼기 힘든 것 같다. 마치 물속에 있는 물고기가 물을 의식하지 못하듯, 불행해져야만 행복을 알아차린다. 당연하다고 생각했던 일상의 사소한 것들의 즐거움을 하나하나 느껴 볼 수 있다면 그게 행복해지는 길은 아닐까. 20대 젊은 시절의 꿈 하나는 배낭을 지고 동해 바닷가를 걸어서 방랑하는 것이었다. 노인이 되어 한적과 여백을 즐기려는 요즈음 그 꿈을 조금씩 실현해 보고 있다.

노년의 마음 리모델링

노년을 혼자 방에서만 지내다가 요양원으로 옮겨 인생을 마감한 분이 있다. 목수이자 가죽세공 기술도 가지고 있던 그가 헛되이 살다 가는 게 안타까웠다.

공대를 졸업하고 건설회사에서 근무하던 아는 사람이 어느 날 회사를 그만두고 방에 틀어박혀 나오지 않았다. 그러다 얼마의 시간이 흐른 후에 그가 집을 나가 노숙자가 됐다는 얘기를 들었다. 을지로 지하철역 입구에서 그를 보았다는 소식을 듣고 형이 찾아가자 그는 소리 없이 사라졌다는 것이다.

부정적인 생각을 가지면 외로움의 노예가 되고, 절망 속에서 나태하고 게으른 존재가 될 수 있다. 실패하거나 늙었다고 절망하지 말고 나도 뭔가 할 수 있다고 마음을 리모델링해서 새로운 나로 만들어야 하지 않을까.

실버타운의 식당에서 3층에 사는 80대 노인과 밥을 먹으면서 얘기를 나누었다. 항상 생글생글 웃는 작달막한 노인이었다. 미국에서 50여 년을 살다가 연어가 태어난 곳으로 와서 알을 낳고 삶을 마감하듯이 고향인 한국으로 죽으러 돌아왔다고 했다. 평생 약을 연구하면서 미국에서 교수생활을 해왔다고 한다. 내가 실버타운에서 어떻게 시간을 보내느냐고 물었다.

"20만 원 정도 하는 중고 키보드를 사서 트로트까지 여러 장르의 곡을 연습하고 있어요. 반주는 기타 코드를 이용하고요. 작곡까지 공부하고 싶은데 작곡을 배우려면 춘천의 음악대학까지 가야 할 것 같아요."

팔십이 넘은 나이에도 공부에 대한 의욕이 대단하다. 그가 덧붙였다.

"바다가 보이는 창가에 키보드와 컴퓨터를 나란히 배치했어요. 음악연습이 끝나면 다음에는 한국의 속담을 영어로 소개하는 글을 써요. 오후에 산책을 할 때 큰 봉지를 들고 해변의 쓰레기를 주우면 좋을 것 같아요."

살 줄 아는 사람은 흐르는 시간을 정지시키는 것 같다.

부장판사를 하다가 퇴직한 친구가 있다. 수십 년을 검은 법복 속에 갇혀 있다 보니 마음도 굳어 있는 것 같았다. 그에게 퇴직 무렵 앞으로는 반바지를 입고 거리를 다니다 짬뽕을 사 먹고 옷에 국물자국도 낼 수 있는 자연인으로 돌아와야 하지 않느냐고 내가 조언을 한 적이 있다. 그는 만약 그렇게 했다가 데리고 있던 부하 판사들이라도 보면 어떻게 하느냐면서 체면이 손상되는 걸 두려워했다.

그러던 그가 어느 순간 변신했다. 그는 오카리나를 배우기 시작했다. 소리가 밖으로 나가지 않도록 옷장 속을 득음바위로 삼아 연습한다고 했다. 워낙 집념이 강한 친구라 그의 연주는 금세 궤도에 올랐다. 그는 오카리나 연주단을 조직했다. 얼마 후 그는 노숙자들이 모인 거리에서 연주를 했다. 실버극장이나 내가 있는 실버타운에 와서도 공연했다. 오라는 곳은 언제 어디라도 가겠다고 했다. 피에로 같은 동그란 모자를 쓰고, 화사한 색깔의 재킷을 입고, 손과 발로 박자를 맞추며 무대 위에서 몸을 흔들며 연주하는 그의 모습은 근엄한 재판장과는 전혀 다른 변신이었다.

법원장을 하다가 퇴직한 또 다른 친구가 있다. 그는 색소폰을 배우고 드럼을 배우고 활쏘기를 배웠다. 그러다가 봉사 쪽으로 방향을 돌렸다. 그는 무료 급식소로 가서 배달을 맡았다. 몸이 아파 도시락을 가지러 오기 힘든 쪽방촌이나 고시원의 장애인, 노인들에게 직접 전해 줬다. 그는 가난이 가득 들어찬, 창문도 없는 한 평의 쪽방이나 고시원 방에서 살아가는 사람들의 애잔한 모습을 내게 얘기해 주었다. 한번은 그가 내게 이런 말을 했다.

"가난한 아이의 성적을 살펴봤더니 평점 4.5 만점에 4.3이더라고. 그래서 얼굴 한번 보지 않고 몰래 2천만 원을 송금했지."

그는 판사에서 전사로 승진한 것 같았다. 어제는 오랜만에 서울로 올라와 그 친구와 같이 저녁을 먹으면서 물었다.

"요새도 도시락 배달하냐?"

"늙었는지 이제는 높은 지역에 있는 달동네 쪽방으로는 배달

하기 힘들어. 요즈음은 무료 급식소 안에서 밥과 국을 퍼 주고 있어.”

“변호사 일은?”

“동네 변호사 일을 하고 있어. 자질구레한 서류 같은 거 그냥 써 주는 대서방 역할을 하고 있지.”

그렇게들 노년을 리모델링해서 사는 것도 멋지고 품위 있게 늙어가는 것은 아닐까.

안개와 함께 춤을

납빛으로 가라앉은 드넓은 바다 저편에 화물선 한 척이 유유하게 떠 있다. 바닷가에는 이따금씩 짙은 안개가 흐른다.

산책을 하다가 우연히 한 남자를 만났다. 옥계 해변에 작은 단독 주택을 사서 그곳에 14년째 살고 있다고 했다. 홀로 고독을 견디며 그렇게 살기가 쉽지 않다. 그에게 호기심이 일어 바닷가 카페에서 잠시 얘기를 나누자고 했다. 그가 흔쾌히 응했다.

"어떻게 적막한 옥계 해변에 자리를 잡았습니까?"

내가 묻기 시작했다.

"도시가 싫었죠. 그래서 한적한 옥계 바닷가 마을로 내려와 30평짜리 작은 집을 샀죠. 가격도 얼마 되지 않아요. 서울의 아파트를 처분하니까 돈이 남아돌아요. 경험이 없으니까 농사지을 밭은 사지 않았어요."

"노년의 긴긴 시간을 어떻게 보냅니까?"

"내 나름대로 혼자 노는 방법 다섯 가지를 강구했어요. 첫 번째 놀이는 '나드리'라고 이름 붙였어요. 차를 몰고 한두 시간 거리의 동해바다를 오르내리는 겁니다. 북으로는 고성이고 남으로는 영덕, 울진까지죠. 새파랑길을 오르내리면서 굉음을 내고 바위에 부딪치는 파도를 보고, 한낮의 햇빛이 부서지는 수평선도 보고, 하얗게 피어오르는 구름이나 밤바다 위에 번들거리는 띠를 만드는 달을 즐기는 게 얼마나 좋습니까? 두 번째 놀이는 그렇게 다니면서 산책과 온천욕을 즐기는 겁니다. 값이라야 서울 변두리 공중목욕탕 요금밖에 되지 않아요.”

그의 말에 공감했다. 나도 그렇게 하고 있는 셈이다.

“세 번째는요?”

내가 모르는 즐거움을 찾는 게 나의 일이기도 하다.

“커피 로스팅과 핸드드립을 배워서 실행하고 있습니다. 마을 사람들이 언제든지 자유롭게 우리 집에 드나들게 하고, 저는 그 사람들에게 공짜 커피를 제공하는 겁니다. 귀촌 생활은 마을 사람들과의 관계 맺음이 아주 중요하거든요. 사교적인 기술로 접근하는 것이 아니라 내 마음을 열어야 합니다. 그래야 상대방도 마음을 엽니다.”

“그 다음은요?”

“시간 여유가 생기니까 저는 『논어』를 집중적으로 공부하기 시작했어요. 공자님이 원래 공부하는 게 인생의 세 가지 즐거움 중의 하나라고 하지 않았습니까? 저는 학자들의 해석을 따르지 않고, 논어를 제 마음대로 다르게 해석해 보기도 합니다. 즐거움으로 하는 거니까요. 공자님이 육십에 이순(耳順)이라고 한 것을 예로 들면, 남이 나를 뚱보라고 놀려도 그건 내가 건강하다는 걸로 들는 거죠. 누군가 나에게 여우라고 해도 그걸 내가 총명하다는 뜻으로 바꾸어 듣는 거죠. 나쁜 놈이라는 욕도 내 귀를 통과하면 칭찬으로 바뀌는 게 이순(耳順)이라고 해석합니다. 저는 그걸 어떤 소리를 듣는 마음의 귀가 완전히 바뀐다는 의미라고 해석합니다.”

“다섯 번째 낙은 뭡니까?”

그는 평범하게 보이지만 보통사람이 아닌 정신세계를 가진 것 같았다.

“한시(漢詩)를 짓고 있죠. 『시경』을 보고 당나라 때부터 전해오는 시들을 틈틈이 공부하고 시를 짓기도 하고 있어요. 칠언절구를 짓는데 처음에는 자연을 내면화한 경치를 묘사하죠. 다음 연은 정(情)을 집어넣습니다. 그리고 그 다음은 의미를 가해야 하는데 아직 서투르죠.”

그가 잠시 말을 중단하고 장난기 서린 표정으로 나를 보았다. 나는 조용히 그의 다음 얘기를 기다리고 있었다.

“이곳 바닷가에는 해무(海霧)가 끼는 경우가 많아요. 그런 해변을 걷다 보면 사람의 모습을 한 안개가 다가와 나를 감싸 안고 춤을 추는 거예요. 그래서 내가 우리 집 이름을 ‘무율제(霧律齊)’라고 지었어요.”

‘늑대와 함께 춤을’이라는 인디언 추장의 이름을 들은 적이 있다. 그는 안개와 함께 춤을 추는 존재였다. 젊은 사람들이 비싼 집값 때문에 도시에서 주변으로 쫓겨나고 있다. 정년퇴직을 한 노인들이 병과 죽음이 무서워 대형 병원이 있는 서울을 떠나지 못하고 있다. 노인이 되면 도시라는 무대에서 조용히 퇴장해 주는 것도 괜찮은 게 아닐까. 도심에 있으면 쓰레기가 되지만 숲속이나 바닷가에 살면 신선이 될 수도 있으니까.

백합 조개를 줍는 노인

추적추적 내리던 가을비가 잠시 멈춘 오전에 해변으로 나갔다. 밀려오는 파도가 물러나는 파도에 부딪쳐 하얀 물보라를 일으키고 있었다. 나는 맨발로 조수가 빠져나간 평평하고 고운 모래 위를 걷는다. 아침 바다가 파랑과 남색이 섞인 오묘한 빛을 띠고 있다. 한옥마을 앞까지 갔을 무렵이었다. 한 남자가 해변에 웅크리고 앉아 뭔가를 찾고 있는 모습이 보였다. 고무장화에 긴 바지를 입고 있었다. 옆에는 물고기나 조개를 담는 어구가 놓여 있었다. 이상했다. 조개를 채취하려면 투명한 바다 밑바닥의 모래를 뒤져야 했다. 그렇다고 그가 물고기를 잡는 것도 아니었다. 호기심이 일어 그에게 다가가 물었다.

"뭘 하고 계십니까?"

내 말에 그는 들고 있던 엄지손톱만한 조개껍질을 보이면서 말했다.

"이게 백합 조개예요. 이것들을 주워서 꽃을 만들고 있어요."

"꽃이라뇨?"

내가 되물었다. 그는 얼른 주머니에서 스마트폰을 꺼내더니 영상 앨범에서 사진을 확대해 내게 보내 주었다. 수많은 크고 작은 백합 조개껍데기를 정교하게 붙여서 만든 꽃이 활짝 피어 있었다. 보통 솜씨가 아니었다. 꽃뿐만 아니라 조개껍질로 만든 소나무 작품도 있었다.

"대단한 솜씨네요. 공예품을 만들어 파시는 겁니까?"

"아니에요. 평생 다른 직업에 있었어요. 애들 다 키워 결혼시키고 정년퇴직을 하고 동해로 내려왔어요. 부부 둘이서 주공아파트를 얻어서 살아요. 제가 어려서부터 만들기를 잘했어요. 초등학교 때 종이와 고무줄로 만든 제 글라이더가 제일 멀리 날아가곤 했어요. 노년이 된 지금은 여기서 백합 조개껍데기를 모아다가 꽃을 만드는 게 제 일과예요. 취미라고 해도 전시회를 연 적도 있어요. 제 작품이 팔린 적도 있죠."

노년의 시간을 독특하게 보내는 사람이었다. 한적한 바닷가에서 재미있게 노년을 보내는 사람들을 발견한다. 얼마 전에는 옥계의 해변으로 내려와 15년 동안 한시(漢詩)를 짓고 안개 속 그림자와 춤을 춘다는 신선 같은 노인을 만나기도 했다. 나는 고독을 즐기는 특이한 사람들을 바닷가에서 종종 발견한다.

한번은 밤중에 바닷가로 나간 적이 있다. 어둠 속에서 반딧불 같이 허공에 파랗게 떠 있는 작은 불빛 두 개가 보였다. 낚싯대 끝에 달려 있는 불빛이었다. 그 앞에 웅크리고 있는 사람의 등의 윤곽이 흐릿하게 느껴졌다. 그는 고기를 잡으려는 것일까 아니면 한밤의 투명한 정적을 즐기는 것일까.

파도 소리가 어둠으로 스며드는 한밤중에 바닷가 작은 텐트 안에서 혼자 있는 사람들을 보았다. 차를 바닷가에 세워 두고 그 안에서 밤을 보내는 사람들도 많다 . 파도가 굉음을 내며 부서지는 갯바위 위에 위태롭게 서서 낚싯대를 잡고 있는 사람도 있다. 그들은 혼자서 노는 데서 안정감과 행복을 느끼는 것 같다. 그들에게 고독은 단순한 외로움이 아니다. 투명한 시간을 즐기는 즐거움인 것 같다.

나는 요즈음 평생 하던 변호사업을 마무리하는 중이다. 몇 사건 남은 재판 때만 법정으로 간다. 변호사를 40년 해오면서 직업적 스트레스가 있다. 찾아오는 의뢰인은 그들의 인생에서 뜻하지 않은 상황 속에 빠져 허우적거리는 사람들이었다. 들어주고 들어줘도 그들이 끝없이 징징거리는 것같이 느껴질 때가 있었다. 변호사인 나에게 사건이 아니라 자신의 인생 전체를 맡긴 듯 고통을 쏟아 놓았다. 연민의 피로로 내가 휘청거리기도 했다. 도덕과 상식이 통하지 않는 정신병자도 있었다. 소송을 하는 사람들의 마음 밑바닥에는 끈끈한 탐욕이 붙어 있기도 했다. 외눈박이거나 눈을 뜨고 있어도 볼 수 없는 사람도 많았다. 그들의 들끓는 아우성 속에서 탈출하고 싶었다.

나는 노년을 어떻게 보낼까 생각했나. 그리고 나는 어띤 존재인가를 돌아보았다. 사람들의 성향은 여러 가지다. 떼를 지어 어울려야 재미있어 하는 참새족도 있다. 혼자 공중으로 날아오르며 노래 부르는 종달새도 있다. 높은 공중에서 선회하는 독수리도 있다. 나는 어떤 족속일까? 나는 석양을 가슴에 받으며 어두 워지는 바다 쪽으로 날아가는 갈매기 조나단 같은 존재가 되고 싶다. 혼자 있어도 나름대로의 질서와 규범이 있으면 하루를 알 차게 보낼 수 있는 것 같다. 기도와 글쓰기, 독서와 산책이 규칙 적인 나의 일상이다. 어제보다 오늘, 오늘보다 내일 조금 더 높 이 날고 싶은 소망을 가지고 있다.

달팽이 인간의 마지막 도착지

나와 친한 고교 선배가 있다. 나이 팔십을 바라보는 그는 컴퓨터의 자판조차 치지 못한다고 했다. 고위직 법관으로 있을 때 비서가 다 해 주는 바람에 배우지 못했다고 얼마 전 만난 그 선배의 부인이 말했다.

"남편이 그 나이에 주민센터 컴퓨터 교육반에 등록했어요. 아침 10시부터 오후 6시까지 점심도 먹지 않고 컴퓨터 공부를 하고 있어요."

노인이 하루에 8시간 이상을 집중적으로 공부한다는 것이다. 그 선배는 원래 그런 기질이었다. 고시 공부 시절, 삼복더위에 다락방에서 옷을 벗고 공부하다가 궁둥이 살이 뭉개지면서 팬티의 섬유와 뒤섞인 채 굳어져 응급실에 간 적도 있었다.

그는 사법고시 수석합격자였다. 노력뿐 아니라 그는 좋은 머리도 물려받은 것 같았다. 아버지가 대법관이었다. 그가 법관이 된 이후 독일 유학을 갔을 때 2년 만에 학위를 땄다. 그의 재능에 감탄한 독일인 교수가 대학에 남으라고 권유하기도 했었다. 그는 체력도 대단했다. 판사를 그만두고 50대 후반의 나이에 스키를 배웠다. 얼마 시간이 흐르지 않아 그는 험한 코스가 있는 해외로 스키를 타러 갔다. 일본, 스위스를 거쳐 시베리아와 남극 가까이에 있는 푼타아레나스 스키장까지 순례한 후 스키에 관한 책을 내기도 했다. 컴퓨터 교육을 받던 그 선배가 며칠 전 내게 이런 내용의 카톡을 보내왔다.

'주민센터 컴퓨터 선생님의 권유로 일 년에 한 번 있다는 컴퓨터 경진대회에 나가 봤어. 내가 나이를 먹었는데도 예선을 통과하더라고. 신기했지. 이어서 본선대회가 열렸는데 5명 수상자 안에 들어갔어. 잘됐다 싶었는데 내가 일등이라면서 국무총리상을 받으라고 하더라고. 이왕 컴퓨터 공부를 시작한 바람에 좀 더 하기로 했어. 5명만 수강신청을 받아 가르치는 반이 개설됐어. 명색이 내가 일등인데 빠지기가 곤란한 입장이 된 거야.'

그 선배는 성품까지 온유했다. 그 정도면 인간 명품이 아닐까. 같은 인간이라도 차이가 참 많이 나는 것 같다. 나는 컴퓨터를 10분만 공부하고 있어도 머릿속이 얽히고 전선이 타는 냄새가 나는 느낌이다. 스키도 타지 못한다. 그 선배를 보면 따라가지 못할 아득한 뒤쪽에서 달팽이같이 기어가는 것 같다.

내 주위를 보면 부자들도 많다. 타고날 때부터 재벌의 아들도 있고, 혼자 재벌급으로 성공한 친구들도 있다. 돈이 많은 것도 하늘이 복을 주거나 그걸 잡는 특별한 재능이 있어야 한다는 걸 알았다. 그런 사람들은 따로 있었다. 키가 크고 우수가 깃든 것 같은 분위기 있는 미남들을 보면 배 나오고 못난 내가 부끄럽기도 했다.

솔직히 고백하면 고교 시절부터 나의 능력에 절망했었다. 껍데기만 명문 고교의 교복을 입었지 알맹이는 자격이 없다고 생각했다. 나는 짝퉁이고 가짜 같다는 느낌이 나를 지배했었다. 그런데 자신의 능력에 절망하는 사람은 나만이 아닌 것 같다. 일찍부터 자기에게 절망하여 삶을 포기하는 친구도 더러 보았다. 많든 적든 누구나 자신의 약점을 안고 산다는 걸 뒤늦게야 알았다. 강자도 약자도 마찬가지였다. 대부분 자기만 능력이 없다고 오해하는 것 같다. 정도 차이는 있지만 대부분이 비슷한 고민을 하는 것 같았다. 위를 보면 절망하고, 아래를 보면 위로를 얻는다고 하지만 시선은 자꾸만 위로 향했다. 살기 위해 나름대로 열등감을 극복하는 방법을 연구해 봤다.

먼저 내 주제를 파악하는 게 중요했다. 내가 어떤 존재인가는 부모의 기질과 운명을 보면 짐작할 수 있었다. '콩 심은 데 콩 나고 팥 심은데 팥 난다'고 했다. 아버지는 콩은 팥이 안 되고, 피라미가 상어가 되는 꿈을 꾸면 힘만 든다고 내게 충고했었다. 그래도 모든 걸 운명론으로, 부모의 DNA로만 해석하는 건 좀 억울했다. 그래서 나는 그 틀을 벗어나고 싶었다.

한 실험을 우연히 봤다. 종이 위에 원을 그려 놓고 안에 있는 개미에게 원을 밟지 않고 밖으로 나오라고 하면 그건 불가능하다. 그렇지만 인간은 그 개미를 가볍게 들고 원 밖으로 나오게 해 줄 수가 있다. 신이 그 역할을 해 줄 수 있지 않을까 생각했다. 나는 절대자라는 그분 앞에 먼지와 같은 나의 존재와 무능력을 고백했다. 그렇게 납작 엎드리고 간절해야 도움을 받을 것 같았다. 그게 믿음이라는 게 아닐까.

성경을 보다가 재미있는 생각이 들었다. 그분은 느린 달팽이도 노아의 방주 속으로 기어 들어가게 했을 것 같았다. 달팽이는 달팽이의 삶이 있는 것이다. 나는 그렇게 느리게 살았다. 나는 일본어 공부를 하루 한 단어만 외우기로 했다. 한 단어면 몇 초도 안 걸린다. 어려운 책은 하루에 한 페이지씩만 읽었다. 몇 분 안 걸린다. 아름다운 문장도 하루에 한 개만 익히기로 했다. '야금야금 천천히 그러나 쉬지 않고'가 나의 행동 목표였다.

사람들은 시간이 없다고 했다. 일하고 퇴근하고 밥 먹고 텔레비전 보고 자면 다음날 출근이 바쁘다고 했다. 작은 달팽이의 삶은 곳곳에서 공간과 시간을 발견했다. 출퇴근하는 전철 안의 시간은 엄청났다. 20대에 매일 안양으로 가는 전철에서 세계사와 독일어를 공부했다. 직장이라는 곳은 대기하는 시간이 많았다. 변호사로 법정에 가도 대기하는 시간이 상당 부분을 차지했다. 야금야금 뭔가를 하는데 특별한 공간은 필요하지 않았다.

시간이 없다는 사람을 보면 안타까웠다. 시간은 있는 것이 아니라 쪼개어 만들어내는 게 아닐까. 나와는 다른 우수한 사람들의 능력에 질리지 않기로 했다. 만리장성은 6억 개의 돌로 되어 있다고 들었다. 콜로세움은 6천만 개의 벽돌로 쌓았다고 하던가. 그렇지만 모두 한 개의 돌로부터 시작됐을 것이다. 능력이 없는 나라도 한 개의 돌쯤은 가져다 놓을 수 있을 것 같았다. 달팽이의 삶은 그 정도면 되는 것 아닐까. 재능도 노력도 인간은 타고난 한계를 벗어나지 못한다. 그러나 내 안에 들어온 신인 성령은 그 한계를 벗어나게 할 수 있다고 믿는다.

자신에게 맞는 재미

동창회 밴드를 통해 고교 동기들의 사진과 활동들이 소개되고 있다. 친구들끼리 모여 당구도 치고, 바둑을 두기도 하는 것 같다. 그게 끝나면 음식점에 모여 막걸리를 마시면서 옛 시절 얘기를 하면서 노년을 보내는 즐거운 모습이다.

혼자 서민 아파트에서 무료하게 사는 노인을 봤다. 만날 친구도 없고 찾아갈 곳도 없다. 방에서 혼자 책을 들고 바둑판 위에 혼자 알을 놓아 보지만 밋밋한 표정이다. 젊은 날 사 두었던 문학책을 들춰봐도 노인은 그 내용들이 머리에 들어오지 않는 것 같다. 그 노인은 젊은 시절부터 노는 것에 대한 선행학습이 되어 있지 않았다. 텔레비전을 보아도 그 내용에 공감을 하지 못한다. 권태를 느끼며 하루하루 정물같이 살다가 병이 들어 마비가 된 채 죽어간다. 내가 40대 말 한 드라마에서 보고 충격을 받은 장면이다. 그걸 보면서 아직 젊었을 때 늙어서 재미있게 살 방법을 미리 강구해 두어야겠다는 생각을 했었다.

평생을 시험이나 직업적 전문 분야에 대해서는 준비를 해왔지만 노년의 무료함에 대한 대비는 소홀했던 것 같다. 아니 소홀

했다기보다는 잡기에 무능했다고 하는 편이 정확할 것 같다. 밤을 새워 고스톱을 배워도 실력이 조금도 늘지를 않았다. 남들이 내 패를 다 읽고 돈을 따갔다. 돈을 잃어도 무덤덤하다. 포커를 해 봤다. 내 표정만 봐도 뭘 가졌는지 다 알겠다고 했다. 어쩌다 돈을 따도 기분이 그저 그렇고 잃어도 아무렇지가 않았다. 재미가 없었다. 골프도 마찬가지였다. 시도는 해 봤다. 다른 사람들의 공은 파란 하늘에 포물선을 그리면서 멋지게 날아가는데 내 공은 픽 앞으로 떨어져 제 맘대로 굴러갔다. 부끄러웠다.

남들이 바둑을 두는 모습을 보면 신선 같아 보였다. 환갑이 넘어 뒤늦게 폼이라도 잡아 보려고 시도했다. 같이 대국해 줄 사람이 없어 컴퓨터 바둑으로 시작했다. 같은 18급인 상대방에게서 메시지가 왔다.

'이 병신아 너 돌대가리야? 호구에 돌을 갖다 놓는 게 어디 있어?'

한참 있다가 다시 글이 왔다.

'엄마가 학원 가래. 나중에 또 하자.'

손자뻘 아이한테 욕만 먹고 늙어서는 바둑이 안 된다는 사실을 알았다. 잡기에 능해야 남들과 어울려 노년이 즐거울 텐데 나는 할 수 있는 게 없었다. 아무래도 나는 혼자 놀아야 할 것 같았다. 생각해 보니까 어려서부터 혼자 놀았다. 동네 만화방에 가서 종일 혼자 죽치고 있었다. 집에서도 구석방에 혼자 앉아 수수깡으로 비행기를 만들면서 시간이 가는 줄을 모르곤 했다. 중학교부터 동시 상영하는 삼류 영화관들을 혼자 순례하면서 영화들을 봤다. 나는 늙어서도 혼자 놀아야 할 운명 같았다.

나이 오십 무렵 우연히 컴퓨터 놀이를 시작했다. 블로그를 만들어 글을 올려 보았다. 내게 글은 초등학교 시절 수수깡으로 모형 비행기를 만드는 것과 비슷한 느낌이라고 할까. 문장들을 정교하게 깎고 다듬어 글을 만들면 작은 성취감이 들었다. 어떤 내용을 글에 담을까가 블로그 놀이의 관심사다. 성경 속에서 사도 바울은 자신의 약점 외에는 어떤 것도 자랑하지 말라고 했다. 거기에 깊은 뜻이 있을 것 같았다. 자기의 치부를 드러내는 것은 용기를 필요로 하는 일이다. 나의 지나간 삶에서 부끄럽고 못났던 것들이나 받은 상처들을 나는 얼마나 솔직하게 드러낼 수 있을까 궁금했다. 세상은 성공담보다는 진창에서 허우적대는 비참한 모습을 더 재미있어하는 것 같기도 하다.

더러 그런 글을 올리기도 했다. 내 작은 글을 진지하게 읽어 주고 마음을 받아 주는 독자들이 몇 명 생겼다. 그런 분들 앞에서 내 상처를 드러내면 마치 맑은 강물에 칼에 베인 손가락을 넣어 씻은 듯 치유되는 느낌이 들기도 했다. 그런 블로그 놀이가 벌써 20년이 된 것 같다. 돈이 들지 않고 늙어서 혼자 놀 수 있는 괜찮은 놀이라는 생각이다. 노년의 또 다른 나의 놀이는 명상을 하면서 혼자 천천히 자유롭게 해변을 걷는 것이다.

산책을 하다가 백합 조개껍질을 수집하는 노인을 봤다. 허름한 아파트에서 그걸 가져다 새나 나무 같은 작품들을 만든다고 했다. 바닷가에 작은 집을 짓고 살면서 시를 쓰는 80대 노인을 만나 친구가 되기도 했다. 모르는 사람들을 만나 그들이 살아온 얘기를 듣는 재미도 괜찮다. 재미있게 살겠다고 마음먹으면 누구든 어디에서든 언제든 재미있는 일이 있지 않을까.

아라비아의 감옥에서 징역을 살았던 선배는 3년간 그곳에서 바둑 실력이 늘었다고 했다. 노숙자 시설에 가 보면 사람마다 자기의 놀이를 가지고 있었다. 지금 나이에 내가 가진 것만으로도 즐거움을 느끼는 일이 진짜 재미 아닐까. 자신에게 맞는 그런 재미를 찾는 것이 진정 나이답게 늙어가는 건 아닐까.

5장

인생을 숙제처럼
살지 않기로 했다

재미있는 인생

　황혼 무렵 바닷가로 나갔다. 멀리 화물선 몇 척이 풍경처럼 떠있고 붉은 저녁노을에 젖은 구름이 신비한 색조의 안개 같다. 나는 모래 해변을 따라 옆으로 난 나무 덱을 천천히 걷고 있다. 소리치면서 우글우글 몰려드는 파도 소리가 시끄럽지 않고 오히려 마음을 안정시킨다. 허공에 희미한 하얀 달이 걸려 있다. 서서히 어둠이 내리고 있다. 하늘과 수평선과 그 너머의 것들까지 어둠 속에 서서히 지워져가고 있다. 나는 현실과 비현실이, 존재와 비존재가 조금씩 섞여 드는 이 순간이 좋다. 희미했던 달이 어느새 뚜렷하게 자신의 존재를 드러내며 계절 특유의 맑은 노란빛을 뿜어내고 있다. 바다 위에 달빛의 금가루가 뿌려져 물결에 흔들리고 있다.

　나는 사람 없는 모래사장에 앉아 검은 바다를 본다. 멀리 바다로 흘러내리는 산자락 아래의 포구에서 빨강 피랑 노랑의 보석 같은 불빛들이 반짝이며 띠를 이루고 있다. 이 아름다운 지구별의 모습을 놔두고 천국을 따로 묘사하는 것은 적절하지 않다는 생각이다. 세월이 흐르고 나이를 먹어가면서 아름다운 풍경은 눈과 머리를 지나 가슴속까지 흘러들어 마음을 흠뻑 적신다.

나는 요즈음 바닷가 마을에 살면서 순간순간 바뀌는 지구별의 아름다운 풍경화를 즐기고 있다. 인생은 어느 시기건 그에 알맞은, 그때만 느낄 수 있는 즐거움이 있다. 그것을 놓치지 않고 느끼며 산다면 그런대로 괜찮은 인생이 아닐까. 그런데 시대와 관계의 흐름 속에서 그게 쉽지가 않다. 잠깐 장관을 지낸, 어릴 적부터의 친구가 내가 있는 곳에 왔다가 돌아갔다. 그 친구는 내게 경치는 좋지만 자신은 그렇게 살기 힘들 것 같다고 말했다. 아직 해야 할 일이 많은 것 같았다. 1천억이 넘는 부자 친구도 내가 묵고 있는 바닷가를 다녀갔다. 그 친구는 재산 관리 때문에 도저히 나같이 할 수가 없다고 했다. 여유 있게 즐기는 삶이 누구나 되는 일은 아닌 것 같다.

지나고 보면 거절하고 싶던 아버지 마음의 유전자를 내가 받은 것 같다. 고등학교 3학년 시절, 내가 법대에 지망하려고 할 때였다. 아버지는 출세하지 말라고 했다. 평범한 소시민이 되어 그때그때 자신에게 맞는 작은 즐거움을 누리며 살라고 했다. 아버지의 인생도 독특했던 것 같다. 어떻게 그랬는지는 몰라도 아버지는 중학교 때부터 사진이 취미였다고 했다. 여유 있는 집이 아닌데도 그랬다. 아버지는 취미가 직업이 되어 동대문 근처에서 작은 사진관을 했다. 그러다 잡지사를 거쳐 신문사 사진기자가 됐다. 사건 현장보다는 흑백사진 속에 봄의 물씬한 흙냄새를 담는 걸 더 좋아하셨다. 아버지는 직장의 후반부를 납으로 된 사진

판을 만드는 기술자로 지냈다. 아버지의 인생은 자신의 소소한 즐거움이었다. 아버지는 새를 좋아했다. 어느 날 잉꼬를 사서 집으로 가져오더니, 얼마 지나지 않아 변두리 허름한 목조가옥이었던 우리 집은 새들의 합창으로 시끄러워졌다. 아버지는 카나리아와 문조, 호금조, 십자매들과 얘기하면서 세월을 보냈다. 나도 아버지 옆에서 엄마 없는, 털도 나지 않은 새빨간 잉꼬 새끼를 키운 적이 있다. 좁쌀을 갈아 계란노른자에 반죽을 해서 새밥을 만들었다. 면봉 끝에 그걸 조금씩 묻혀 잉꼬 새끼의 입에 밀어넣어 주었다. 그걸 받아먹은 잉꼬 새끼는 연두색 털이 나면서 커갔다. 잉꼬는 내가 자기 엄마인 줄 알고 나의 어깨와 머리에 앉아서 살다가 짝짓기를 했다. 그 새는 5대 고손자까지 좁은 우리 집에서 자손을 증식시켰다.

회사를 그만둔 후 아버지는 아예 작은 새 가게를 차렸다. 아버지의 별명은 '파랑새 할아버지'였다. 그게 그때그때 즐거움을 찾아간 아버지의 인생이었다. 어쩔 수 없이 나도 아버지의 유전자를 벗어나지 못한 것 같았다. 의식적으로 해 보려고 했지만 조직 생활이 몸이 뒤틀리고 힘이 들었다. 출세를 포기하고 자유롭게 살자고 일찍부터 마음먹었다. 빚을 지고 무리가 따르더라도 좋아하는 것들을 그때그때 꼭 하기로 했다. 그 순간을 놓치면 감성이 녹슬어 봐도 보지 못하고 들어도 듣지 못할 것 같았다. 죽을 때 즐기지 못한 건 후회해도 돈을 덜 벌었다거나 출세를 못해서 억울해하는 경우는 없다고들 했다.

사무실 벽의 천정까지 문학책을 쌓아 두고 읽었다. 세계의 대륙과 바다를 흘러 다녔다. 나의 뇌리는 사진첩이다. 러시아의 낡은 기차를 타고 시베리아 대륙을 횡단할 때 보았던 광경이 차곡차곡 쌓여 있다. 거대한 붉은 태양이 지평선으로 내려갈 무렵, 흰 눈을 덮어쓴 강건한 초록의 소나무 숲 풍경이 지금도 마음속에서 살아서 숨쉬고 있다. 작은 보트를 타고 얼음이 녹은 흙탕물이 흐르는 강을 거슬러 오르다가 만난 빙하의 신비한 빛은 나의 기억 속에 영원히 남아 있을 것이다. 배를 타고 세계의 바다를 돌았다. 태평양을 건너고 인도양, 아라비아해, 홍해를 거쳐 수에즈 운하를 지나 에게해로 가기도 했다. 어떤 때는 크루즈선을 타고, 어떤 때는 화물선을 얻어 타기도 했다. 15년 동안 추구했던 나의 즐거움이다.

거대한 상대방을 법의 심판대 위에 끌어다 놓고 법정에서 격투기를 벌인 것도 지나고 보니 스릴을 만끽하는 즐거움이기도 했다. 거대한 종교집단의 교주를 상대로 싸우기도 했고, 재벌회장들을 상대하기도 했다. 어떤 때는 국가를 상대로 했다. 도박사는 한 장의 카드에 인생을 건다. 짜릿한 승부를 다투는 변호사의 쾌감도 그 못지 않았다는 생각이다. 요즈음은 바다와 세를 얻은 실버타운의 집필실이 나의 낙원이다. 돈과 시간과 체력이 남아돌아서 이렇게 사는 건 아니다. 앞뒤 재지 않고 그냥 물에 풍덩 뛰어들듯이 시도해 본 것이다. 바로 지금 자신에게 맞는 재미를 찾는 것이 진정 나이답게 늙어가는 일은 아닐까.

내 남은 생의 첫날

따뜻한 봄볕이 내리쬐고 있다. 내가 앉아 있는 레스토랑의 넓고 투명한 창으로 내려다보이는 옥색의 섬진강이 미풍에 잔물결을 일으키고 있다. 강물은 바싹 다가선 산자락을 무심히 담고 있다. 그 위로 학 한 마리가 날개를 활짝 펴고 미끄러지듯 날고 있다. 강둑으로는 화사한 분홍 꽃을 피운 벚나무들이 끝없이 도열해 있다. 연두색 기운이 산에 들에 온통 수채화처럼 풀린 봄이다.

나는 카페에 앉아 크루아상 샌드위치에 바닐라라떼 한 잔으로 점심을 먹으며 섬진강의 봄을 즐기고 있다. 이제는 하루하루가 그분이 준 선물 같다. 오늘이란 어떤 의미를 가지고 있는 것일까. 어제 죽은 사람이 그토록 살기를 바라던 내일이 오늘이라는 글을 읽은 적이 있다. 지금 이 순간은 그만큼 귀중한 것이 아닐까. 그런 오늘을 어떻게 살아야 할까.

사흘 전 봄 여행을 떠나왔다. 변산반도의 내소사를 찾아가 그 마당에 활짝 피어 있는 홍매화를 보았다. 소록도를 지나 고흥반도 최남단에 있는 은가루를 뿌린 듯한 봄 바다를 즐겼다. 고흥

만의 벚꽃길을 걷고, 이어서 섬진강변으로 온 것이다. 어떤 글에
선가 읽었다. 봄은 매년 찾아온다고, 그러나 봄을 모르는 사람에
게는 그 봄이 찾아오지 않는다고 말이다.

대학입시의 국어 시험 시간이었다. 봄에 대해서 글을 쓰라는
작문 문제가 나왔었다. 검정 교복에 갇혀 지낸 까까머리 소년에
게 봄이 어떤 것인지 감이 잡히지 않았다. 색깔도 질감도 형태도
없는 무채색 같은 느낌이었다. 아니다. 그때도 내게 봄은 있었
다. 어두침침하고 추운 독서실에서 점심을 먹을 때였다. 반합에
점심과 저녁 두 끼의 도시락을 싸가지고 다녔다. 딱딱하게 굳은
밥을 물에 말아서 김치와 함께 먹었다. 그때 독서실 위쪽의 깨진
작은 유리창을 통해 노래가 흘러 들어왔다. 가수 양희은이 부르
는 〈아침 이슬〉이라는 노래였다. 그 노래가 너울을 일으키며 내
마음속으로 들어왔다. 그 노래의 한 소절이 내게는 봄이었다.

20대 초반 암자의 뒷방에서 고시 공부를 할 때였다. 절 마당
에 활짝 핀 벚나무에서 꽃비가 내리고 있었다. 윤기 있는 분홍
의 작은 꽃잎들이 바람에 팔랑이며 떨어지고 있었다. 그 순수하
고 아름다운 빛깔이 마음속까지 물들이는 것 같았다. 그러나 그
봄도 미래에 대한 걱정에 이내 색깔이 바래고 말았다. 내 생애에
매년 찾아온 봄을 나는 매번 무채색으로 덧칠해 버렸다.

칠십 고개를 올라 활짝 핀 벚꽃길로 다가온 봄은 다른 것 같
다. 화사한 벚꽃의 빛깔을 눈에 보이는 그대로 받아들였다. 오
후의 잔잔한 강가를 걸으면서 나는 그 강이 들려주는 소리를 마

음으로 듣고 있었다. 더 이상 눈을 가리고 마음을 덮을 미래라는 걱정이 없어져서 그런지도 모른다. 이제 이런 아름다운 봄을 몇 번이나 감동을 가지고 맞이할 수 있을까. 걸을 수 없거나 감정이 무디어지면 봄은 봄이 아니기 때문인지도 모른다. 섬진강의 물 빛을 무심히 보고 있는데 친한 선배가 카톡으로 글 한 편을 보냈 다. 이해인 수녀의 글이었다. 대충의 내용은 이랬다.

수녀가 로스앤젤레스에 갔을 때 선물의 집에서 조그만 책갈 피 하나를 샀다. 그 안에 적혀 있는 이런 글귀가 마음에 들어서 였다.

'오늘은 그대의 남은 생애의 첫날입니다.'

그걸 보는 순간 수녀의 마음에 큰 울림이 다가왔다. 삶에 대한 희망과 용기, 위로를 주는 멋진 메시지였다. 수녀는 평소에 늘 '오늘이 마지막인 듯이 살게 하소서'라고 기도했다. 그러나 그 메시지를 보는 순간부터 '오늘이 내 남은 생애의 첫날임을 기억 하며 살게 하소서'라고 바꾸어 기도하게 됐다. 마지막이라는 말 은 왠지 슬픔을 느끼게 하지만 첫날이라는 말에는 설렘과 기쁨 을 주는 생명성과 긍정적인 뜻이 담겨 있어서 좋았다.

수녀는 오늘도 새소리에 잠을 깨면서 선물로 다가온 그의 첫 시간에 대해 감사해했다. 자신에게 주어진 새로운 시간, 새로운 기회를 잘 살리도록 노력하겠다고 다짐했다. 해야 할 일을 적당 히 미루고 싶거나 게으름을 부리고 싶을 적에 수녀는 자기 자신 에게 충고한다. 한 번 간 시간은 두 번 다시 오지 않는다고, 정신을 차리고 최선을 다하자고, 성실하고 겸손하게. 문득문득 다시 생각하는 말, 그를 다시 움직이게 하고 그를 다시 일으켜 세우는 말, 삶이 힘들 때 충전을 시켜 주는 약이 되는 말, 그것은 '오늘은 내 남은 생애의 첫날입니다'라는 말이라고 했다.

나도 그 말을 따라 생각해 보았다. 활짝 핀 벚꽃길을 걷는 오늘이 내 남은 생애의 첫날이다. 옥색의 섬진강이 들려주는 여러 소리를 들으며 평안을 느낀다. 싱싱한 감동과 삶의 경이를 향해 내 남은 생의 첫날의 걸음을 내디딘다. 나의 삶이 깨어 흐르게 해 달라고.

할아버지의 뼈

　나는 오래된 할아버지의 묘를 인부를 시켜 열고 있었다. 50년 전 할아버지를 그곳에 묻었었다. 이제는 정리할 때가 됐다는 생각이다. 나이를 먹으니까 산에 오르기도 힘들어지고, 내가 죽은 후에 음침한 골짜기에 버려질 할아버지의 묘를 그냥 놔두기도 싫었다. 산에 들에 버려진 봉분과 뼈들은 세상에 폐를 끼치는 건 아닐까.

　인부의 손에 들린 삽이 마른 땅으로 부드럽게 박혀 흙을 떠내고 있었다. 얼마 지나지 않아 인부가 삽 대신 준비했던 호미를 손에 쥐더니 무릎을 꿇고 마치 고고학자처럼 조금씩 흙을 뒤지기 시작했다.

　"뼛조각들이 나오네요. 이건 정강이뼈네."

　인부는 누런색의 뼈를 내게 건네주었다. 기다란 그 뼈는 할아버지를 평생 받쳐 주던 시시대였다. 어린 시설의 추억 한 조각이 떠올랐다. 함경도 출신의 할아버지는 손자인 나를 보고 발씨름을 하자고 했다. 서로 마주앉아 정강이를 엇갈리게 걸고 팔씨름하듯이 발로 상대방을 옆으로 넘기는 것이었다. 이기려고 끙끙

거리다가 웃고 있는 할아버지의 얼굴을 보았다. 손자를 예뻐하는 활짝 핀 할아버지의 따뜻한 미소였다.

"여기 갈비뼈 나왔습니다."

인부가 둥그런 뼈들을 내게 건네주었다. 나는 그걸 받아 한지를 깐 박스에 담았다. 그 뼈는 머나먼 세월 저쪽의 한 장면이 내게 흘러 들어오게 했다.

70대 중반쯤의 할아버지는 동대문 밖에 있던 낡은 일본식 목조가옥 2층 다다미방에서 앓고 있었다. 그날 나는 할아버지 옆에 누워 눈물을 흘렸다. 할아버지는 말없이 나를 물끄러미 보더니 이불을 내게 덮어 주고는 나를 꾹 껴안아 주었다. 할아버지의 품이 따뜻했다. 나를 안아 주던 가슴을 형성하던 갈비뼈였다.

"두개골입니다. 받으세요."

인부가 둥그런 머리뼈를 내게 건네주었다. 반듯한 할아버지의 이마를 형성했던 뼈였다. 그 안에 할아버지의 어떤 기억들이 담겨 있었을까.

머리를 항상 빡빡 깎은 할아버지는 광목으로 지은 한복에 하얀 보따리를 옆에 끼고 깊은 산골 마을을 돌아다니는 독특한 장사꾼이었다. 사향노루의 배꼽이나 심마니가 캔 산삼을 서울 종로5가의 한약방에 팔았다. 할아버지는 어린 나에게 당신이 다루는 약재들을 가르쳤다. 지네 말린 걸 '오공'이라고 했다. 할아버지는 내게 녹용에는 상대와 중대, 하대가 있고 그 부위마다 약효가 다르다는 걸 가르쳤다. 할아버지는 내게 구입한 사향들을 종류별로 냄새를 기억하게 했다. 그리고 사향을 구하면 냄새를 맡게 하면서 진짜인지 가짜인지, 아니면 물에 불려 무게를 속였는지 감정하게 했다. 그때 받은 훈련으로 톡 쏘는 사향 냄새의 질감들이 평생 나의 뇌리에 박혀 있다. 나는 할아버지의 사향 무게를 다는 손저울을 지금도 보관하고 있다.

할아버지는 어린 나를 데리고 다니기를 좋아했다. 언젠가 한번은 시골 장터에서 할아버지와 내가 싸운 일이 있었다. 점심때였다. 할아버지가 나를 데리고 간 좌판 위에는 삶은 국수를 수북이 담은 찌그러진 냄비가 있었다. 국수 위에는 파를 조금 썰어 넣은 양념간장이 전부였다. 나는 길거리에서 먹는다는 게 왠지 부끄러웠다. 중국집에 들어가 짜장면을 사 달라고 졸랐다. 할아버지는 손자의 요구를 거절하고 좌판 앞에서 악식(惡食)을 먹게 했다. 나는 심통이 나서 볼이 부어 있었다. 잠시 후 할아버지는 장터를 지나가는 남자 두 명을 가리키면서 내게 이런 말을 했다.

"저 양복쟁이들 봐라. 넥타이를 매고 멋을 내도 주머니는 텅 비었을 거다. 너, 이걸 한번 만져 봐라."

할아버지는 내 작은 손을 잡고 허리에 차고 있는 전대를 만지게 했다. 두툼한 돈다발로 가득 차 있었다.

"돈이 없어서 안 사 주는 게 아니다. 앞으로 너는 어떤 나쁜 음식이든 먹을 수 있어야 한다. 그리고 어디서든 잘 수 있어야 한다. 할아버지는 돈이 있어도 여관에서 안 자고 합숙소에서 잔다. 사람은 겉이 아니라 속이 꽉 차야 한단다."

함경도 노인의 손자 교육법이었다. 나는 그 할아버지의 뼈를 화장한 후 유골함을 차에 싣고, 50년 동안 엄청나게 변한 서울의 모습을 구경시켜 드렸다. 그러고는 아파트로 모셔왔다. 할아버지의 유골이 햇볕 잘 드는 따뜻한 창가에서 강남 거리를 내려다보고 있다. 내가 할아버지의 유골을 보며 말한다.

"가난에 처할 줄도 알고 부에 처할 줄도 알아요, 할아버지. 이제는 껍데기와 알맹이의 차이도 어느 정도 이해하는 나이가 됐어요. 50년 만에 땅속에서 나와 손자 집에 있으니까 좋죠?"

나는 할아버지를 동해 바닷가의 내가 심은 나무 아래 모실 예정이다. 그리고 나도 죽으면 그 옆으로 가고 싶다. 인간은 흙에서 나왔으니 흙으로 돌아간다고 했던가. 할아버지 묘를 정리하면서 죽음 공부를 해 봤다.

밤중에 날아든 메시지

나이가 먹으니까 확실히 잠이 줄어든 것 같다. 어젯밤이었다. 새벽 1시가 됐는데도 정신이 물같이 맑았다. 그 시각에 갑자기 이런 카톡 메시지가 하나 날아왔다.

'잠이 안 와서 이런저런 생각을 해 보네. 이번에 모시던 그분의 장례를 치렀어. 그분의 장관 시절에 내가 비서관을 했었어. 그분이 현충원에 들어가지 못할 경우를 대비해서 내가 절두산교회 납골당에 자리를 준비했는데 그분이 현충원으로 가게 된 거야. 그 바람에 우리 부부가 그 납골당 자리를 얻게 됐네.'

나는 메시지를 보고 속으로 씩 웃었다. 죽은 장관은 부인과 사별하고 재혼을 했었다. 그러다 병이 들었다. 장관이 죽으면 현충원에 부부가 묻힐 수 있다. 그런데 사별한 부인과 재혼한 부인 두 명이 동시에 들어갈 수 없다는 것이다. 장관은 조강지처와 현충원의 묘지에 묻히고 싶다고 했다. 그렇게 하려면 재혼한 부인이 동의하는 서명을 해야 한다. 장관의 비서관이었던 친구가 그 문제를 해결한 것 같았다. 장관과 비서의 관계는 직무를 넘어서 영원한 것 같았다. 친구는 한번 인연을 맺으면 끝까지 의리를 지키는 그런 성격이었다. 그런 인품을 가져서 그런지 친구는 장관 자리에까지 올랐다.

한밤중에 개의치 않고 카톡 메시지를 보낼 수 있는 친구를 가진 것에 나는 감사한다. 소중한 인연이다. 친구라면 비오는 날 슬리퍼에 구겨진 바지를 입고 스스럼없이 불쑥 찾아갈 수 있어야 하는 게 아닐까. 친구가 자신의 납골당을 마련했다는 말에 묘한 느낌이 들었다. 벌써 그런 나이가 되었구나 하는 생각이 들었기 때문이다. 우리는 인생의 봄인 소년 시절부터 햇볕이 쨍쨍 내리쬐는 여름과 열매를 맺는 가을 그리고 눈을 맞으며 서 있는 나무 같은 겨울을 함께 해온 오랜 친구다.

인생의 봄인 고교 시절이었다. 그는 반장이었다. 그리고 성적도 일등을 하곤 했다. 나는 그에게 수학을 가르쳐 달라고 했다. 그런 인연으로 우리는 우정을 맺었다. 그런데 웬일인지 대학입시 무렵 그가 성적이 떨어졌다고 침울해했다. 나는 그에게 한 단계 낮추어 지원서를 쓰자고 권했다. 우리는 함께 입시를 치고 같은 대학에 들어갔다. 대학 시절 우리는 고시원의 쪽방에서 같이 살았다. 실밥이 터진 낡은 트레이닝복을 입고 50명이 공동으로 쓰는 재래식 화장실을 사용했다. 화장실을 나오면 몸에 밴 냄새를 없애기 위해 한참 동안 펄쩍펄쩍 뛰었다.

그는 일찍 행정고시에 합격했다. 엘리트 공무원으로 인생의 여름을 맞이한 그는 능력을 발휘하기 시작했다. 그는 장관의 비서관으로 발탁되어 일을 했고 청와대로 차출되어가기도 했다.

그는 공직사회에서 선두를 달리고 있었다. 그 무렵 나는 아직 냉기가 남은 스산한 봄에서 벗어나지 못하고 있었다. 고시 공부를 그만두고 육군 장교로 전방에서 근무하고 있었다. 어느 날 그가 부대로 찾아와 나를 보고 말없이 돌아갔다. 며칠 후 두툼한 소포 상자 하나가 왔다. 그 안에는 이미 고시에 합격한 친구들이 만들어 두었던, 요점을 정리한 서브 노트들이 들어 있었다. 그 안에 친구가 쓴 편지가 있었다. 근무하느라고 시간이 없으면 그 노트들을 보면서 다시 한번 고시를 치르라는 내용이었다. 우정이 건강하게 지속되려면 내가 합격을 해야 한다는 것이었다. 내 눈에서 하얀 눈물이 떨어졌다. 그리고 그 다음해 나는 합격했다.

그는 청렴했다. 인허가를 담당하는 내무부의 요직에 앉아 있으면서도 그는 돈이 없었다. 어느 해 추석이었다. 그는 부하들에게 참치통조림 선물세트 하나라도 줘야 하는데 돈이 없다고 했다. 몸조심을 하는 건지 주변머리가 없는 건지 답답한 생각이 들기도 했다. 그는 장관을 그만두고 만원 지하철을 타고 다녔다.

그가 어느 날 내게 이런 말을 했다.

"지하철 안에서 밑에 있던 직원을 봤어. 장관님이 어떻게 지하철을 타느냐는 놀란 눈빛이더라고. 지하철 타는 게 뭐가 어때서? 그리고 상관을 했다고 사람들이 자리에 자꾸 불러내는데 명색이 장관을 했으면 밥을 사야 하는 거야. 그런데 그게 안 되니까 조심스러워."

장관도 여러 종류였다. 잠시 장관을 했는데도 그 후 별일을 하지 않고 10년, 20년을 좋은 집에서 기사가 모는 자가용을 타면서 부를 과시하는 사람들도 있었다. 그런 경우는 아무래도 그 청렴성이 의심스러웠다. 그는 내게 죽으면 들어갈 소박한 집을 얻었다고 카톡 메시지를 보냈다. '잘했다'고 그에게 답을 보내 주었다.

같은 배를 타고 긴 인생을 함께 항해를 한 친구를 가졌다는 건 행복한 일이다. 좋은 친구를 만난 덕분에 외롭지 않게 인생의 바다를 건너올 수 있었다.

작고 따뜻한 시선

아버지는 30년 넘게 회사에 다니다 퇴직했다. 그 다음날이었다. 아침에 일어나면 평생 기계같이 회사로 갔는데 안 가니까 이상하다고 했다. 그 생활에 길들여져 있었던 것 같다. 그 얼마 후 아버지는 내게 일자리를 알아봐 달라고 했다. 그게 안 되면 길거리에서 만두를 만들어 팔아 보겠다고 했다. 정년퇴직은 인생의 경사진 언덕 아래로 굴러내리는 것이었다. 아들인 나는 아버지의 부탁을 떠받칠 능력이 되지 않았다. 그게 우리 사회의 소시민들이 가야하는 내리막길이었다. 그 다음엔 아파서 요양병원에 가고, 그리고 죽는다.

서울법대를 졸업하고 연구직에 있던 동창이 있다. 그는 연구소를 퇴직한 후 교회의 경비원으로 취직을 했다. 그는 어느 날 주차금지 지역에 차를 댄 장로에게 원칙을 지키라고 했다. 평생 법과 원칙을 공부하던 버릇이 남아 장로의 특권을 생각하지 못했던 것 같다. 그는 그 경비원직에서 잘렸다.

신문사의 논설위원으로 근무하다가 퇴직한 친구가 있다. 그는 주민센터에서 주는 노인 일자리를 신청해서 갔다. 거의 여성들이었다. 그는 팀장이라는 여성이 어떻게나 갑질을 하는지 그 마음을 풀려고 별짓을 다했다고 했다. 그러고 나서야 일당 5만 원을 벌 수 있었다고 했다.

어제저녁 아파트 경비원의 경험담을 들을 기회가 있었다. 무역회사 사장이었던 50대 후반쯤의 남자였다.

"부도가 나서 백수로 있었어요. 우연히 친구가 주유소에서 기름총을 들고 알바를 하더라고요. 과거에 큰소리치며 살던 그의 변신을 보고 존경스럽더라고요. 출세했었거든요. 나도 아파트 경비원을 하겠다고 결심했죠. 그런데 그것도 그냥 되는 게 아니라 자격증이 있어야 하더라고요. 사흘 동안 경비 교육을 받아야 한다고 해서 교육장에 가 보니까 12만 원을 내라고 하는 거예요. 돈도 카드도 없는 내 신세에 그 돈이 적은 게 아니었어요. 그래서 친구한테 전화를 해서 사정했죠. 친구는 내가 그렇게까지 됐는지 몰랐다고 하면서 한동안 말을 못하더라고요. 이력서에도 졸업한 대학을 숨겨야 했어요. 일을 시키는 사람들이 불편해하니까요. 석 달짜리 파리목숨이지만 운 좋게 경비원 제복과 모자를 받았죠."

이어서 그는 경비원으로 일하면서 겪었던 일들을 얘기했다.

"경비원의 일은 하루하루 참아 나가는 것이었어요. 동대표라는 분이 불법주차를 하더라고요. 경비원은 투명인간이 되어야지 말을 하면 안 돼요. 삿대질을 하는 입주민도 있고, 아들뻘이 되는 젊은이가 턱으로, 심지어는 발로 지시를 하더라고요. 다양한 형태의 갑질을 겪으면서 모멸감을 느꼈습니다. 그걸 견디지 못해 자살을 한 경우도 있잖아요? 엉뚱한 일을 시키는 입주민도 있었어요. 순찰을 도는데 한 입주민이 옷장을 옮겨 달라고 하더라고요. 무거운 옷장이었어요. 그걸 하고 나와서 가는데 다시 불러요. 아무래도 원래 위치가 나을 것 같다고 원상회복하라는 거예요."

그 말을 들으면서 떠오르는 기억이 있었다. 정보기관에서 근무할 때였다. 그 조직은 민심을 파악하기 위해 압구정동에서 성남으로 가는 버스 안 승객들의 대화 내용을 녹취했었다. 승객들은 대부분 부자촌인 압구정동에서 파출부를 하는 여성들이었다. 그들은 매일 부자들을 보면서 가지는 박탈감과 모멸감 그리고 증오로 가득했다. 그들은 세상이 뒤엎어지는 경우, 갑질을 하던 그 사모님들의 집을 빼앗고 그 자리에 있고 싶어했다. 나는 그걸 보면서 사회적 겸손과 사랑이 있어야 증오의 독을 녹일 수 있을 것 같았다. 나는 사장 출신 경비원의 말을 계속 듣고 있었다.

"낮아지니까 전에 안 보이던 게 보이더라고요. 환경미화원, 대리기사 등 경제적 약자들이 이 사회의 밑바닥에 강물같이 깔려 있는 걸 보고 놀랐어요. 내가 사장이고 아파트 입주민으로 있을 때는 보이지 않던 것들이었죠. 그렇지민 갑질을 하는 사람들은 목소리가 높은 극소수에 불과합니다. 대부분의 사람들은 상식을 벗어나지 않고 따뜻해요. 어느 날 밤 10시경이었어요. 내가 있는 초소의 창이 살며시 열리더니 한 고등학생이 붕어빵이 담긴 봉지를 넣어 주었어요. 마음이 따뜻해졌어요. 그리고 또 한 번은 밤늦게까지 쓰레기 분리수거를 하고 있는데 지나가던 입주민 아주머니가 포도 한 송이를 주더라고요. 보니까 비싼 고급 청포도였어요. 두 송이를 사가는데 그중 한 송이를 저에게 주는 거예요. 그 마음이 고맙더라고요. 낮아지니까 전에는 보이지 않던 것들이 많이 보입니다. 친구들 중에는 건강이 받쳐주지 않아 일을 할 수 없는 경우가 많아요. 그래도 저는 아직 일을 할 기회가 있어 행복하고 감사합니다.”

누군가의 작고 따뜻한 시선이 그들의 가슴속에 달려 있는 고드름을 녹일 수 있었던 것 같다.

멀리서 찾아온 친구

노년의 한가로운 시간은 이제 무엇과도 바꿀 수 없는 귀중한 재산이다. 나는 그 노년의 여백을 즐거움의 기준으로 삼고 있다. 공부하는 즐거움이 있고 글을 쓰는 즐거움이 있다. 그리고 멀리서 찾아오는 친구를 만나는 즐거움이 있다.

사흘 전 오후 나는 묵호항 부두로 나가 울릉도에서 오는 배를 기다리고 있었다. 그 배에는 멀리 호주에서 온 벗이 타고 있었다. 벗이라고 하지만 25년 전 우연히 몇 번 만난 사이일 뿐이었다. 그 짧은 만남 속에서도 그에게서 따뜻한 인간의 향기를 느꼈다. 그는 사진작가였다. 빌딩 지하에서 자그마한 양품점을 하면서 사진을 찍었다. 그러다 호주로 이민을 가서는 작은 기독교 잡지를 만들기 시작했다. 재산이 있는 것도 아니고 특별한 후원이나 광고가 있는 것도 아니었다. 그는 밖으로 나가 사진을 찍고 아내는 집에서 원고 편집을 했다. 그렇게 70대 중반이 가까운 금년까지 34년 동안 매달 잡지를 만들어 왔다. 상업성 있는 화려한 잡지도 아니었다. 교회나 신도를 찾아다니면서 돈을 구걸하지도 않았다. 점점 사라지는 인쇄소같이 그들도 늙어갔다.

사람의 관계를 판단하는 데는 육감이 작용하는 것 같다. 오랜 인연인데도 어떤 친구는 만날 때마다 얼음 같은 냉기가 속에서 피어오르는 느낌이다. 물론 말은 부드럽고 매끈했다. 일정한 거리 이상으로는 접근을 허용하지 않는 친구도 있었다. 그런 경우를 친구라고 할 수 있을까. 그냥 껍데기 친구일 뿐이다. 그의 경우는 10년, 20년을 만나지 않아도 따스한 마음의 향기가 스며드는 것 같았다. 70대를 훌쩍 넘은 그의 고향 방문은 마지막 여행일 수도 있다. 호주로 다시 돌아갈 그의 뇌리에 동해의 맑고 아름다운 바다와 밀려오는 파도를 각인시켜 놓아야 하겠다는 생각을 했다.

구한말의 실학자 정약용은 나중에 어려서 살던 고향을 방문하는 것이 인생의 즐거움 중의 하나라고 했다. 나는 옛적 현인들의 깊고 은은한 우정을 떠올려 본다. 호남을 대표하던 조선의 학자 하서 김인후 선생의 일기를 읽은 적이 있다. 그는 성균관에서 과거 준비보다 문학을 즐기느라고 10여 년의 세월을 보냈다. 지금으로 치면 고시낭인 신세가 된 것이다.

낙엽이 떨어지던 가을 어느 날 그의 방으로 키가 크고 얼굴이 단정한 선비가 술병을 들고 찾아왔다. 이퇴계였다. 둘은 밤이 깊도록 대화를 나누면서 친구가 된다. 후일 이퇴계는 영남의 대표 학자가 되었다. 짧은 만남의 오랜 친구였다. 이퇴계는 같은 시대를 살았던 이율곡과 단 한 번의 만남으로 깊은 우정을 나누게 된다. 이퇴계는 이율곡을 다정한 친구로 대했고, 이율곡은 이퇴계를 스승같이 대했다고 한다. 이퇴계는 평생 반찬을 세 가지만 먹었다. 나물, 무말랭이, 가지무침이라고 했다. 친구나 손님이 오면 간고등어 한 토막이 상에 더 올랐다고 했다.

나는 선비들의 그런 교류가 좋아 보였다. 내가 묵는 실버타운은 소박한 시골밥상이다. 퇴계 선생의 간고등어 대신 나는 바닷가 허름한 식당에서 찾아오는 친구에게 회를 대접하기로 마음먹었다. 배에서 내린 그는 완연히 늙은 노인의 얼굴이었다. 무거운 촬영 도구를 담은 가방을 진 그의 어깨는 기울어 있었다. 무릎이 아파 계단을 잘 오르지 못한다고 했다. 좋은 친구를 만나면 고구마 뿌리같이 또 다른 좋은 친구가 연결되기 마련이다.

오래전 서울에서 그를 만났을 때 한 사람을 소개받았다. 그가 빌딩 지하에서 양품점을 할 때 가방에 넥타이를 잔뜩 담아서 팔고 다니던 세일즈맨이라고 했다. 그런 인연으로 친구가 된 사이라고 했다. 넥타이 행상을 하며 한없이 돌아다니던 그 남자는 넥타이 하나로 강남에 빌딩을 지을 정도로 성공했다. 명품 넥타이를 만든 그만의 브랜드도 있었다. 넥타이 장사인 그 남자는 내게 말 모양의 무늬가 찍혀 있는 비슷한 두 넥타이를 보여 주면서 명품의 의미가 뭔지 알겠느냐고 물었다. 그는 겉으로는 같아 보여도 돋보기로 자세히 보면 한쪽 넥타이의 말 무늬는 또렷하고 다른 하나는 말의 모양이 흐릿하고 엉성하다고 했다. 얼핏 눈에 보이지 않아도 그 말의 모양에서 명품이 구별된다고 했다.

그에게서 뜻하지 않은 인생의 깨달음을 선물로 받았다. 인간의 삶도 순간순간 무엇을 하든 완성도를 높이는 게 명품 인생이라는 걸 알았다. 순간이 모여 인생을 이루는 것이다. 이틀 동안 열심히 여행 가이드 역할을 했다. 매순간 그가 어떻게 하면 즐거울까를 생각했다.

묵호역에서 그를 태운 기차가 플랫폼을 미끄러져 멀리 사라지는 모습을 보면서 생각했다. 사랑이란 시간을 내어 주는 행위가 아닐까. 이 세상에서 만난 좋은 사람들에게 좀 더 잘해 주고 싶다. 좀 더 베풀고 싶다. 그리고 너무 심각하게 살지 말고 그냥 즐거웠으면 좋겠다.

마음이 넉넉한 사나이

저녁 무렵 아내가 게가 먹고 싶다고 했다. 묵호항 근처의 어시장 안 게를 쪄서 파는 식당들을 돌아봤다. 관광객들이 많이 찾는 장소였다. 새로 인테리어를 한 듯한 깨끗한 식당 2층으로 올라갔다. 아내와 나는 바다가 보이는 창가 식탁에 자리를 잡고 앉았다. 사실 나는 늦게 먹은 점심이 소화가 덜 됐는지 별로 배가 고프지 않았다. 게를 넣은 라면 정도면 충분할 것 같았다. 그렇지만 아내가 먹을 정도의 양에 조금 보태 자릿값 정도는 해야겠다고 생각했다. 주문을 받으러 50대쯤 되는 여자가 다가와서 말했다.

"저희 식당은 세트로 팝니다. 2킬로그램 이상의 게에 회와 멍게, 해삼 등이 곁들여 나옵니다. 한 세트의 기본은 17만 원입니다."

나이 먹은 우리 부부가 먹기에 부담이 되는 양이었다. 아내가 주문을 기다리는 여자에게 말했다.

"게를 1킬로그램만 주문할 수는 없을까요? 자릿값이 안 되면 쪄 주시면 그걸 사 가지고 가서 집에서 먹었으면 좋겠어요."

“그렇게는 안 되겠는데요.”

여자는 그들이 정한 양과 가격의 음식을 먹지 않으면 나가라는 눈치였다. 우리 부부는 할 수 없이 멋쩍게 일어서서 그 음식점을 나왔다. 아내가 나를 보고 말했다.

“들어갈 때부터 허름하게 옷을 입은 우리 부부를 돈이 없게 보고 마땅치 않아 하는 눈치였어.”

나는 북평의 5일장에서 파는 5천 원짜리 반바지와 싸구려 셔츠를 입고 있었다. 그런 차림이 편했다. 우리는 다시 나와 식당가를 걷다가 문이 열려 있는 다른 허름한 가게로 들어갔다. 안쪽의 탁자에 남녀 한 쌍이 앉아 있었고, 우리는 문 쪽의 탁자에 자리를 잡고 앉았다. 주방 앞에서 젊은 남자가 찐 게를 접시에 먹음직스럽게 담고 있었다. 아내가 그걸 보고 그 남자에게 말했다.

“우리도 저런 게를 주문하고 싶은데요.”

“지금 게가 없습니다.”

“지금 요리하시는 건 뭐죠?”

“이건 저기 앉아 계시는 손님이 주문해서 옆의 게를 파는 집에서 저희가 사 가지고 와서 찐 겁니다. 저분들 겁니다.”

“우리도 그렇게 해 주시면 안 돼요?”

아내는 오늘따라 몹시 게가 먹고 싶은 모양이다.

“게를 파는 집이 문을 닫았습니다. 그리고 이미 게철이 다 지났습니다. 러시아에서 수입한 게도 없습니다.”

“그러면 할 수 없죠. 곰칫국 2인분만 주세요.”

아내는 서운한 표정이 역력했다. 잠시 후 우리 탁자 위에 있는 냄비에서 2인분의 곰칫국이 끓기 시작할 무렵이었다. 가게에서 일하는 남자가 부드러운 흰 속살이 보이는 빨간 게가 담긴 접시를 우리 부부의 탁자 위에 놓으면서 말했다.

"저쪽에 계신 손님이 잡수시라고 주시는 겁니다."

우리 부부는 깜짝 놀랐다. 가리키는 쪽 탁자에 앉아 있는 손님을 보았다. 50대 중반쯤 되어 보이는 남녀였다. 우리보다 한참 나이가 젊은 사람들이었고 전혀 모르는 사람이었다. 그들도 우리를 모르기는 마찬가지인 것 같았다. 그냥 넙죽 받아먹을 수가 없었다. 그들을 향해 "감사합니다"라고 인사를 하자 "아닙니다. 인생 나누며 사는 거죠."라는 대답이 왔다. 남자의 짧은 대답이었지만 자신의 철학을 즉각적인 선한 행동으로 나타내는 게 특이했다. 그렇게 하기가 쉽지 않았다. 그들의 밥상을 보니까 국물이 없어 먹기에 팍팍할 것 같았다. 아내가 큰 그릇을 하나 얻어서 끓는 곰칫국을 담아 그 남녀에게 가져다주었다. 잠시 후 그 남자가 화장실에 갔다가 돌아가면서 내 옆을 지날 때였다. 내가 그를 보고 말했다.

"어떻게 그렇게 마음이 넉넉하십니까?"

"아, 아닙니다."

그가 당황한 듯 오히려 고개를 깊게 숙이면서 인사하고 자기 자리로 돌아갔다. 나는 그가 보낸 게를 담은 접시에 밥 한 그릇을 비벼서 뚝딱 해치웠다. 그 속에 섞인 그의 맛깔스런 양념 같은 마음이 더 향기로운 것 같았다. 뭔가 인정의 빚을 진 느낌이었다. 다시는 보기 힘든 그들에게 되갚을 기회가 없을 것 같았다. 나는 그 음식점을 나오면서 그 남녀가 먹은 맥주와 소주의 값을 조용히 지불하고 나왔다. 흐뭇한 저녁이었다. 우연히 스치고 지나가는 남이라도 서로 그렇게 정을 나누는 세상이 확장이 됐으면 좋겠다는 생각을 했다. 돌아오는 길 옆은 진홍색의 황혼이 바다를 물들이고 있었다. 서로 공동체를 이루어 살면서 때로 상처를 주고받기도 하지만 그래도 세상은 살 만한 것 같다.

닷사이 술잔을 부딪치며

여섯 쌍의 친구 부부와 함께 칠순 기념 여행을 하고 있다. 일본의 시골인 야마구치현 하기시의 온천장에 와 있다. 중·고등학교 시절부터 지금까지 우정을 유지하고 있는 여섯 명의 친구다. 50년 이상 곰삭은 우정을 가진 친구와 노년의 시간을 같이 보낸다는 것과 여행을 한다는 것은 겹치는 즐거움이 아닐까. 우리들은 모두 마음 바닥을 다 드러내는 사이다. 온천장의 다다미방에서 저녁 식사를 할 때였다.

"모처럼 함께하는 여행이고 우리 나이에 언제 다시 이런 여행을 할지 모르는데 술이 빠질 수 없지. '닷사이' 정종 한 병에 얼마죠?"

재벌그룹 계열사의 사장을 지낸 친구가 호기롭게 물었다. 방의 구석 탁자 위에는 여러 종류의 술병이 진열되어 있었다. 사장을 지낸 친구가 닷사이 한 병에 6천 엔이라는 말을 듣더니 순간 멈칫하는 표정이었다.

"접대를 하거나 받을 때는 부담이 없었는데 내 돈으로 6천 엔을 내고 사 먹기는 좀 그렇다."

그가 주저하고 있었다. 다른 친구들도 마찬가지 분위기였다. 모두 검약하면서 살아온 인생이었다.

"쓸 때는 써야지, 우리한테 더 이상 기회가 오지 않을 수도 있어. 비싸더라도 한 병 사서 먹자. 열두 명에게 한 잔씩은 돌아갈 거야."

한 친구가 용기를 내서 술을 주문했다. 잠시 후 작은 유리잔들이 앞에 놓이고 그 안에 맑고 투명한 술이 부어졌다.

나는 술 한 병에 그렇게 두세 번 다시 생각해야 할까 하고 우리 일행을 돌아보았다. 모두들 나름대로 열심히 살아온 인생이었다. 우리 일행은 모두 중·고등학교 동기였다. 그중 두 명은 기업에서 사장까지 갔으면 성공을 한 셈이다. 나머지 네 명은 고등학교를 졸업하고, 20대에 같은 대학을 다니면서 암자나 도서실에서 고시 공부를 같이 했었다. 제일 먼저 행정고시에 붙은 친구는 장관을 끝으로 관료 생활을 마쳤다. 두 명은 부장판사를 하고 법원을 나왔다. 그리고 변호사인 나였다. 한 병에 6천 엔을 하는 정종을 사기가 주저된다면 모두가 청렴하고 소박하게 살아왔다는 증거가 아닐까. 장관을 지낸 친구가 이런 말을 했다.

"부산에 근무하다가 서울로 올라왔을 때 전세보증금을 되돌려받은 2천3백만 원이 전 재산이었어. 그걸로 도저히 집을 구할 수 없는 거야. 그때 아는 사람이 목동아파트 분양을 하는데 그걸 받으라고 권했어. 부동산 전문인 친구는 그 지역이 침수되니까 사지 말라고 했어. 살 곳이 없으니까 어쩔 수 없이 은행융자 받아서 그 아파트를 샀지. 그때 그렇게 하지 않았으면 집을 가지지 못했을 거야."

장관 청문회를 할 때 보니 그 친구는 정말 재산이 없었다. 다음으로 대기업 사장을 지낸 한 친구가 이런 말을 했다.

"사장을 하고 회사에서 나왔는데 아파트 한 채가 재산의 전부야. 회사에 좀 더 남아 버티지도 못했어. 회사 안에도 여러 계열이 있어. 회장 계열이 있고, 그룹의 결정권이 회장 사모님에게 가면 그 사모님 계열이 있어. 그러다가 회장의 아들에게 중심축이 옮겨졌지. 그러면 또 그 아들의 계열이 있지. 회사 힘의 중심이 바뀔 때마다 잘 갈아타야 하는데 나는 그걸 못했어."

부장판사를 한 친구도 어느 날 지하철을 타고 법원으로 출근하는데 자신이 돈이 너무 없다는 생각이 들면서 변호사 개업을 결심했다고 내게 말했었다. 겉포장은 그런대로 괜찮아 보이는 친구들이었지만 경제면에서는 낙제점인 것 같았다.

"닷사이 한 잔 마시면서 칠십 고개를 함께 넘는데, 산을 내려가면서 밤이 오기 전 황혼을 어떻게 즐길 거야?"

내가 노인이 된 친구들에게 물었다. 대기업 사장을 지낸 친구가 이런 말을 했다.

"평생 태극권을 했는데 기에 대해 어떤 결론을 냈을 거야."

법관을 지낸 친구 한 명은 이런 말을 했다.

"10년 전부터 오카리나를 가지고 버스킹 연주를 해왔어. 좀 더 완숙한 경지로 가고 싶어."

법관을 지낸 다른 한 명은 이런 말을 했다.

"도시락을 쪽방촌에 배달했어. 앞으로는 변호사로서 공익소송을 맡고 싶어."

장관을 지낸 친구는 이런 말을 했다.

"나는 아내와 지금 성악을 공부하고 있어. 남은 시간은 삶의 여백을 가지고 싶어."

인생 전반기 우리는 무엇인가 되기 위해 힘을 기울였다. 그 무엇인가가 끝이 나고 모두 다시 자연인으로 돌아왔다. 인생의 후반기는 나름대로 여백을 가지고 즐겁기 위해 살아가는 것 같다. 우리는 닷사이 술잔을 부딪치며 칠십 고개를 넘는다.

냄새

　아침부터 비가 내리고 있다. 우리는 오전에 여관에서 나와 버스를 타고 야마구치현으로 향했다. 비에 젖어 흐려진 버스의 차창 밖으로 짙은 숲이 지나갔다. 기와를 덮은 나지막한 농가와 나무들이 비에 젖어 색이 깊어져 있었다. 버스에는 칠순 기념으로 같이 여행을 온 다섯 쌍의 부부들이 앉아 있다. 앞자리에 앉은 친구가 나를 보며 이런 말을 했다.

　"오늘 새벽 노천탕에 들어갔는데 소나기같이 비가 오더라고. 일어서서 그 소나기를 머리로 맞았지. 좋더라고."

　법관을 오래 한 친구였다. 항상 법리에 묶여 딱딱하던 친구가 서정적으로 변한 것 같다. 우리들의 여행 가이드를 하는 서 선생이 그와 어깨동무를 하면서 "부장판사를 했던 분이 왜 이러셔." 하면서 농담을 해도 유쾌하게 받아 준다. 이제는 판사 냄새가 거의 다 빠진 것 같다. 그 뒷자리에 앉은 친구도 판사 생활을 할 때와는 느낌이 전혀 달라졌다. 콧수염을 기르고 옷도 자유롭게 입고 있다. 오카리나를 배워 길거리에서 버스킹 연주를 하고 있다. 그에게서 판사 냄새가 완전히 빠지고 전혀 다른 부드러운 인간

냄새가 나는 것 같다.

내가 묵는 실버타운의 노인들을 보면, 나이 팔십이 넘어도 왕년의 직업에서 오는 냄새가 아직도 나는 사람들이 있다. 어떤 노인은 아직도 장사꾼 냄새가 풀풀 났다. 90대 나이인데도 다른 노인을 실버타운에 소개했다고 리베이트를 달라고 요구해서 밉상이 된 경우도 있었다. 하급 경찰관으로 지냈던 사람은 아직도 경찰 냄새가 빠지지 않은 것 같았다. 여행 안내를 맡은 50대 중반쯤의 가이드 서 선생이 버스 앞에서 마이크를 들고 열심히 말을 한다. 가이드란 직업은 쉴 새 없이 말을 해서 사람들이 심심하지 않도록 해야 하나 보다.

"코로나로 3년 동안 여행이 중단되어 제가 백수가 됐을 때 여기 일본에서 요양보호사를 했습니다. 노인들 똥을 치워야죠, 때가 되면 밥을 먹여야죠, 목욕을 시켜야죠, 그런 일들이었습니다. 그런데 일본 요양원은 이상하게도 냄새가 없어요. 한국에서 일본의 요양원에서 냄새가 나지 않는 이유를 물어요."

노인이 되면 냄새가 나기 마련이다. 서울의 최고급 실버타운도 공기중에 노인 냄새가 배어 있다는 소리를 들었다.

여행 가이드 서 선생이 요양보호사 알바 때 얘기를 계속했다.

"일본 요양원에서 일을 하다가 노인들마다 기저귀 부근에 센서가 붙어 있는 걸 봤어요. 배설물이 나오면 바로 센서가 알려줍니다. 그러면 요양보호사가 즉각 똥을 닦아 주고, 기저귀를 비닐봉지에 담아 밀봉을 합니다. 중국음식점 벽에 보면 음식이 오르내리는 작은 엘리베이터처럼 일본 요양원도 그런 시설이 있어요. 거기에 배설물이 담긴 비닐봉지를 넣으면 바로 처리가 되는 거죠. 실내에 잠시도 배설물 봉지들을 두지 않았어요. 배설물에서 나오는 분자들이 공중에 부유할 시간을 주지 않는 거죠. 한국 요양원은 우선 센서가 없고 똥을 싸도 그냥 놔둡니다. 대개는 식사 후 한 시간 정도 지나서야 일률적으로 기저귀를 갈아 채웁니다. 그 사이 똥오줌에 젖은 기저귀들을 차고 있는 거죠. 당연히 냄새가 진동하고, 한두 사람이 아니니까 요양원 전체에서 냄새가 나죠. 그렇다고 간병인을 탓할 수도 없어요. 한 사람이 24시간을 돌보면서 먹이지, 씻기지, 똥 치우지, 낙상하면 법적인 책임까지 지는데 그 사람한테 어떻게 더 바라겠어요? 그 일을 하겠다는 사람이 드물어서 중국 교포들이 그 일을 한다니까요."

노인이 되고 나서 은근히 걱정되는 게 냄새다. 50여 년 전 할아버지가 돌아가실 무렵 그 주변에서 나는 냄새는 각지고 날이 서 있었다. 짓무른 살에서 나는 냄새는 거의 폭력적이었다. 가난한 집 한쪽 방에서 혼자 죽어가는 노인의 냄새였다. 고등학교에 다니던 나는 할아버지를 따뜻하게 돌보고 싶어도 그 냄새에 항복하고 말았던 회한이 남아 있다.

나는 죽어가는 세포에서 나는 냄새를 줄이기 위해 열심히 목욕을 하고 수시로 옷을 갈아입고 있다. 손자가 올 때면 열심히 녀석의 반응을 살피기도 한다. 손자 손녀도 눈치가 있어서 말을 하지 않기 때문이다. 직업적 냄새가 풍기지 않기 위해서도 노력한다.

말을 할 때나 글을 쓸 때 전문적인 용어라도 상식적인 말로 풀어서 한다. 처음 보는 사람들이 다른 직업에 종사하는 것처럼 넘겨짚을 때면 직업 냄새가 많이 빠져 나갔구나 하고 안심을 하기도 한다.

빨간 재킷에 백구두를 신은 수행자

고희 기념 여행중에 한 친구가 전화를 받고 이런 말을 했다.

"고교 동기인 한 친구가 이번에 한전 사장으로 내정됐다는 말이 도는데 확인해 달라고 하네."

칠십이 넘은 나이에도 대통령이 임명하는 자리를 바라보는 경우가 많다. 어쩔 수 없는 인간의 욕망인 것 같다. 한전 사장으로 거론된다는 친구는 교수를 하다가 국회의원을 지낸 친구였다. 권력이나 자리는 마약의 쾌감 같다고들 한다.

영향력 있는 자리가 아니라고 하더라도 명함에 쓸 직책이 끊어지면 공허해지나 보다. 대법관을 지내고 대학의 교수로 지내던 군대 동기가 다시 변호사를 개업했다고 카톡을 보냈다. 사회와 연결되는 탯줄이 끊어지면 숨이 막히고 죽을 것 같은가 보다. 습관 같은 마음의 탯줄도 있는 것 같다.

늙은 변호사 중에는 의뢰를 받은 사건이 없어도 매일 텅 빈 사무실에 출근해 책상 앞에 앉아 있어야 마음이 편해진다는 경우도 봤다. 인간은 오랫동안 익숙했던 것에 마음이 묶여 있는 경우도 많다. 사람들은 자기가 살던 공간에도 묶여 있다. 이제는 더 이상 서울에서 살 이유가 없는데도 서울을 벗어나면 2등 시민, 3등 시민이 될 것 같다는 걱정에 서울을 탈출하지 못하는 경우도 많다.

어제는 북한산 자락에서 혼자 사는 친구가 카톡으로 글을 보내왔다. 그는 글에서 한 인터뷰 영상에서 보았던 태아와 신생아 얘기를 전했다. 태아는 엄마의 뱃속에서 오로지 탯줄 하나에 의존해서 생명을 이어간다. 하지만 신생아로 태어나면 그 탯줄은 끊어져야 한다는 것이다. 탯줄을 끊어야 숨을 쉬고 살 수 있기 때문이다. 그는 배를 타고 강을 건넜으면 그 배를 버려야 한다는 불교의 얘기도 덧붙였다.

그 친구는 맑은 정신으로 살 수 있는 남은 인생이 짧다는 걸 자각하고 사회적 탯줄을 잘라 버렸다고 했다. 퇴임한 그룹에서 배려해 준 사외이사나 초빙교수직을 모두 사임했다고 했다. 은퇴와 노화라는 새로운 세상에서 살아내기 위해 마음의 탯줄도 잘라냈다고 했다. 그리고 그는 요즈음 '뭣이 중한디?'라는 질문의 답을 구하고 있다고 했다.

그는 15년 전 그의 집 마당에 심은 자작나무 30그루 얘기를 인용했다. 심을 때는 비슷한 크기와 모양이었는데 세월이 지나면서 유난히 굵게 큰 녀석이 있다고 했다. 그 집 마당이 북한산 바람이 지나가는 길인데 첫 바람을 온 몸으로 받은 녀석이 가장 튼실하게 컸다고 했다. 재벌그룹의 교육책임자로 사원들을 관찰하다 보니까 사람도 비바람을 맞으며 견뎌온 이가 큰 사람이 되

는 것 같다고 했다. 수많은 직원들을 교육시키면서 느낀 철학인
지도 모른다. 그는 무성해진 큰 나무는 과감히 가지치기를 해서
뿌리와 몸통만 남겨둔다고 했다. 그 밑에 있는 작은 나무들이나
화초가 자라지 않기 때문이라고 했다. 인간의 삶도 그렇게 해야
한다는 걸 말하기 위한 것 같았다. 그는 요즈음 자신의 삶에서
덜 중요한 걸 가지를 치면서 중요한 것에 집중하기로 했다고 한
다. 내게 글을 보낸 그 친구는 비슷비슷한 묘목같이 보였던 고교
시절에도 나의 눈에는 품종이 달라 보였다.

반장이었던 그는 사고가 깊고 행동도 묵직했다. 대학 시절 그
는 운동권인 것 같았다. 사회에 대한 구조적 인식이나 이념적 지
향이 시대의 흐름을 앞서갔다. 그는 시민운동의 중추 역할을 하
면서도 경력을 팔아 세상에 자신을 드러내지 않았다. 부자와 빈
자의 이분법적 분류에 휘말리지도 않았다. 선한 부자를 인정하
고 대중의 교활함과 이기심도 날카롭게 보고 있었다. 그는 나름
대로 자기가 설정한 경계선의 길을 따라 칠십 고개까지 자유롭
게 잘 살아온 것 같다.

20년 전쯤 그를 봤을 때 속으로 웃었던 적이 있다. 전형적인
모범생내지 신사의 모습이었던 그가 어느 날 광대 의상으로 나
타났기 때문이다. 가수들이나 입을 법한 빈찍거리는 빨간 재킷
에 끝이 뾰족한 백구두를 신었다. 거기에 독특한 모자를 쓰고 있
었다. 그 차림이 뭐냐고 물었더니 세상을 따라가지 않고 자기 마
음대로 살고 싶어서라고 했다. 그는 삶을 가지치기하고 마음의

탯줄을 자르니까 마주한 세상이 새롭게 보이면서 아름답게 느껴
진다고 했다. 새로운 기운으로 새롭게 살 수 있을 것 같다고 했
다. 그는 빨간 재킷에 백구두를 신은 수행자였다.

내 엄마였어서 사랑해

80대의 친척 아저씨가 카톡으로 글을 보내왔다. 우렁이 새끼들은 제 어미의 살을 파먹으며 크는데 어미 우렁이는 한 점의 살도 남김없이 새끼들에게 다 주고 빈껍데기만 흐르는 물에 둥둥 떠내려간다고 했다. 그 모습을 본 새끼 우렁이들이 "우리 엄마 두둥실 시집가네."라고 하며 슬퍼한다고 했다. 그와 반대로 가물치는 알을 낳은 후 바로 눈이 멀어 배고픔을 참아야 하는데, 이때 알에서 나온 새끼들이 어미 가물치가 굶어 죽지 않도록 한 마리씩 자진하여 어미의 입으로 들어가 생명을 연장시켜 준다고 한다. 그렇게 새끼들의 희생에 의존하다 어미 가물치가 눈을 다시 회복할 때쯤이면 남은 새끼는 열 마리 중 한 마리 꼴도 안 된다고 한다. 그래서 가물치를 '효자 물고기'라고 한다는 것이다. 사실인지 몰라도 재미있는 얘기다.

바로 내가 엄마의 속살을 다 파먹은 우렁이 새끼 같은 존새나. 엄마는 시대의 비극 그 자체였다. 세상이 지옥 자체였던 엄마는 왜 태어났는지 모르겠다고 했다. 세 살 때 온 가족이 몇 달을 걸어서 중국 용정으로 갔다. 동네에서 불쌍하다고 주는 감자 한두 알로 연명했다고 했다. 일곱 살 때 지주 집으로 팔려갔다고 했다. 갓난아기를 하루 종일 업고 있으니까 허리가 부러지는 것같이 아팠다고 했다. 그리고 아버지, 엄마와 동생이 보고 싶어 밤마다 울었다고 했다. 그런 생활 속에서도 공부가 하고 싶어 글이 적힌 종이쪽지를 저고리 섶에 숨겨 놓고 외웠다고 했다.

일본 소설 『오싱 이야기』가 바로 어렸던 내 엄마의 환경인 걸 나중에야 알았다. 엄마는 북에서 결혼하고 혼자 내려왔는데 남북이 분단되어 가족이 또 생이별을 했다. 6·25전쟁 때 다른 자식을 다 잃고 나 혼자 뒤늦게 태어났다. 엄마는 배운 것 없고 기술도 없었다. 전쟁 때 군대에 갔다가 제대한 아버지는 간신히 일자리를 얻었지만 그나마 쥐꼬리 월급이 다 술 외상값으로 날아갔다. 아버지도 시대에 상처를 입고 절망한 사람이 아니었을까.

아버지는 소주잔에 눈물을 타서 마시며 세상 바깥만 맴도는 것 같았다. 내가 젖을 뗄 무렵부터 엄마는 품을 파는 뜨개질을 시작했다. 엄마의 최대 공포는 내 새끼 가르칠 돈이 없는 것이었다. 함경도 회령에서 내려온 엄마는 강했다. 나는 엄마가 사람들과 싸우는 악다구니 속에서 자랐다. 못나고 못 배우고 돈 없고 돌아갈 고향도 없는 혼자가 엄마의 처지였다. 엄마는 참 많이 무시당하는 것 같았다. 남들에게 자주 얻어맞기도 하고, "너 같은 년은 못생겨서 똥갈보도 못해."라는 저주 같은 욕을 먹는 것도 들었다. 나는 엄마가 제대로 된 음식을 먹는 걸 본 적이 없다. 철에 맞는 옷을 입는 것도 못 봤다. 수은주가 영하 10도 아래로 내려가도 난로 없는 다다미방에서 그냥 잤다. 엄마의 소원은 내가 많이 배우는 것이었다. 이상했다. 내가 어릴 적 엄마는 길을 지나다가 변호사 사무실을 보이면 멀리서 그 간판에 대고 합장을 했다. 못 배웠다고 무시하는 사람에게 엄마는 내 아들은 너보다 백 배, 천 배 가르치겠다고 종주먹을 휘둘렀다. 나는 엄마의 그런 깊은 상처와 한을 외면할 수 없었다. 내가 공부를 한 이유이기도 했다. 내가 입시나 고시를 칠 때 엄마는 얼음이 얼어붙은 산골짜기 물속으로 들어가 기도했다. 고드름이 된 머리로 절을 하며 빌었다.

내가 경기중학교에 합격했을 때와 사법고시에 합격하던 날 딱 두 번 나는 엄마의 행복한 얼굴을 봤던 것 같다. 우렁이 새끼처럼 나는 엄마의 속살을 다 파먹고 컸다. 그런데 나는 친척 아저씨가 보낸 글 중의 효자 가물치 같은 존재가 되지 못했다. 세상에 눈을 더 돌리다 보니 엄마를 제대로 살피지 못했다. 정말 나쁜 아들이었다. 엄마는 영원히 나와 함께 있을 것 같았다. 세월이 가고 엄마의 임종이 얼마 남지 않았을 때였다. 엄마가 문갑 속에서 수표와 돈뭉치를 꺼내 주면서 말했다.

"아들, 죽기 전에 5억 원을 만들어 주려고 했는데 조금 모자라. 다 채우지 못했지만 어쩔 수 없어, 받아."

그 현찰 중에는 내가 엄마에게 매달 준 용돈들까지 그대로 다 들어 있었다. 엄마가 덧붙였다.

"아들, 법을 하는 사람은 돈 때문에 양심을 팔아서는 안 돼. 정직하게 살아. 아들이 돈 때문에 타락할까 봐 엄마가 모은 거야.”

우렁이는 엄마의 살을 파먹지만 나는 엄마의 피와 생명을 먹은 거 같았다. 우렁이는 껍데기만 남은 엄마가 물에 떠내려갈 때 “우리 엄마 두둥실 시집가네.”라고 한다는데 나는 뭐라고 했던가. 고맙다고 했을까, 미안하다고 했을까, 아니면 내 엄마였어서 사랑해 라고 했을까, 이제는 기억이 아스라하다.

묵호역

묵호역은 아직도 오래된 시골 역의 모습이 남아 있다. 뾰족한 기와지붕만 평평한 콘크리트로 바뀌었다고 할까. 사람들의 발길에 닳은 콘크리트 바닥도 천천히 돌아가는 대형 선풍기도 정겹다.

황혼 무렵, 나는 서울에서 기차를 타고 오는 아내를 마중하러 30분쯤 먼저 역사로 나왔다. 시간의 흐름이 느린 듯한 시골 역사의 정감을 맛보며 구석의 의자에 앉아 있기 위해서였다. 묵호역은 기차가 도착하고 출발하는 시간이 아니어서 그런지 한적하고 적막했다. 구석의 창구 안에 여직원 한 명이 앉아 있다.

갑자기 내 기억의 오지에 붙어 있던 임철우의 단편소설 「사평역」의 장면이 살며시 피어오른다. 시골역의 늙은 역장이 손을 부비며 창가로 다가가 무심히 내려 쌓이는 함박눈을 보는 장면이다. 역사 안에는 톱밥 난로가 타오르고 있다. 시골 역이라는 곳은 기다림과 설렘이 고여 있는 곳 같다.

나는 역사의 벽 아래 놓여 있는 의자에 앉아 주머니에서 작은 수첩을 꺼냈다. 나의 기도수첩이었다. 거기다 연필로 「시편」 23

장을 반복해서 쓰는 게 나의 기도였다. 아날로그 시대로 돌아가고 싶은 나의 마음인지도 모른다. 그래서 촌스러운 지방 도시 묵호를 선택했는지도 모른다. 골목에는 아직도 45년 전의 공기가 고여 있는 것 같다. 퇴락해가는 집들이 납작납작 엎드려 있고 60년대 보았던 양화점도 있고, 빨간불이 반짝거리는 방석집도 있는 것 같다. 나는 중소도시의 그 여유와 느긋한 편안함을 즐긴다.

수첩을 펼치다가 '아차' 하고 순간 낭패감이 들었다. 수첩을 묶는 스프링 사이에 꽂혀 있어야 할 연필이 없는 것이다. 망설이다가 창구에 있는 여직원에게 갔다. 뿔테안경을 쓴 순박해 보이는 30대쯤의 여성이었다.

"연필 좀 잠깐 빌려 줄 수 있어요?"

내가 부탁했다. 그 여직원은 책상 위에 있는 필통을 뒤적이더니 볼펜을 한 자루 창구로 내밀었다.

"아니 볼펜 말고 연필이면 좋겠는데……."

"연필이요? 그게 있나?"

그녀는 고개를 갸웃하며 필통을 이리저리 한참 동안 뒤적여 본다. 그 성의가 고맙다. 이윽고 필통의 구석 바닥에 처박혀 있던 몽당연필 한 자루가 나왔다. 오랫동안 쓰지 않아 끝이 뭉툭했다.

"연필을 깎아드려야겠네요, 잠깐만 기다리세요."

그녀는 필통에서 작은 칼을 찾아들고 연필을 깎기 시작했다. 그때 다른 손님이 창구 앞에 다가와 그 모습을 보고 말했다.

"야, 연필 깎는 거 정말 오랜만에 본다."

나이가 대충 육십은 넘은 남자 같았다. 어린 날의 연필에 대한 정서가 피어오르는 것 같았다.

"무엇을 도와드릴까요?"

여직원이 그 남자에게 묻는다.

"내가 핸드폰 앱으로 기차표를 예약했는데 시간을 좀 바꿔 주소. 내가 어떻게 조작해야 하는지를 몰라서요."

"잠깐만 기다리세요. 이 손님 연필 깎아드리고요."

여직원은 어느새 뭉툭하게 드러난 연필심을 돌아가면서 칼로 갈아 뾰족하게 만들고 있었다. 잠시 후 나는 매끈하게 깎은 연필을 받았다. 스피커에서 기차가 20분 연착된다는 방송이 나온다. 나는 조용한 역사 구석에 앉아 아내를 기다리며 기도문을 쓴다. 사각사각 시로 된 기도문을 쓰다 보니 그분이 어떤 생각을 내게 불어넣어 주는 것 같다.

'보아라, 하찮은 부탁이라도 남의 말을 귀담아 들어주는 사람, 자신의 시간과 노력을 조금이라도 나누어 베풀어 주는 저 역사의 여직원 같은 좋은 사람이 천사 아니겠니?'

나는 반성한다. 그동안 내 시간만을 소중히 여겨 왔다. 기도하고 공부하고 책 읽는 나만의 스케줄을 짜놓고 남이 그걸 방해하면 못마땅해했다. 손해 보는 느낌이라고 할까. 나의 작은 지식과 노력을 조금 나누어주고는 생색을 냈다. 시간을 움켜쥐려고 했던 나의 잘못이었다. 작으면 작은 대로 내가 가지고 있는 걸 주위에 베풀어야 했다. 기도를 한 번 못하면 무슨 문제가 있었을

까. 멀리서 찾아온 친구를 위해 스케줄을 변경하는 건 기뻐해야
할 일이 아닐까. 역사의 젊은 여직원에게 늙은 내가 많은 걸 배
운 저녁이다. 감사하다.

인생을 숙제처럼 살지 않기로 했다

아홉 살 손자가 엉뚱한 데가 있다. 한번은 엄마, 아빠가 잠들어 있는 새벽 6시쯤 몰래 일어나 어두컴컴한 방으로 들어가 뭔가를 뒤지더라는 것이다. 엄마가 일어나 살펴보니까 숙제로 내준 문제의 답안지를 찾더라는 것이다. 은밀한 범죄 시도가 미수에 그쳤다. 엄마는 그 다음부터 답안지를 머리에 베고 잔다고 했다. 아내는 손자가 도대체 친가나 외가의 누구를 닮아서 그런지 모르겠다고 했다.

그 말을 들으니까 깊은 마음속 오지에 달라붙었던 아련한 기억이 떠올랐다. 아홉 살 때 나도 그런 적이 있었다. 다음날 풀어야 할 문제의 답안지를 미리 보고 다른 사람이 눈치채지 않도록 비밀리에 연필 자국을 내놓았다. 그러다 막상 문제를 풀 때 보니까 그 표시가 감쪽같이 없어져 있었다. 엄마가 그걸 알아채고 몰래 그 자국을 없애 버렸던 것이다. 엄마는 나를 다그치지 않고 팔베개를 해서 눕힌 후 『늑대와 소년』의 동화 이야기를 해 주었다. 엄마는 정직한 사람을 세상이 제일 좋아한다고 했다. 부끄러웠다. 다시는 그런 짓을 하지 않기로 마음먹었었다.

  그렇지만 숙제는 참 싫었다. 빨리 어른이 되어서 숙제를 하지 않았으면 좋겠다고 생각했다. 이 세상을 사는 게 밀려오는 숙제를 풀어가야 하는 과정이었다. 소년 시절엔 여러 입시가 엄청 스트레스를 받는 숙제였다. 청년 시절에는 군대를 갔다 와야 하고 직업을 잡아야 할 숙제가 있었다. 장년 시절은 아이들을 교육시키는 게 큰 숙제였다. 아내는 내게 애들을 뻥튀기 기계 속에 넣어서 단번에 크게 만들었으면 좋겠다고 했다. 부담스런 숙제를 앞에 두고 나는 어릴 때처럼 답안지를 미리 보고 싶은 심정이었다.

  노년의 숙제는 늙은 아버지와 어머니를 모시다가 천국으로 배웅하는 일이었다. 그럭저럭 그 일마저 끝내고 나서 거울을 보니 그 속에 아버지가 나를 보고 있었다. 웬일일까. 가만히 보니까 아버지를 닮은 늙은 나였다. 아내를 보면 무서운 장모님을 다시 보는 것 같을 때가 있다. 이제는 마흔 살을 넘긴 딸과 아들에게 내가 숙제가 된 것은 아닐까. 나는 인생을 숙제처럼 살았던 것일까. 그렇지는 않다. 나는 숙제 속에 간간이 축제를 넣으려고 나름대로 애썼다.

  석탄을 캐는 광산에 일거리를 얻으려고 가는 희랍인 조르바는 바닷가에서 춤추고 노래하면서 순간순간이 축제이어야 한다고 책 속에서 내게 말해 주었다. 계곡을 흐르는 물방울이었던 나는 소년에서 이제 청춘의 강을 건너 노년의 바다에 가까운 폭 넓은 강의 하류까지 흘러왔다. 그러는 동안 순간순간 화려한 꿈으로 암담한 현실을 색칠해왔다.

깊은 산속 퇴락한 절의 뒷방에 고시낭인으로 묵을 때였다. 나는 빗물로 얼룩진 천정의 도배지 무늬를 보면서 꿈을 꾸었다. 왕자가 잠시 거지로 전락해 있어도 언젠가 왕궁으로 돌아갈 것이라고 생각했다. 아름다운 영화 장면으로 나의 영혼을 촉촉하게 하기도 했다. 탤런트가 되어 드라마의 재벌회장 역을 맡은 친구가 있다. 그 친구는 내게 그 역을 맡은 순간은 자기가 진짜 회장이라고 했다. 많은 부하들을 앞에 놓고 있으니까 정말 기분이 좋았다고 했다.

끙끙거리며 무거운 숙제를 밀고 나갈 게 아니라 잘만 최면을 걸면 나는 축제 속에 있을 수 있었다. 노동을 착취와 저주로 보는 사람도 있고, 자기실현의 행복으로 보는 철학자 헤겔도 있는 것이다. 춘향이도 업고 놀면 축제지만 그게 숙제가 되면 천근만근 되는 돌덩어리가 될 수 있을 것이다. 신혼 초 두 평이 안 되는 쪽방에 살아도 추리소설과 라면 그리고 아내가 있던 그곳은 나의 천국이었다.

어둑어둑해질 무렵 도서관에서 쪽방으로 돌아오는 골목길 입구에 구멍가게가 있었다. 알전구의 빛을 받은 사과들이 반짝거렸다. 주머니를 뒤졌더니 은색의 5백 원짜리 동전 하나가 손에 쥐어졌다. 나는 돈이 없었다. 그걸로 사과 한 알을 사서 아내 손에 쥐여 주었다. 아내의 얼굴이 행복으로 환하게 피어올랐다. 그게 행복이 아니었을까.

내가 거쳐온 모든 곳이 내게는 신성한 장소였고, 거기서 행복의 꽃이 피어나고 생명나무가 자라났다. 사람들이 인생을 숙제처럼 살지 않았으면 좋겠다. 숙제 같은 인생을 축제로 바꾸었으면 좋겠다. 마음을 바꾸고 세상을 보는 시각을 바꾸면 그렇게 될 수 있지 않을까. 내 경험을 조심스럽게 하나 고백한다면 그분은 고통의 신경줄을 끊어 주고 축제의 환희를 내게 선물로 보내 주셨다. 그 방법도 괜찮았다. 안 믿는 분에게는 괜한 헛소리일 테지만.

나도 화가

어려서 발레리나가 되고 싶던 남자아이가 노인이 되어 그 꿈에 도전하는 드라마가 있었다. 나도 중학교 시절에 그림을 잘 그리는 아이를 보면 부러웠다. 그 아이들은 이차원의 평면에 입체감이 나는 삼차원의 산을 그렸다. 연필로 선을 치면 꿈틀거리는 근육이 종이 위에 떠올랐다. 나는 머릿속에 어떤 관념만 있을 뿐 묘사력이 빵점이었다.

어른이 되어 놀이를 하는 한 모임에서였다. 색연필과 동그랗고 작은 가죽 조각을 하나씩 나누어주면서 그 안에 이름과 간단한 그림을 그려 이름표를 만들어 보라고 했다. 대부분이 알록달록 색칠해가면서 예쁘게 만들었다. 나만 아무것도 그리지 못했다. 음악으로 치면 심한 음치고 운동으로 치면 몸치라고 할까. 그렇다고 머릿속까지 그런 건 아닌 것 같았다. 비밀정원에 들어신 아이같이 여러 가지 환영을 보는데 그걸 표현할 능력이 없었다.

세상이 무서운 속도로 변화하면서 무능의 극치인 내가 요즘 '내 나름 화가'가 됐다. 묵호등대로 가서 그 아래 옛날 달동네

와 넓게 드러누운 바다를 보았다. 그 광경을 나름대로 재해석해서 그림을 만들었다. 그리고 어제는 그걸 친구인 탤런트 정한용에게 평가해 달라고 카톡의 단톡방에 올렸다. 중학교 때 미술반인 그는 그림을 잘 그렸다. 내가 어떤 방법으로 그림을 만들었는지는 말하지 않았다. 다만 냉정하게 판단해 달라고 부탁했다. 그 단톡방에는 아버지가 유명한 화가였던 친구도 있었다. 몇 시간 후 정한용에게서 이런 평가가 나왔다.

'와, 그림 참 좋아. 그림이 말을 하네. 틈틈이 그리면 글만큼 좋은 누적이 되겠어. 나중에 책에 넣을 삽화로도 최고네.'

또 다른 단톡방의 친구가 이런 메시지를 보냈다.

'화가를 아버지로 둔 아들의 입장에서 엄 변 그림은 날로 발전해 나아가는 게 눈에 띄어. 나도 한번 짬을 내어 그림에 도전해 보고 싶네.'

그런 평가를 받으니 왠지 속임수를 쓰거나 장난을 친 것 같은 찜찜한 마음이 들었었다.

나는 요즈음 스마트폰의 카메라를 이용해서 사진을 찍는다. 평생 사진만 취급했던 사진기자의 아들인 나는 어깨 너머로 아버지가 사진을 찍는 모습을 많이 구경했다. 노출부터 구도까지 아버지만의 노하우가 많았다. 그런데 스마트폰의 카메라는 전문가인 아버지의 재주를 훨씬 뛰어넘었다. 수평과 수직의 촘촘한 구분선을 만들어 주고, 찍어야 할 목표에 노란 조준점을 찍어 주었다. 명암부터 질감까지 인공지능이 모두 해결해 준다. 그런 사진을 인공지능이 다시 리마스터해 준다.

나는 그 사진 속의 대상을 재해석하기 위해 몇 종류의 앱을 사용하여 이중삼중으로 재가공한다. 색감을 바꾸기도 하고 일부분을 없애기도 한다. 연필화로, 펜화로, 파스텔화나 유화 등으로 바꾸어 본다. 바탕 종이의 질감과 색을 바꾸기도 하고, 부드러운 테두리나 윤곽까지 손본다. 여러 앱 속의 인공지능은 엄청난 기능을 수행해 준다. 그렇게 하나의 그림이 탄생한다. 모르는 사람들은 그 그림을 칭찬한다. 탤런트 친구 정한용은 그 그림이 말을 걸어오는 것 같다고 했다. 과연 그 그림은 생명력을 가지고 창조된 것일까?

나는 자신이 없다. 그리고 고정관념 속에서 기계로 짝퉁을 만들어 낸 범죄인 같은 느낌이 든다. 내가 전혀 경험하지 못한 세계가 검은 물처럼 들어와 주위를 적시고 있는 걸 실감한다. 인공지능이 전문 분야를 깊이 잠식했다. 우리 시대는 암기력이 평가의 기준이었다. 이제는 그게 무의미하다. 법률 상담이 들어오면 먼저 챗봇에게 물어본다. 챗봇이 훨씬 잘 안다. 변호사도 판사도 엄청난 판례가 입력된 인공지능이 솔직히 말해서 더 잘할 것 같다.

인간의 감성과 창의력을 내세우면서 변명하지만 40년 동안 법의 밥을 먹으면서 창의성과 감성과 따뜻한 피가 흐르는 법관은 천 명 중 한 명도 제대로 보지 못한 것 같다면 과장일까. 대법원 판례 하나만 찾으면 그걸 거푸집으로 해서 사건 하나를 떼는 게 내가 본 법원 풍경이기도 했다. 모든 분야가 인공지능을 당하지 못하는 시대가 닥친 것 같다. 이제는 법의 전문가라는 명함은 없어져야 할 것 같다. 그림을 만들면서 생각해 보았다.

엄청난 훈련으로 일등 저격수가 된 사람이 있었다. 반면에 정밀한 조준경을 구입해 그걸 부착한 총으로 정확히 목표물을 맞히게 된 사람이 있다. 저격기능 면에서 어떤 차이가 있을까. 저격수라는 전문 타이틀이 맞는 것일까. 대패질을 귀신같이 하는 장인 목수가 있었다. 초보로 목공을 배우는 사람이 우연히 정밀한 성능을 가진 기계 대패를 이용해 나무를 더 잘 다듬었을 때 장인의 타이틀은 무엇일까.

산업혁명시대 기계의 발명으로 전통적인 장인은 존재 의미를 잃었다. IT 시대에 나는 전문가의 자격을 반납해야 할 위기에 처했다. 산업혁명시대 기계파괴 운동이 일어났지만 시대의 물결에 삼켜져 버렸다. 앞으로 인간은 무엇으로 살아야 할까? 인공지능으로 간단한 그림을 만들어 보면서 개인적으로 느낀 점이 있다. 그건 '자연의 재해석'이다. 문학에서 자연을 내면의 감정 안으로 끌어들여 변용시키는 것과 비슷하다고 할까. 하지만 불완전한 인간의 신비로운 마음의 떨림은 인공지능으로 대체할 수 없을 것 같다. 중국의 현자인 임어당의 글에서 모자라고 불완전해서 인간이라는 걸 읽은 적이 있다. 성경도 지혜를 상징하는 선악과는 먹지 말라고 했다. 섭리가 있을 것 같다.

노년의 수행처

노년을 어디서 지낼까 하다가 동해 바닷가 한적한 실버타운으로 내려온 지도 2년이 되어간다. 어느새 환경에 익숙해진 느낌이다. 불교에 한 나무 아래 사흘 이상 있지 말라는 가르침이 있다. 장소에도 집착이 생긴다는 뜻 같다.

글을 블로그에 올리다 보니 댓글을 주시는 분들과 영혼의 친구가 된 것 같다. 만나지는 않았어도 마음과 마음이 통하고 뜻이 같아진다고 할까. 그중 한 분이 흥미로운 조언을 했다. 은밀한 기도처내지 수행처를 구해서 왔다 갔다 하면서 생활하기를 권한다고 했다. 의식주에 필요한 도구들을 취향대로 하나씩 구해서 스릴 넘치는 모험에 뛰어들어 보지 않겠느냐는 것이다. 그분은 이왕 할 거면 「시편」 23장도 1만 번 써 보라고 했다. 숫자가 힘이고 에너지이고 기적을 만들어 내는 비밀의 힘이라는 것이다. 그런 특이한 조언들이 마음에 와 닿았다.

하나님은 다양한 방법으로 메시지를 전한다. 주변 사람을 통해 전하기도 하고, 또 어떤 때는 사실의 결과로 뜻을 전하기도 한다. 예를 들면, 젊은 날의 실패는 절망이고 슬픔으로 여겼다.

오랜 세월 살다 보니 그것은 방침을 바꾸라는 하나님의 섭리인 걸 뒤늦게야 깨달았다. 그분이 전달하는 메시지들을 진작 알아차렸더라면 인생이 훨씬 평안했을 것 같다.

우연히 바닷가에 집을 마련하게 됐다. 내가 이따금씩 가는 식당이 있다. 외국 생활에서 돌아온 젊은 부부가 해안로에 자리를 잡고 운영하는 집이다. 어느 날 식당에 밥을 사 먹으러 갔을 때, 젊은 주인이 바닷가에 있는 자기 집을 사지 않겠느냐고 물었다. 일 년 전에 경매로 구입했는데 팔고 싶다고 했다. 그 집에 가 보았다. 드넓은 바다가 펼쳐진 동해항과 빨간 등대가 보였다. 나는 그 자리에서 계약을 했다. 내게는 완전한 집도 아니고 기도 장소도 아니지만 내가 나에게 깊어질 수 있는 새로운 장소가 될 수 있을 것 같았다. 나는 그렇게 즉흥적이다. 아니 그렇다기보다는 그분이 내 마음을 움직여 삶을 조정하는 것 같다고 할까.

20여 년 전에도 비슷하게 집을 구입한 적이 있다. 이태리의 카프리섬을 구경한 후 육지로 돌아가는 배 안에서였다. 거기서 만난 한국인 관광객 중 60대 중반쯤의 남자가 있었다. 이런저런 얘기 중 그가 이런 고민을 털어놓았다.

"서초동 법원 옆에 작은 땅이 있는데 화가 나서 못살겠어요. 도시계획이다 뭐다 해서 두부같이 두 번을 잘리고 나니까 사다리꼴의 못난이 땅이 됐죠. 게다가 빈 땅으로 놔두면 세금 폭탄을 맞는다고 하기에 할 수 없이 날림으로 주택까지 하나 지었어요. 팔았으면 좋겠는데 작자가 안 나타나요."

그 무렵 나는 사무실이 없어서 찾고 있을 때였다. 내가 그걸 사겠다고 했다. 그가 떨떠름한 표정으로 조건을 하나 내걸었다.

"각서를 한 장 추가로 받아야겠어요."

"무슨 각서죠?"

"날림으로 지은 주택이 무너져 죽으셔도 나에게 책임을 묻지 않겠다고 써 주세요."

정말 엉터리로 지은 것 같았다. 그래도 마음 깊은 곳에서 어떤 존재가 그걸 사라고 하는 듯했다. 나는 죽어도 괜찮다는 각서를 쓰고 땅과 집을 샀다. 나는 미대를 나온 아내에게 소렌토 뒷골목의, 우리가 묵은 작은 모텔같이 예쁘게 만들어 달라고 부탁했다. 아내가 기초를 보강하고 아름다운 집으로 변형시켰다. 판 사람은 하늘이 무너질까 두려워했지만 나는 하늘이 지켜준다고 믿었다. 그곳에서 어머니를 모시고 아이들과 함께 10여 년을 잘 살았다. 1층은 사무실로, 나머지는 주거용으로 사용했다. 어머니가 저세상으로 가시고 아이들도 결혼해 집을 떠났다.

나는 사무실을 접고 한적한 바닷가에서 경전을 읽고 기도하는 생활을 하고 싶었다. 갑자기 그 집을 사겠다는 사람이 나섰다. 두 시간 만에 그 집을 팔아 버렸다. 집이 무너져서 죽지도 않았고 제법 이익이 남았다. 바닷가의 실버타운으로 옮겼다. 담당 직원이 자기 마음대로 2년을 계약기간으로 정했다. 일반적으로 3년이나 그 이상이었다. 별 생각 없이 직원의 말에 따랐다. 하나님한테 내가 노년에 수행할 장소를 알아서 정해 달라고 기도했

다. 그 기도가 통했는지 계약기간이 끝날 무렵 몇 달 전에 식당
의 젊은 주인이 자기 집을 나한테 넘기겠다고 하는 것이다.

　나는 작위적으로 어떤 일을 꾸미지 않는 편이다. 마음 깊은 곳
에서 어떤 존재가 나를 움직이고 있는 것 같다. 이성보다 그 쪽
의 지시가 훨씬 정확한 것 같다. 그 존재가 내 마음을 움직이는
대로 하는 것이 세상을 평안하게 사는 방법이라는 걸 알았다. 그
존재는 위험이 닥치면 무의식의 내면에서 경고음을 울려 주기도
한다. 내년에는 드넓은 바다가 보이는 집에서 「시편」을 1만 번
쓰기로 나의 수행을 계속해 보려고 한다.

맑은 사람, 흐린 사람

밤중의 실버타운은 적막하다. 창은 농도 짙은 어둠에 물들어 검은 거울이 된다. 거기에 내 모습이 비치고 있다. 책상 앞에 놓인 시계의 초침 소리가 시간의 벽을 두드리고 있다. 내가 나에게로 돌아가는 시간이기도 하다. 갑자기 요란한 스마트폰의 벨소리가 고요를 흔들어 놓는다. 액정 화면에 고등학교 시절 은사의 이름이 떴다.

"나야, 바로 밑에 와 있어."

선생님의 나이가 여든여섯 살쯤일 것이다. 제자의 소식이 궁금하면 직접 전화를 하기도 하고, 찾아가기도 하는 성격이다. 서울의 내 집 밑에 와 있다는 것 같았다.

"선생님, 저 지금 동해에 내려와 삽니다. 집에 없어요."

내가 미안한 마음으로 말했다.

"아니야, 지금 실버타운 아래 주차장에 와 있다고."

나는 깜짝 놀랐다. 이 적막한 밤에 선생님이 나를 찾아온 것이다. 오후 2시에 이천에서 직접 차를 몰고 출발해 7시간 만에 도착했다는 것이다. 저녁을 들지 않으셨다고 했다. 나는 급히 라면을 꺼내 끓여드렸다.

"이렇게 맛있는 국수는 처음이구만."

노인이 된 선생님의 말이다.

"얼마 전 내가 근무했던 다른 고등학교에 초청을 받았어. 3학년 담임 선생을 모시는 자린데 다 죽고 나 혼자만 남았더라고. 나는 요즈음 보고 싶은 제자들을 직접 찾아다니고 있어."

나는 밤이 늦도록 선생님과 이런저런 속 깊은 얘기들을 나누었다. 선생님은 마음속 밑바닥까지 투명하게 들여다보이는 좋은 사람이다. 산중의 호수처럼 맑고 깊이가 있다.

고시 공부 시절, 합천의 청강사란 절에서 같이 겨울을 난 고시생이 있었다. 눈 덮인 산길을 함께 걸을 때 그가 이런 말을 했었다.

"나는 가난한 교사의 오 형제 중 맏아들이다. 니는 서울법대를 나왔다는 게 얼마나 무거운 짐인 줄 아나?"

그의 진솔한 말에 그가 지고 있는 고뇌의 무게가 그대로 전해지는 것 같았다. 그와는 서울의 왕십리 개천변 건물, 지하 독서실에서 같이 숙식을 하면서 지내기도 했다. 그때 그가 내게 이런 고백을 한 적이 있다.

"내가 요즈음 상사병에 걸렸다. 같은 독서실의 끝방에서 공부하는 여대생을 혼자 사랑하게 됐는데 사흘간 잠을 제대로 자지 못했다. 직접 가서 말을 할 용기는 없고 해서 편지를 썼는데 네가 가서 그걸 전해다오."

"그런 방자 노릇 하기 싫다. 이 나이에 그런 행동이 주책이고,

또 냉정하게 거절당하면 나이 어린 여자 앞에서 얼마나 멋쩍고 부끄럽겠냐?"

"아이다, 제발 내 부탁 좀 들어주라. 내가 상사병에 걸려서 그런다. 여자 앞에서는 한 마디도 못할 것 같다. 정말 부탁한데이."

그는 싹싹 빌면서 거의 울상이 되어 내게 사정했다. 그 투명한 간절함에 휘말려 나는 맥없이 허락해 버렸다. 그리고 매몰차게 거절을 당하고 얼굴이 하얘져서 돌아온 적이 있다. 맑은 샘물같이 속을 드러내던 친구는 판사 생활을 하다가 일찍 세상을 떠났다. 그는 좋은 사람이라는 생각이다. 가난하다고 힘들다고 다 그렇게 솔직하고 담백하지는 않았다. 나는 얼굴에 그림자를 드리우고 있는 음울한 사람, 자기를 자꾸 감추려는 사람을 싫어했다. 따스한 정이 흐르지 않는 결백도 가을달처럼 교교하기는 하지만 차갑다. 나는 그런 사람은 좋아하지 않았다.

내가 변호사를 시작할 무렵, 옥수동 산 위 달동네에서 치과를 개업한 친구가 있었다. 그가 나를 자기의 진료실로 데리고 가더니, 구석 탁자 위에 놓인 대학노트를 펼쳐서 보여 주었다. 그날 찾아온 환자의 숫자와 받은 돈을 적어 놓은 것 같았다.

"이것 봐라. 오늘 겨우 환자 세 명을 봤다. 이제 나는 곧 망할 것 같다."

나는 숨길 것도 없고, 또 숨기려 해도 숨길 수 없는 그런 사람을 좋아한다. 내가 싫어하는 사람이 있다. 자기 주위에 높은 성벽을 쌓고, 자기 내부를 다른 사람이 보지 못하게 하려는 사람이다. 많은 시간을 함께 보낸 부자 친구가 있었다. 어려서부터 그는 자신의 속내를 드러내지 않았다. 자신의 사생활을 철저히 비밀에 붙였다. 남에게 단점이 드러나는 걸 극히 꺼리는 것 같았다. 그가 우정을 강조할 때마다 어쩐지 거리감이 들었다. 나는 그에게 "친구라는 생각이 들지 않는다"고 고백하고 마음의 끈을 끊어 버렸다. 어느 면에서 그와 나의 내면에는 이미 그 끈 자체가 존재하지 않았는지도 모른다는 생각이었다. 자기 혼자만 우뚝 서서 다른 사람을 내려다보는 사람들이 있다. 좋은 사람이 아니라는 생각이다. 나는 좋은 사람들만 만나고 싶다.

노인들의 세 가지 공통된 후회

밤바다로 나갔다. 하늘과 맞붙어 구별이 안 되는 검은 공간 저쪽에서 오징어배 한 척의 노란 불빛이 반짝였다. 단조로운 파도 소리가 어둠 속으로 스며들고 있다. 나는 모래사장에 앉아 밤의 고요와 침묵의 투명한 시간을 즐기고 있다. 내가 묵는 실버타운의 90대 노인은 황혼과 밤 사이에 있는 짧은 순간을 즐기는 게 지혜라고 내게 말해 주었다. 그렇지 않으면 정신없이 살다가 바로 무(無)의 세계로 휩쓸려 가 버린다고 했다.

8, 90대 노인들이 많은 실버타운에 2년 가까이 있어 보니까 노인들이 후회하는 몇 가지 공통적인 요소가 있다. 다 살고 보니까 인생이 별 게 아닌데 왜 그렇게 아등바등 힘들게 살았을까 하고 후회한다. 남의 눈을 의식하지 않고 자유롭게 살지 못한 것을 아쉬워한다. 곰곰이 생각해 보니까 나도 그랬다. 남들이 가는 학교에 가고, 남들이 좋다는 직업을 나도 얻어야 하고, 돈도 남들만큼 가지고 싶었다. 남들의 눈을 의식하면서 살고, 남들이 만들어 놓은 기준에 맞추려고 허덕거렸다.

그렇게 하지 않으면 나 혼자만 낙오자가 될 것 같았다. 그게 내게 맞는 것인지 내가 좋아하는 것인지 판단할 여유조차 없이 사회의 물결 속에 휩쓸려 들어갔다. 매일같이 빡빡한 일정을 계획하고, 엑스 표로 하루를 마감하기도 했다. 그런 경쟁의 트랙에서 벗어나 어딘가 있을 초원으로 가고 싶었지만 엄두를 내지 못했다. 그러다 노년이 되어 동해의 밤바다로 나온 정도로 약간 벗어난 것이라고 할까. 부유한 친구, 권력을 가진 친구, 성공한 친구는 이런 작은 한적함의 특권을 가지기 힘든 것 같다.

나는 요즈음 언제가 행복했었는지 세월 저쪽을 이리저리 살필 때가 있다. 신혼 초 달동네 작은방을 빌려 살 때 행복했었다. 부부가 누우면 방이 꽉 차는 좁은 공간이었다. 문밖의 콘크리트 바닥에는 석유풍로와 작은 나무 찬장, 그리고 몇 개의 그릇이 있었다. 쉬는 날이면 나는 방바닥에 배를 깔고 엎드려 하루 종일 소설 한 권씩을 읽어 치웠다. 배가 고프면 석유풍로에 냄비를 올려놓고 라면을 끓여 먹었다. 조금 열려 있는 창틈으로 빗방울이 떨어졌었다. 한적함을 느끼던 습기 가득한 그날의 풍경이 행복으로 마음 깊숙한 오지에 새겨져 있다.

그 후 변호사가 되고, 넓은 아파트로 옮기고, 생활의 여유가 생겨도 행복의 향기는 그 시절의 작은방에서 가장 짙게 풍겨 나오고 있었다. 젊어서 놀지 않으면 감성이 말라 버려 나중은 없을 거라는 걸 조금은 예상했었다. 바쁜 중에도 삶의 여백과 한적을 즐기려고 노력은 했다. 일보다 여행을 선순위로 올려놓고 단행을 했기도 했다. 의외로 그런 일들이 후회가 되지 않는다. 실버타운의 다른 노인들을 봐도 젊은 시절에 돈을 좀 더 벌지 못하고, 좀 더 높은 자리에 오르지 못한 거는 후회하는 것 같지 않다. 그때 좀 더 아이들과 놀 걸, 그때 좀 더 사랑할 걸, 그런 것들을 아쉬워했다.

젊은 시절에 큰 부자였다는 한 노인의 고백이 재미있었다. 그는 예쁜 여자를 좋아했다고 말했다. 즐기는 데만 빠져서 명품을 사 주고, 돈을 주고, 바람기 있는 여자들한테 낭비를 하다가 어느 날 사업이 폭삭 망했다는 것이다. 그는 그 부유했던 시절, 주변의 가난한 친구들이나 어려운 사람들을 도와주지 못한 걸 후회했다. 만약 다시 부자가 된다면 절대 돈을 그렇게 낭비하지 않을 거라고 했다. 다시 부자가 된다면 주변 사람에게 베푸는 데 재산을 쓸 거라고 했다. 체험에서 나온 진정한 후회 같았다. 그러나 시간은 기다려 주지 않는 것 같다. 그는 한 달 생활을 걱정할 정도로 가난해져 있었다.

또한 주변의 현명한 노인들을 보면 감정의 매듭을 풀고 갔으면 하는 바람을 가지고 있다. 며칠 전 저녁에 실버타운 공동식당의 내 옆자리에서 밥을 먹던 80대 말의 노인은 젊어서 사냥을 즐기던 걸 후회했다. 엽총으로 노루를 쐈을 때, 쓰러진 노루의 간절한 눈빛과 신음이 생생하게 뇌리에 남아 있다고 했다. 노루의 신음이 "살려 주세요"라고 말하는 것처럼 느꼈다고 했다. 그때 다시는 사냥을 하지 않기로 결심하고 엽총을 없애 버렸다고 했다. 노인들은 젊은 날 만들어졌던 응어리진 감정을 모두 풀고 싶은 것 같다.

생각해 보면 나도 그런 것들이 많았다. 젊은 시절에 설날을 맞아 국회의원 집에 부부가 세배를 갔던 적이 있다. 그 집에서는 떡국 한 그릇 먹고 가라는 말이 없었다. 섭섭함이 가슴에 맺혀 오래갔다. 세월이 한참 지나서야 상대방의 입장을 생각해 보게 되고 응어리진 마음이 풀렸다. 모두가 내 마음의 어두운 그림자에서 비롯되는 것 같다.

아이들에게 세상의 시선에서 자유롭고, 돈이 없으면 정이라도 나누며 살라고 조언하고 싶다. 남과 풀지 못할 매듭을 짓지 말고 살라고 알려주고 싶다. 오른 전세보증금을 걱정하는 내 딸이 그걸 알까. 돈벌이에 건강을 깎아 먹는 아들이 알 수 있을까. 입시 걱정이 꽉 찬 손녀가 그걸 알까. 말하면 '꼰대' 소리를 들을까 입을 닫고 혼자 글로 써 봤다.

누워서 빈둥거리기

내가 묵는 실버타운 로비의 엘리베이터 옆에는 중국식 자단 나무 의자가 두 개 나란히 놓여 있다. 딱딱한 바닥에 등을 꼿꼿이 세우고 단정하게 앉을 수밖에 없게 만들어졌다. 조선의 왕이 앉는 의자도 반듯하게 앉도록 만들어진 것 같다. 단정한 위엄을 중요시하는 유교 사회의 영향이 아닌가 싶다. 대부분의 의자들은 사람이 단정하게 앉게끔 설계되어 있다. 의자의 다리를 낮추거나 적당히 자르면 대번에 앉기가 훨씬 좋아진다. 의자는 낮으면 낮을수록 기분이 좋아지는 것 같다. 그래서 나는 어머니 생전에 의자의 다리를 톱으로 잘라 낮추어 드렸었다.

나는 요즈음 침대에 길게 누워 파란 하늘에 흘러가는 흰구름을 보고, 밤이면 검은 바다 위에 떠 있는 노란 달을 보기도 한다. 누워서 천장의 얼룩 자국을 멍하게 보면서 상념을 따라가다 보면 순간적으로 머릿속이 진공처럼 딩 비워지기도 한다. 마음의 대청소를 한다고 할까. 침대에 누워 있으면 활개를 치며 포효하는 새벽의 닭 울음소리가 생생하게 가슴속을 파고들기도 한다. 누워 있을 때 나는 외계와 동떨어져 완전히 혼자 있다. 발가락이 해방되어 있으니까 두뇌도 해방되고, 머리가 청소되니까 좋은 생각이 떠오르기도 한다.

내가 자라던 시절에는 누워서 빈둥거리는 걸 죄악 비슷하게 여겼다. 잠을 많이 자도 양심의 가책을 느꼈다. 잠을 적게 잔 게 자랑이었다. 중학교 입시 경쟁이 치열했던 초등학교 6학년 무렵이다. 엄마는 새벽 4시를 알리는 교회 차임벨 소리가 날 때면 강제로 나를 깨워 책상 앞에 앉혔다. 밤 10시쯤 꾸벅꾸벅 졸고 있으면 엄마는 나를 데리고 마당의 수돗가로 나갔다. 엄마는 양철 양동이에 찬물을 가득 담아 나에게 쏟아부었다. 정신이 번쩍 들었다. 잠을 자면 나태한 나쁜 놈이었다.

고등학교 시절엔 낮잠을 자다가 혼난 적도 있다. 시험 때면 내남없이 밤을 샜다는 게 자랑이었다. 약국에서 각성제를 사다 먹고 잠을 자지 않았다. 고시 공부를 할 때도 잠을 안 자기 경쟁이었다. 군대에서도 잠을 안 자고 행군을 했다. 직장에서도 잠을 안 자고 책상 앞에 앉아 아이디어를 짜내야 했다. 성경까지도 누워서 빈둥대면 가난이 도둑같이 온다고 경고하고 있었다. 나는 나이가 들어서도 침대에 누워 있다가 어머니 기척이라도 나면 본능적으로 벌떡 일어났다.

법무장교 시절, 같은 사무실에서 근무하는 장교가 있었다. 볼이 움푹 들어간 하얀 얼굴을 가진 그는 '로이드 안경'을 쓰고 있었다. 서울법대를 졸업하고 사법고시에 일찍 붙은 수재였다. 그는 초등학교부터 시작해서 서울법대에 들어갈 때까지 아버지한테 스파르타식 훈련을 받았다고 했다. 아버지는 잠을 못 자게 하면서 공부를 시켰다고 했다. 성적이 떨어지면 정원의 나무에 묶고 때렸다고 했다. 아버지가 그렇게 해서 그는 서울법대에 들어갔다고 했다. 육군 중위 시절, 우리는 여관에 들어가 팬티만 입은 채 고스톱을 치고 놀았다. 다음날 해가 훤히 뜰 때까지 잤다. 어떤 해방감을 공유했는지도 모른다. 그는 그 이후에는 근엄한 재판장을 하느라고 긴장을 풀 여유가 없었을 것 같다. 그는 고등법원장까지 올라갔다. 누워서 빈둥거릴 시간이 없었을 것 같다.

칠십 고개를 넘은 이제야 오랫동안 나를 묶었던 정신적 전족에서 풀려난 것 같다. 부드러운 베개 위에 머리를 30도 정도 받쳐 놓고, 양팔을 머리 위로 올려 깍지를 끼거나 팔 하나를 베개 밑에 파묻은 채 누워 있으면 마음까지 편안해진다. 그런 순간 수많은 구상들이 물방울같이 의식의 수면 위로 떠오른다. 누워서 빈둥거린다는 건 또 다른 창작의 시간인 것 같다.

소설가 김훈 씨의 작업실에 갔을 때였다. 구석 바닥에 요와 구겨진 이불이 놓여 있었다. 머리가 무거워지면 누워서 구상을 하는 것 같기도 했다. 소설가 이문열 씨의 작업실에도 침대가 있었다. 흐트러져 있는 이불의 모습을 보니까 수시로 눕는 것 같았다. 누워 있으면 확실히 구상이 질 떠오른다. 발해에 대해 역사소설을 쓰던 소설가 김홍신 씨는 꿈속에 고구려의 병졸이 되어 전쟁에 참여했다고 내게 얘기해 주기도 했다.

나는 요즈음 자리에 가만히 누운 채 눈을 뜨고 생각에 잠기는 습관이 생겼다. 책상 앞에 앉아서 억지로 머리를 짜내는 것보다 훨씬 여러 가지의 구상이 잘 된다. 누워서 음악을 틀어 놓으면 훨씬 잘 들리는 것 같다. 세워 놓은 병은 물이 고여 있지만 눕혀 놓은 병에서는 물이 잘 쏟아져 나온다. 조용히 누워 있는 것은 나만의 비밀정원으로 들어가는 쾌락의 하나가 된 것 같다.

은밀한 기쁨

내가 아마 아홉 살쯤이었을 것이다. 나는 가난한 동네에 살았다. 어느 날 이웃 항남이네 집으로 갔다. 그 집에는 일곱 명의 아이들이 바글거렸다. 그 시절은 집집마다 아이들이 많았다. 내가 막 한글을 배웠을 때였다. 동네 전봇대에는 '생긴 대로 다 낳으면 거지꼴을 못 면한다'라고 적힌 종이가 붙어 있었다. 골목 어귀 회벽에 나란히 붙어 있던 선거벽보 중에 '배고파 못살겠다. 죽기 전에 갈아치우자'라는 구호가 지금도 희미하지만 기억에 남아 있다.

좁은 골목 어두침침한 항남이네 집 안방에는 항남이 엄마와 그 집 아이들이 앉아 있었다. 방바닥의 작은 도마 위에는 얇은 어묵 한 장과 간장 종지가 놓여 있었다. 아이들은 모두 어묵을 보고 군침을 흘리고 있었다. 항남이 엄마는 칼로 예술품을 다루듯 어묵 한 장을 공들여 아홉 조각으로 만늘었다. 그리고 옷핀으로 한 조각 한 조각을 집어 자식들의 입에 넣어 주었다. 마치 처마 밑에 둥지를 튼 제비가 새끼들에게 잡아온 먹이를 먹이는 것 같았다. 눈치 없는 나는 그 구석에 멀뚱히 무릎을 꿇고 앉아 있었다. 항남이 엄마는 어묵 한 조각을 간장에 찍어 내 입속에 넣어 주었다. 고소하고 짭짤한 맛이 입안에 퍼졌다. 영양 부족인지 얼굴에 버짐이 핀 항남이 엄마는 어묵 한 조각도 자기 입에 넣지 못했다. 지금은 노점에서 쉽게 먹을 수 있는 값싼 어묵 한 꼬치가 그 시절은 그렇게 귀했다. 나는 평생 그 넉넉한 마음에 감사하고 있다.

까까머리에 검정 교복을 입고 다니던 소년 시절, 나는 친구들에게 많이 얻어먹었다. 여유 있는 집의 마음 착한 친구들은 내게 짜장면도 사고, 더러는 탕수육도 샀다. 그렇게 하면서도 내게 어떤 대가도, 감사하다는 인사도 바라지 않았다. 착한 친구들은 생색도 내지 않았다. 그저 무심히 내게 베풀었다. 내 마음의 오지에는 살아오면서 받았던 수많은 그런 기억의 파편들이 달라붙어 있다.

세월이 흐르면서 뒤늦게 감사의 빚들을 갚아야겠다는 생각이 들었다. 게으르면 빚을 진 채 그냥 저세상으로 갈 것 같았다. 초등학교 시절에 친했던 동네 부잣집 아들인 친구가 사업에 실패를 하고 어렵게 산다는 말을 들었다. 수소문해서 그를 허름한 국밥집에서 만났다. 그 친구도 나를 보고 무척 반가워했다. 이런저런 얘기를 하다 헤어질 때였다. 그가 자연스럽게 밥값을 치르고 나는 가만히 있었다. 아차 했다. 뻔뻔하게 받아먹는 버릇이 그대로 남아 있었다.

나는 얻어먹는 버릇을 고치기로 결심했다. 남들에게 밥을 사기로 했다. 그것도 쉬운 일이 아니었다. 내가 사겠다고 해도 사람들은 기회를 주지 않았다. 같이 밥을 먹고 나서 내가 행동이 재빨라야 하는데 항상 돈을 내는 데 뒤처졌다. 나는 본능적으로 인색했다. 지갑이 열릴 때마다 망설였다. 가난했던 시절의 얻어먹던 버릇을 고치기가 생각보다 어려웠다. 돈이 있다고 되는 일이 아니었다.

나는 내 통장에서 일정 금액을 아예 마음속으로 헌금한다고 정하고, 그 돈을 밥을 사는 데 쓰겠다고 기도했다. 그 돈은 나의 돈이 아니고 하나님 돈이라고 생각하면 덜 아까울 것 같았다. 암 선고를 받은 장교 동기생이 사과상자를 선물로 보냈다. 죽기 전에 그렇게 선물을 하고 싶다고 했다. 멋있어 보였다. 나도 사과를 선물로 보냈다. 친한 사람에게만이 아니라 받는 입장에서는 뜻밖이라고 생각할 사람에게도 보냈다. 후배 작가와 사이가 멀어진 선배 원로작가한테서 들은 말이 떠올랐기 때문이다. 그는 후배가 모르는 체하고 사과 한 상자를 보내면 화해가 될 텐데 라고 말했다. 또 내가 잘못해서 사과하고 싶은 사람에게 사과상자를 선물했다.

돈 쓰는 법을 배우기 시작했다. 늙으면 입은 닫고 지갑은 열라고 했다. 음식점에 가면 고기를 구워 주는 종업원에게 팁을 주는 것도 배웠다. 경조사가 있으면 되돌려 받겠다는 마음 없이 조금 여유 있게 내기로 했다. 받는 게 아니라 주는 데서 오는 은밀한 기쁨을 발견했다. 상대방이 내게 밥을 살 기회를 주는 것 자체가 감사하다는 생각이 들었다.

사람들이 기부하는 이유를 알 것 같았다. 수십억 달러를 기부하고 죽은 미국이나 일본의 부자들에게는 그 이상의 은밀한 기쁨이 틀림없이 있었을 것이다. 홍콩 배우 주윤발은 1조 원의 재산 중 99퍼센트를 기부하겠다고 말했다. 받는 것보다 주는 게 더 기쁨이 크다는 말을 이제야 알 것 같다.

일용잡부를 해 보며

　나는 요즈음 동해항이 내려다보이는 해안로의 얕은 언덕에 있는 집을 사서 수리하고 있다. 실버타운의 다음 코스로 인생의 마지막을 그 집에서 보내고 싶다. 동해안을 종단하는 해파랑길 옆이다. 인부들을 불러 함께 일하고 있다. 방구들과 벽지를 뜯어냈다. 수십 년 묵은 미세한 분말 같은 먼지가 피어오른다. 매캐한 먼지에 재채기와 콧물이 흐른다. 본드로 접착시킨 벽지가 어떻게 단단한지 매달려도 안 떨어질 정도다. 뜯어낸 것들을 마대자루에 담으면 러시아 인부가 그걸 메고 밖으로 내간다.

　인력소개소를 통해 조적공을 구했다. 건재상에 가서 벽돌과 모르타르용 시멘트를 샀다. 조적공이 드럼통을 반쯤 자른 통에 시멘트 가루와 물을 붓고 스크류가 붙은 도구를 넣어 반죽을 만든다. 나이 칠십에 가까운 조적공은 평생 그 일을 해왔다고 한다. 한 칸 한 칸 성실하게 벽돌을 쌓아올린다. 그가 평생 쌓아 올린 벽돌의 양은 얼마나 될까? 성채 하나는 되지 않을까? 사람이 평생을 한 가지 일에 최선을 다한다는 것은 돈과는 관계없이 그것만으로도 값진 일이 아닐까.

  점심시간에 조적공 영감, 러시아 청년 인부와 함께 근처 음식점으로 들어갔다. 떡만둣국을 시킨 후 내가 러시아 청년 인부에게 물었다.

  "어디서 왔어요?"

  "블라디보스토크에서요."

  긴 속눈썹이 눈 위쪽으로 올라간 백인이다. 더 이상의 말은 못 하는 것 같다. 내가 이번에는 조적공 영감에게 물었다.

  "말이 안 통하는데 어떻게 러시아 인부에게 일을 시키죠?"

  "말이 안 통해도 손짓 발짓으로 다 돼요. 우리 나라 젊은이 중에는 조적을 배우겠다는 사람이 없어요. 공사장 잡부 일을 하겠다는 사람도 없고요. 그냥 정부에서 주는 돈으로 살고 싶어해요. 이제는 일하려는 우리 나라 청년이 있어도 나는 안 써요. 힘도 없고 불성실하니까."

  연기같이 피어오르는 검은 먼지 속에 있어 보니 젊은이들이 일하기 싫어하는 마음도 알 것 같다. 그러나 세상에 편하고 좋기만 한 일자리는 없다. 어떤 직업이든 애로가 있기 마련이다. 며칠 전 한 지방신문의 편집국장을 하던 사람이 공사판 일용잡부가 된 얘기를 유튜브를 통해 봤다. 노동자가 되니까 조직이나 인간 관계에서 오는 스트레스가 없어 좋다고 했다. 공사판에서 일하는 사람들과 서로 잠시 스쳐 지나가는 무심한 관계라는 것이다. 일이 싫으면 언제든지 그만둘 수 있다는 것이다.

  요즈음 지방 도시에서도 일용잡부의 경우 하루 일당이 16만

원이다. 20일만 일해도 3백만 원이 넘는다. 흙벽돌을 쌓는 기술만 있으면 하루에 30만 원이고, 아파트 공사장에서 한 달을 꼬박 일하면 1천만 원 가까이 수입을 올릴 수 있다고 했다. 임금의 상승으로 블루칼라와 화이트칼라의 구분이 없어진 것 같다. 기술 하나만 있으면 부자가 될 수 있는 것 같기도 하다.

나는 바다에서 불어오는 바람과 냉기를 어떻게 막을까를 궁리했다. 산속의 절들을 보면 잘 지었어도 겨울이면 비닐을 문과 벽에 치는 걸 봤다. 집 전체의 벽을 불에 타지 않는 스트로퍼로 붙이고, 그 위에 세라믹 소재의 칠을 5밀리 두께로 바르기로 했다. 칠이지만 타일을 바른 것같이 보이는 최근의 공법이라고 했다. 서울의 기술자들과 계약했다. 그들이 내려와 며칠간 작업을 하는 걸 지켜보니까 프로였다. 뒷정리도 깔끔했다. 그들이 가는 모습을 보았다. 작업복을 벗고 깨끗한 외출복으로 갈아입었다. 그리고 자기가 주차해 둔 곳으로 갔다. 그들이 타는 차들이 놀랄 정도로 고급이었다. 장인들의 지위가 혁명적인 변화를 일으킨 것 같다. 블루칼라가 화이트칼라를 압도하는 시대가 온 것 같았다. 아니 그 분류 자체가 의미가 없어진 것 같다.

서초동의 나의 사무실 근처에 용접공 출신 젊은 변호사가 있다. 용접공을 하면서 돈을 벌어 로스쿨을 다녔다고 했다. 그는 알고 보니 변호사보다 용접공의 수입이 더 좋았다고 했다. 손녀와 손자가 학원에 다니고 공부에 시달리고 있다. 아이들이 행복하게 살려면 든든한 기술 하나가 더 나은 삶의 방법은 아닐까.

　오래전 죽은 한 양복장이의 기억이 떠오른다. 그는 열일곱 살에 양복점 점원으로 들어가 가위를 만지기 시작했다. 장인 기질을 타고 났는지 그는 '몸에 맞는' 것보다 한 품격 높은 '마음에 맞는' 양복을 만들겠다고 했다. 그는 가위 하나로 일가를 이루면서 57년간 양복점을 했다. 그는 죽기 전날 양복점을 물려받을 아들에게 단골손님 이름을 대며 "그 손님 앞자락이 편하게 놓이게 바느질을 잘하라"고 기술자의 길을 가르쳤다.

　우리는 하늘의 그분으로부터 한 가지씩은 먹고 살 재능을 받고 태어나는 게 아닐까. 남과 비교하지 말고, 남들이 가는 길을 생각 없이 따라가지 말고 자기의 길을 가야 하는 건 아닐까.

밥벌이를 졸업하려고 한다

다섯 달 동안 집을 수리하면서 매일 노동하는 사람들을 지켜봤다. 젊은 러시아인 일용잡부는 먼지 구덩이 속에서 끊임없이 쓰레기를 나르고 벽돌을 옮겼다. 잠시 쉬는 시간에는 핸드폰을 들고 가족과 연락하는 것 같았다. 그는 밥벌이를 위해서 먼 나라로 왔다. 나는 저녁에 그에게 품값을 주었다. 그는 감사하게 받았다. 그의 노동이 가족에게 감사한 밥이 될지도 모른다. 사람들은 밥벌이 앞에서 양순했다.

조적공 영감은 반쯤 잘려진 녹슨 드럼통 안에서 시멘트와 물을 섞어 반죽을 만들었다. 반죽이 부드러워지기를 완강히 거부할 때가 있다. 반죽기를 잡은 영감의 몸이 휘청거린다. 영감은 말없이 일한다. 노동을 하는 얼굴은 숭고해 보였다. 나는 일이 끝나면 그의 통장으로 임금을 보냈다. 노동자의 밥벌이는 정직하고 깨끗했다.

나도 평생 밥을 벌었다. 고등학교 시절에는 동네 초등학교 아이들을 모아 가르쳤다. 한 달을 가르치고 받는 만 원짜리 지폐 한 장이 신기했다. 책을 파는 외판원을 했었다. 시내버스를 타고 발품을 팔면서 책을 살 사람을 찾아갔다. 책을 사 주는 사람들을 보면 참 고마웠다. 노동의 과정에서 세상을 많이 배웠다.

대학을 졸업하고 군 장교가 됐다. 처음 월급이 9만 원이었다. 잠자리와 밥값으로 6만 원이 들었다. 나머지 3만 원이 용돈이었다. 국가에서 주는 그 노동의 대가를 감사하게 썼다. 공무원 생활을 7년가량 했다. 밥벌이에 굽실거릴 필요가 없었다. 승진에 대한 욕망이 크지 않은 편이었다. 평가를 잘 받기 위해 상관 눈치를 본 기억이 없는 것 같다. 출세에 연연하지 않는다면 공무원은 괜찮은 직업이었다. 내 일 하고 내 밥을 먹는 편안함이 있었다. 다만 액수가 작아 월급이 아니라 갈급인 것 같았다.

공무원을 그만두고 변호사를 했다. 돈을 벌고 싶었다. 내 경우는 남의 주머니에서 돈을 꺼내는 게 세상에서 가장 힘든 일이라는 걸 아는 데 시간이 얼마 걸리지 않았다. 정당하게 일을 하려고 하면 돈은 아예 근처에도 오지 않는 것 같았다.

대형 로펌의 변호사들이 머리를 맞대고 강간범을 꽃뱀에게 당한 사회 명사로 둔갑시키는 걸 봤다. 살인을 한 재벌 부인을 결백한 주부로 만들려는 공작을 들여다보기도 했다. 선을 악으로, 악을 선으로 바꾸는 능력이 있어야 큰돈은 다가오는 것 같았다. 그래서 도스토옙스키는 변호사를 '고용된 양심'이라고 했다. 내 양심이 없어야 한다는 소리다.

영혼까지 변신을 해야 돈이 오는지도 모른다. 친일파라는 무서운 낙인을 찍던 판사가 변호사로 개업을 하자 그가 친일파로 단죄한 인물들의 변론을 맡았다. 그는 이번에는 친일파가 아니라고 했다. 다단계 피해자인 국민을 대신해서 범죄인을 단죄한 검사가 변호사를 개업하자 수십억의 돈을 받고 다단계 조직의 주범의 변호를 맡아 무죄를 주장했다. 그렇게 변신을 해야 큰돈은 굴러 들어오는 것 같았다.

인간에게 돈은 개의 눈에 비친 고기 조각과 비슷한 게 아닐까. 사람들은 개를 고기 조각으로 길들인다. 저항하던 개도 고기 조각을 주면 꼬리를 흔들면서 태도가 바뀐다. 미친개도 썩은 고기 조각을 던지면 조용해진다. 개에게 정의나 양심은 의미가 없다. 고기 조각이 개가 바라는 것의 전부다. 지혜가 있는 깨달은 개가 있다면 그 개의 눈에 비친 인간은 어떤 모습일까. 돈뭉치를 던지면 꼬리를 흔들면서 덤벼들고 아양 떠는 인간들도 개들의 족속과 유사하다고 보지 않을까.

처음 변호사를 할 때, 저녁이 되면 사무실에서 불을 끄고 기도했다. 너무 가난하게도 마시고, 부유하게도 마시고, 일용할 양식을 달라고 했다. 어쨌든 가족의 입에 밥이 들어가야 했다. 부자가 되는 건 꿈을 꾸어 본 적도 없다.

한 작가는 글에서 모든 밥에는 낚싯바늘이 들어 있다고 했다. 밥을 삼킬 때 우리는 낚싯바늘을 함께 삼킨다고 했나. 그래서 아가미가 꿰어져서 밥 쪽으로 끌려간다는 것이다. 그는 저쪽 물가에서 낚싯대를 들고 앉아서 나를 건져 올리는 자가 누구냐고 묻는다. 그는 그자가 바로 나라고 했다. 그러니 오도 가도 못한다

고 했다. 밥 쪽으로 끌려가야만 또다시 밥을 벌 수가 있다고 했
다. 나 역시 악마의 낚시 미끼에 꿰어 바닥에서 아가미를 벌떡거
리며 힘들었던 적도 있었다.

　칠십 고개를 넘는다는 사실은 밥벌이의 지겨움에서 벗어나는
걸 의미하기도 하는 것 같다. 내가 욕망을 가져도 세상이 밀어내
는 것 같다. 차라리 홀가분한 해방감을 느낀다. 더 이상 밥 때문
에 비굴하지 않아도 되고, 고개를 숙일 필요도 없다. 나를 옥죄
던 밥벌이의 정신적 사슬에서 벗어나 나는 자유다. 눈에서 비늘
이 떨어지고 세상을 보는 시각이 달라지는 것 같다. 요즈음 나는
전혀 다른 세상을 맞이하는 것 같다.